魔刀爭霸

FANTASTIC
ORIENTAL HEROES

마도쟁패

마도쟁패 2

장영훈 新무협 판타지 소설

초판 1쇄 찍은 날 § 2007년 4월 20일
초판 1쇄 펴낸 날 § 2007년 4월 30일

지은이 § 장영훈
펴낸이 § 서경석

편집장 § 문혜영
편집책임 § 유경화
편집 § 이재권 · 유혜림

펴낸곳 § 도서출판 청어람
등록번호 § 제1081-1-89호
등록일자 § 1999. 5. 31
어람번호 § 제2-1183호

주소 § 경기도 부천시 원미구 심곡1동 350-1 남성B/D 3F (우) 420-011
전화 § 032-656-4452 팩스 § 032-656-4453
http://www.chungeoram.com
E-mail § eoram99@chollian.net

ISBN 978-89-251-0670-0 04810
ISBN 978-89-251-0668-7 (세트)

장영훈 新무협 판타지 소설

魔刀爭霸

FANTASTIC
ORIENTAL HEROES

마도쟁패

2

청어람

目次

第十一章

송가장

魔刀霸爭

송옹(宋翁)은 난주에서 가장 큰 포목점을 운영하는 노인이었다.

일가 피붙이 하나 없이 이십여 명의 점원만 거느린 그는 사람 좋기로 유명했다. 역시 어떤 장사라도 그 성공 여부는 주인장의 성품에 달렸다는 것을 증명이라도 하듯 그는 옷감을 팔아 큰돈을 모았다. 타고난 재운(財運)이 있었는지, 아니면 그야말로 사주팔자가 늘어졌는지 그는 남들이 한 번쯤 겪는다는 그 흔한 사기 한번 안 당하고 사업을 번창시켰다.

그런 송옹이 난주 인근의 낡은 장원을 사들여 '송가장(宋家莊)'이란 이름으로 새로 개축을 한다는 소문이 돈 지 며칠 후 정말 공사가 시작되었다.

"좋구나, 좋아."

상쾌한 아침 공기를 들이켜며 송옹이 포목점을 나섰다. 기분이 좋다는 것인지 날씨가 좋다는 것인지 알 수 없었지만 송옹의 혈색은 그야말로 회춘한 늙은이의 그것처럼 좋아 보였다.

난주의 시장골목은 이제 하루 장사를 준비하는 상인들의 바쁜 손놀림에 활기를 찾고 있었다. 이번 송가장 증축에 인근 주민들은 아낌없는 축하를 해주었다.

"송 대인, 축하드립니다."

포목점 건너편에서 떡을 파는 감(甘)씨가 반갑게 인사를 건넸다.

"허허. 고마우이."

"공사는 잘 진행되고 있습니까?"

"이제 시작이지. 한 두어 달 있어야 할 것이야."

"완성되면 꼭 초대해 주셔야 합니다."

"이 사람아, 당연하지."

감씨뿐만 아니라 주변 사람들 모두 한마디씩 축하의 말을 건넸다.

그들에 비해 난주에서 삼십 년째 인부 일을 해왔던 최씨는 조금 불만인 모양이었다.

"송씨, 그렇게 안 봤는데 너무하오. 당연히 내게 일을 맡겼어야지… 날 못 믿었던 것이오?"

평소 형님이던 호칭이 송씨로 바뀌었다.

송옹이 미안했는지 좋은 말로 그를 달랬다.

"허허. 이 사람아, 고향에 사는 조카가 이번 일을 맡겨달라고 몇 해 전부터 졸랐었네. 거 어쩌겠나. 사업 망하고 놀고 있는 사람인데. 죽을 사람 하나 살리는 셈치세나. 미안허이."

최씨는 그 정도로는 섭섭함이 가시지 않는지 기어이 한마디 내뱉고 돌아섰다.

"피가 물보다 진하다는데 내가 어쩌겠소. 잘해보시오."

"허허. 그 사람도."

송옹이 사뭇 미안한 얼굴로 고개를 내저었다.

지켜보던 감씨가 며칠 지나면 기분이 풀릴 거라는 듯 눈을 찡긋거렸다.

송옹이 미소를 지으며 다시 발걸음을 옮겼다.

새로 개축되고 있는 송가장은 난주 시내에서 십여 리 떨어진 변두리에 위치하고 있었다.

등에 땀이 촉촉이 적셔질 때까지 한적한 오솔길을 걸어가자 이윽고 장원의 모습이 보였다.

정문에서 조금 떨어진 곳에 인부 두 사람이 땀을 식히려는지 바닥에 앉아 쉬고 있었다.

"수고들 많으시네."

송옹의 인사에 인부들이 가볍게 고개를 숙였다. 일 안 하고 논다고 잔소리 한마디 할 법도 하건만 사람 좋은 송옹은 그저 미소만 지을 뿐이었다.

놀고 있는 사람은 그들 두 사람만이 아니었다.

장원 입구 앞에도 두 사내가 퍼질러 앉아 있었다.

"수고 많으시네."

그들 역시 가볍게 고개만 끄덕였다. 모르는 사람이 보면 누가 주인이고 누가 인부인지 구분이 가지 않을 모습이었다.

송옹이 장원 안으로 들어섰다. 바깥의 놀고 있던 인부들에 반해 장원 안은 공사가 한창이었다. 수십 명의 인부들이 땅을 파고, 목재를 나르고 그야말로 바쁘게 움직이고 있었다.

얼핏 보면 평범한 공사가 진행되고 있는 듯했지만 만약 앞서의 삼십 년 경력의 노련한 인부 최씨가 보았다면 고개를 갸웃했을 것이다.

진행 중인 일들은 방을 넓히고 지붕을 보수하고 장원을 새로 꾸미는 그런 일들이 아니었던 것이다.

인부들은 담을 따라 땅을 파며 무엇인가를 심고 있었는데, 평범한 사람이 보아서는 그것이 어디에 쓰는 물건인지 알아볼 수 없었다.

"조심해서 들어오시오."

입구 쪽에서 한창 작업 중이던 인부 하나가 송옹에게 주의를 주었다.

송옹이 늙은이답지 않은 날렵함으로 구덩이 위에 위태롭게 놓인 널빤지를 건넜다.

그가 건너는 구덩이 속에 만들어지는 것은 놀랍게도 침입자를 퇴치하기 위한 기관 장치였다. 담을 뛰어넘어 내려서는 순간, 바닥에서 솟구치는 암기로 침입자를 절명시키는 그런 무서운 함정인 것이다.

그뿐만 아니었다. 화원 곳곳은 물론 지붕에도 뭔지 모를 공사가 한창이었다. 갖가지 위험한 기관들이 기와 사이사이에 숨겨지고 꽃과 나무들 사이에 파묻혀지고 있었다. 게다가 그 기관들은 평범한 무인들이라면 구경조차 해보지 못한 매우 정교하고 강력한 것들이었다.

따라서 장원 내에 안전하게 걸어다닐 수 있는 공간은 매우 한정되어 있었고 줄을 쳐서 안전 지역을 따로 표시해 두었다. 위험 지역 내의 인부들은 오랫동안 그 일을 해왔는지 전혀 긴장한 기색 없이 능숙하게 일을 처리하고 있었다.

송옹이 조금 긴장한 얼굴로 그 모습을 지켜보고 있던 그때 인부 중 하나가 송옹에게 손을 흔들었다.

"오셨소?"

웃통을 벗어 던진 채 삽질을 하던 사내는 바로 진패였다.

송옹이 정중하게 인사를 건넸다.

"잘 진행되고 있소이까, 진 조장?"

"덕분에. 이제 마무리 단곕니다."

놀랍게도 인부들은 모두 흑풍대원들이었다. 아무렇게나 흩어져 일하고 있는 듯 보였지만 담벼락 위와 지붕 곳곳에 감시를 위한 인원들이 따로 배치되어 있었다. 송가장 밖에 앉아 쉬고 있던 이들은 외곽을 감시하기 위한 인원이었던 것이다.

송옹은 바로 천마신교 난주 분타주였다.

감숙성의 분타들은 마교가 감숙에 지니는 영향력만큼이나

그 규모들이 작았다. 그나마 난주 분타가 제일 규모가 컸는데, 송옹이 운영하는 포목점이 바로 그것이었다.

송옹은 본단 인원이 파견을 갈 테니 이들에 대한 지원을 아끼지 말라는 명령이 내려왔을 때까지만 하더라도 파견되는 이들이 흑풍대라고는 상상도 하지 못했다. 그것도 흑풍대 전원이라니!

이번 일은 자신이 지난 삼십 년간 이곳 분타주로 늙어가면서 겪었던 모든 일들을 합친 것보다 비중이 컸다. 감숙은 언제나 본단의 관심을 받지 못하던 지역이었는데, 드디어 큰일을 맡게 된 것이다. 죽기 전에 소원 성취한 그런 기분이었다.

그들의 거처 마련과 자연스런 난주 입성을 위해 송옹이 머리를 싸매고 생각해 낸 것이 바로 송가장 공사였다.

물론 백 명이란 숫자가 많기는 했지만 송가장 증축이라는 일을 벌이지 않더라도 억지로 숨기려 들면 어찌 숨길 수는 있을 것이다. 하지만 그렇게 되면 드러내 놓고 활동하기에는 곤란한 점이 없잖아 있었다. 차라리 자신의 고향에서 온 공사 인부들로 위장을 한다면 자유롭게 난주를 활보할 수 있게 되는 것이다.

"혹 필요하신 것이 있으신가?"

송옹이 진패의 눈치를 살폈다. 나이나 직급으로 따지면 편하게 하대를 해야 했지만 역시 상대는 흑풍대였다.

"아니, 괜찮소. 지금처럼 음식들만 지원해 주시면 되오. 그 외 물품들은 본단에서 직접 호송되고 있소."

과연 진패의 말처럼 장원 한옆 몇 대의 수레에서 짐들이 내려지고 있었다.

"야, 그것 조심해서 다뤄."

진패가 짐을 내리는 흑풍대원들에게 소리를 질렀다. 막 내려지는 상자 속에는 폭살시와 독살시가 들어 있었던 것이다.

대원들이 진패를 놀리려는지 내리던 짐을 옆 사람에게 던졌다.

"야 이놈들아! 까불다가 죽는다!"

진패의 호통에 가볍게 짐을 받아 든 사내가 걱정 말라며 손을 흔들었다.

"어휴, 망할 놈들! 내가 철기대로 가던지 해야지. 이놈들아, 돌아가면 곧바로 철기대에 발령 신청 낼 테다."

그러자 모두들 작별 인사를 하듯 손을 흔들었다.

그 모습에 진패가 결국 고개를 내저었다.

공사장의 부지런한 십장(什長)처럼 쉬지 않고 잔소리를 해대는 진패였지만 사실 누구보다 수하들을 믿고 있었다. 실전 경험이라면 마교 내에서도 최고인 그들이었으니까.

돌아서던 진패가 문득 생각이 났는지 송옹에게 말했다.

"참, 부탁드린 것은 가져오셨소?"

"아, 당연하지요. 여기 있소이다."

송옹이 품 안에서 작은 책자 하나를 꺼내 진패에게 건넸다.

"난주 각 세력에 대한 상세한 정보요. 각 파 무인들의 숫자와 이름, 무공 수위까지. 지금까지 본 분타에서 조사해 온 자료요."

책자를 넘겨보던 진패가 만족스럽다는 표정을 지었다.

"고맙소."

"별말씀을."

그때 후원 쪽에서 두 사람이 걸어나왔다. 역시 웃통을 벗고 온몸에 흙먼지를 뒤집어쓴 그들은 백위와 비호였다. 탄탄한 근육질인 백위에 비해 비호는 날렵하게 빠진 몸매였는데 군데군데 나 있는 자상(刺傷)이 묘한 위화감을 주고 있었다.

"완전 매무새 다 구겨지네."

비호가 머리를 털자 먼지가 일었다. 백위가 물러서며 인상을 썼다.

"이놈아, 저리 가서 털어. 먼지난다."

"제 것은 몸에 좋은 먼지랍니다. 예쁜 먼지. 귀여운 먼지."

"그새 더위 처먹었네."

"흐흐흐. 형님."

"인마, 저리 가. 징그럽다."

두 사람이 송옹과 인사를 주고받자 진패가 서둘러 물었다.

"후원 쪽은 어떻게 됐어?"

"아, 몰라요. 몰라."

"이놈이!"

"뭐가 어떻게 됐겠어요? 대충 다 끝났으니까 나왔지."

"자식, 잘하면서 그래. 수고했어."

"조장의 솔선수범. 제발 그건 형님만의 인생관이었으면 좋겠어요."

"까분다."

"술이나 한잔합시다."

백위는 오직 술 생각이 간절한 모양이었다.

하지만 열혈십장으로 변신한 진패에게는 어림없는 제안이었다.

"안 돼! 일 다 끝나기 전에 술 한 모금이라도 하면 죽을 줄 알아."

백위가 술 중독자처럼 온몸을 부르르 떨었다. 그러자 비호가 백위의 탄탄한 가슴 근육을 매만지며 기녀 흉내를 냈다.

"백 공자님, 한잔 받으시지요."

"으으윽."

백위가 참지 못하겠다는 듯 비호를 와락 껴안았다.

"아흑, 숨 막히옵니다."

진패가 어이없다는 듯 고개를 내저었다.

"잘들 논다. 어휴, 내가……."

비호가 백위의 품 안에서 그의 뒷말을 대신했다.

"아잉, 진 공자님은 이제 그만 철기대로 가시옵소서."

그들의 장난을 말없이 지켜보던 송웅은 내심 놀라고 있었다. 설마 흑풍대가 이렇게 편한 분위기일 줄 상상도 못한 것이다. 조직의 상하 체계가 허술해 보일 정도였다.

그러나 그는 한 가지 사실을 간과하고 있었다. 언제나 목숨을 내놓고 사는 그들이었기에, 동료의 목숨과 자신의 목숨이 하나인 이들 간의 그 진득한 애정을. 너무나 엄격하고 경직된 조직은 차라리 허점이 더 많을 수 있다는 사실을. 사소한 일로 후배들을 괴롭히거나 하는 일 따위는 한가한 부대에서나 일어나는 일이란 것을.

그때 건물 안에서 세영과 검운이 걸어나왔다.

그들 역시 완전 흙먼지를 뒤집어쓴 상황이었다.

이번에는 진패가 일의 진척을 묻지 않았다. 옆에 있는 송옹을 의식한 행동이었다.

진패가 눈짓으로 묻자 세영이 고개를 끄덕였다.

그들이 맡은 일은 건물 내의 비밀 탈출구를 만드는 것이었다. 같은 편이라 해도 함부로 누설할 내용이 아니었던 것이다. 사실 이곳 송가장은 앞으로 비설이 계속 머물 곳은 아니었다. 이곳과 가까운 곳에 사업장이나 거처를 마련하고, 이곳은 위급한 상황에 최후의 수단으로 사용될 일종의 요새였다.

다섯 조장들이 그렇게 모이자 송옹이 그들을 조심스럽게 둘러보았다.

'이들이 말로만 듣던 그 흑풍대의 다섯 조장이구나.'

전혀 다른 느낌의 다섯 사람이었다. 한 사람 한 사람은 평범해 보였는데 그들 다섯이 모두 모이자 묘한 박력이 느껴졌다.

송옹은 문득 이들을 이끄는 흑풍대주가 궁금해졌다. 변방이나 다름없는 이곳에서 흑풍대주는 그야말로 끝없는 소문의 사나이였다. 마인들의 술자리에 가장 자주 등장하는 인물. 만약 그 출연료를 모두 받는다면 송가장 정도 건물 열 채는 지을 수 있을 것이다.

'곧 보게 되겠지.'

송옹이 미소를 지으며 모두에게 작별을 고했다.

"자, 그럼 저는 이만 가보겠소이다. 나중에 뵙지요."

"앞으로도 잘 부탁드리오."

송옹이 휘적휘적 두 팔을 내저으며 밖으로 나갔다. 뒷모습을 보니 영락없는 포목점 주인이었다.

그가 나가자 진패의 표정이 진지해졌다.

"이번 작전이 다른 작전과 다른 점이 뭔지 아나?"

표정만큼이나 진지해진 목소리였다.

"누군가가 실수를 하면 지금까지는 그 당사자가, 조장들이, 혹은 대주님이 책임을 졌지. 하지만 이번 작전은 실패하면……."

네 사람의 표정 역시 진지해졌다.

"책임 소재를 떠나… 우린 다 죽는다. 그러니까… 절대 마음 놓지 마라. 아무리 사소한 것이라도 그냥 지나쳐선 안 된다. 시각을 다투는 일은 무조건 선 처리 후 보고를 원칙으로 한다."

그 사실을 모를 리 없는 후배들이었지만 진패는 다시 한 번 강조했다. 뻔한 잔소리를 반복할 수밖에 없는, 그래서 언제나 맏형의 역할은 재미없는 것이다.

그때 입구 쪽에서 서웅이 달려와 급히 보고했다.

"아가씨와 대주님이 방금 전에 도착하셨습니다. 지금 태백루(太白樓)에서 기다리신답니다."

"알았다."

서웅이 다시 달려갔다.

돌아서던 진패가 흠칫 놀랐다. 백위가 무섭도록 진지한 얼굴을 들이민 것이다.

"대주님이 오셨는데 조장이란 놈들이 그냥 있어선 안 되지요. 인사드리러 갑시다. 태백루!"

못 말린다는 표정의 진패를 향해 헤벌쭉 웃는 백위의 마음은 이미 태백루의 술독에 빠져 있었다.

난주에서 제법 이름난 객잔 태백루의 주인장인 맹달(孟達)은 입구로 들어서는 일단의 무리에 절로 인상이 찌푸려졌다.

그런 그의 마음을 아는지 모르는지 앞장서 들어오던 사내가 히죽 웃으며 맹달에게 인사를 건넸다.

"동생, 잘 지냈나?"

나이로 따지면 열서넛은 족히 어릴 그였지만 언제나 자신을 동생이라 부르는 그였다. 힘센 놈이 형 노릇을 하겠다는데 힘없는 놈이 어쩌겠는가?

맹달이 애써 짜증을 감추며 반갑게 그를 맞이했다.

"하하, 형님 오셨소? 오랜만이오."

"요즘 좀 바빴네."

그렇게 형식적인 인사를 나눈 후 사내가 의자를 하나 끌어와 객잔 가운데 자리 잡고 앉았다. 함께 온 사내들이 주위에 흩어져 앉았다.

근처에서 식사를 하던 손님들은 그들의 눈치를 살피며 구석 자리로 옮겼다. 개중 겁 많은 이들은 아예 서둘러 계산을 마치고 밖으로 나갔다.

그렇게 일층 중앙 자리를 차지하자, 그들 중 두 사람이 건들거리며 이층으로 올라갔다.

맹달과 인사를 나눴던 사내가 목청을 높였다.

"동생, 여기 거하게 한 상 봐주게."

"두말하면 잔소리지."

주방 쪽으로 돌아서며 맹달이 울상을 지었다.

단 한 번도 제대로 음식 값을 지불한 적이 없는 상대였다.

'망할 놈들. 요즘 잠잠하다 했더니.'

그의 심기를 이토록 불편하게 만든 그들은 바로 난주의 뒷골목 사정을 좀 아는 이라면 한 번쯤 들어봤을 왕 노대(王老大)의 수하들이었다. 맹달의 형 노릇을 하려 드는 사내는 왕 노대의 오른팔인 유화곤(劉和坤)이란 자로 흉악스럽기로 악명 높은 사내였다.

노름빚을 갚지 못해 그에게 발목 근육이 잘린 이들만 십여 명이 넘었고, 이판사판 같이 죽자고 덤벼든 이들은 그 다음날로 어김없이 실종되었으니 난주 사람들에게 그는 사신이었다.

맹달 역시 그를 두려워하는 사람 중 하나였는데, 사실 난주란 큰 도시에서 술장사 삼십 년이면 성격에 없는 깡도 생겨 어지간한 파락호 놈들은 쉽게 다룰 법도 했지만 맹달은 왕 노대의 수하들에게만큼은 꿈쩍도 하지 못했다.

유화곤이 충성으로 모시는 왕 노대는 유성회(流星會)라는 그럴듯한 이름의 조직을 운영하는 이로, 유성도박장을 비롯한 몇 가지 사업체를 가지고 있었다. 그에 딸린 수하들만 일백 명에 달했는데, 그들 중 십여 명은 뒷골목 파락호들과는 차원이 다른 강호인들이었다. 맹달과 같은 일반인들에게 있어 강호인이란 그야말로 절대 대들어서는 안 될 대상이었다.

유화곤 역시 그 위험천만한 강호인 중 하나였다. 그는 유성상회라는 조직의 수장이었는데, 이름처럼 장사는 하지 않고 비싼 이자를 붙여 돈을 빌려주는, 즉 염왕채(閻王債)를 놓고 있었다. 그로 인한 피해자가 한둘이 아니었다.

그럼 그런 악독한 자들을 공동파와 같은 정파들이 왜 손을 대지 않고 있느냐? 왕 노대의 뒤를 봐주고 있는 이들이 바로 만수문(萬獸門)이기 때문이었다.

만수문은 백화방과 더불어 난주의 이대 세력 중 하나였는데 오랜 전통의 백화방에 비해 만수문은 그 이름처럼 기질이 거칠었다.

이층으로 사내 둘이 올라간 지 얼마 지나지 않아 비명 소리가 터져 나왔다.

우당탕탕!

중년 사내 하나가 이층 계단에서 굴러 떨어졌다.

술이 나오기를 기다리고 있던 유화곤이 싸늘하게 말했다.

"우리 빚 갚을 돈은 없어도, 술 마실 돈은 있다 이거지?"

바닥을 뒹굴던 중년 사내가 유화곤을 알아보고 사색이 되었다. 중년 사내는 난주 시장에서 미곡상을 하는 노씨였다.

"며칠만, 며칠만 기다려 주게."

노씨의 간절한 애원에 유화곤이 피식 웃었다.

"기다려 주지."

그 의외의 대답에 노씨의 표정이 환해지는 순간, 결코 듣고 싶지 않은 유화곤의 다음 말이 이어졌다.

"손모가지 하나 맡아두고 기다리지."

유화곤의 옆에 서 있던 사내가 허리춤에서 날이 시퍼렇게 선 도끼를 꺼내 들었다.

"으헉."

숨넘어가는 비명을 지르며 노씨가 반사적으로 입구 쪽으로 달아나려던 순간, 입구 쪽에 앉아 있던 사내가 그의 발을 걸었다.

노씨의 몸이 붕 날아 바닥에 처박혔다.

사내가 일어나 노씨의 발을 잡고 질질 잡아끌었다. 노씨가 끌려가지 않으려고 발버둥을 치자 사내는 사정없이 그의 등을 짓밟았다.

노씨의 입에서 무기력한 비명이 터져 나왔다. 이윽고 그가 유화곤의 앞까지 끌려왔다.

유화곤이 그의 얼굴에 자신의 얼굴을 바짝 붙였다.

두려움에 벌벌 떨며 노씨가 간절히 말했다.

"곧 갚겠소. 제발, 한 번만 봐주시오."

"지랄하네."

싸늘한 한마디와 함께 유화곤의 주먹이 날아갔다.

퍽!

노씨가 얼굴을 감쌌다. 그의 코에서 피가 주르륵 흘러내렸다.

"너 참 나쁜 놈이다. 갚을 능력이 안 되면 애초에 안 빌려야지. 먹고 배 째라면 우린 풀 뜯어 먹고 사냐?"

"원금은 다 갚았지……."

다시 노씨의 턱이 돌아갔다.

"시팔, 그럼 이자는? 이자는?"

일 년 만에 이자가 원금의 다섯 배가 넘어서는 염왕채를 놓는 상대였다. 말이 통할 리 없고 억울함이 전달될 리도 없었다.

계속되는 주먹질에 비명 소리가 이어졌고 객잔의 손님들은 안타깝게 눈치만 살필 뿐이었다. 개중에는 노씨와 안면이 있는 이들도 있었는데 감히 나서서 말리지 못했다.

사내 하나가 신경질적으로 허공에 도끼를 휘둘러 댔다.

"뭘 봐! 새끼들아!"

그 기세에 질려 구경하던 이들의 시선이 자신의 탁자 앞에 놓인, 이제는 그다지 목구멍으로 넘어갈 것 같지 않은 음식으로 향했다.

이내 노씨가 얼굴에 피 칠을 한 채 축 늘어졌다.

유화곤이 그를 패대기치며 얼굴에 침을 뱉었다.

그때 객잔 입구의 주렴이 반으로 갈라지며 사내 하나가 들어섰다.

실내 분위기가 심상찮음을 느꼈는지 사내가 잠시 입구에서 멈춰 섰다.

그때 사내와 유화곤의 시선이 잠깐 마주쳤다.

흠칫.

유화곤의 몸이 순간 굳었다.

상대는 그곳에 있던 십여 명의 사내들의 얼굴을 분해해 험악한 부분만 떼다 붙여도 결코 상대가 안 될 정말 무서운 인상의 사내였다.

그 흔하지 않은 인상의 주인공은 바로 백위였다.

'뭐지, 이놈?'

인상에서 풍겨 나오는 위압감에 유화곤이 살짝 긴장했다.

백위가 코를 킁킁거리더니 히죽 웃었다. 주향(酒香)에 주충(酒蟲)이 춤을 추기 시작했다는 신호인데 유화곤의 입장에서는 간담이 서늘해지는 웃음이었다. 웃었는데 이런 느낌이라면 인상을 쓴다면 어떠할까 상상하며 유화곤은 침을 꿀꺽 삼켰다.

"자자, 들어갑시다."

그때 뒤에서 비호가 백위의 등을 밀며 들어섰다.

뒤로 진패와 세영, 검운이 뒤따라 들어왔다. 그들은 병장기를 착용하지 않았고 마기도 완전히 감춘 상태였다.

백위의 어깨에 손을 올려 쭉 밀고 들어가던 비호가 힐끔 바닥에 쓰러진 노씨와 유화곤을 번갈아 보며 대수롭지 않게 말했다.

"아아, 죄송합니다. 볼일 보시는데."

백위에 비해서는 뭔가 만만한 느낌이었다. 뭔가 빠질거린다고 할까?

'강호인이 아니다!'

유화곤이 안도하며 눌렸던 기세를 회복하는 순간, 이번에는 비호를 뒤따르던 검운의 차가운 시선이 그와 마주쳤다.

다시 유화곤의 마음이 얼어붙었다.

'강호인이다!'

분명 상대에게 무공을 익힌 흔적은 느껴지지 않았다. 그것을 증명이라도 하듯 세영이 미소를 지으며 그에게 정중하게 인사를 건네며 지나쳤다.

'아닌가?'

마지막으로 지나가던 진패가 사람 좋은 얼굴로 정중하게 말했다.

"수고 많으십니다."

다시 유화곤이 어이없는 표정을 지었다. 사람을 두들겨 패고 있는데 저따위 인사라니?

'이놈들? 도대체 뭐지?'

그렇게 다섯 조장이 안으로 들어서자 객잔 구석 자리에서 여인의 목소리가 들려왔다.

"여기예요."

환하게 웃으며 정중히 고개를 숙여 인사하는 여인은 바로 무옥이었다. 그녀 옆에는 유월과 비설이 이쪽과 등을 돌린 채 나란히 앉아 있었고 진명이 맞은편에서 일어나고 있었다.

다섯이 그쪽을 향해 걸어가려 할 때, 유화곤이 싸늘하게 말했다.

"잠깐."

조장들의 발걸음이 동시에 멈췄다.

"못 보던 분들인데 어디서 오신 분들이시오?"

평소의 유화곤답지 않은 정중한 말투였다. 이유없이 가슴이 싸해지는 긴장감 탓이었다.

가장 먼저 돌아선 이는 백위였다.

"왜 묻는데?"

대뜸 반말을 하자 유화곤의 인상이 굳어졌다. 주위에 흩어져 있던 유화곤의 수하들이 하나둘씩 자리에서 일어났다. 이쪽 숫자나 제대로 파악하고 까불라는 위협이었는데 백위는 다시 히죽 웃었다.

유화곤의 주먹이 불끈 쥐어졌다. 자연 반말이 튀어나왔다.

"물을 만하니까 묻겠지."

"흐음."

유화곤은 그 한숨과도 같은 짤막한 한마디의 의미를 짐작할 수 없었다. 그도 그럴 것이 그 '흐음'이란 '사고 치면 죽을 줄 알아'란 진패의 전음에 대한 반응이었기 때문이다.

백위가 귀찮다는 듯 돌아섰다. 지금 간절한 것은 피 맛이 아니라 술 맛이었으니까.

그때 맑고 낭랑한 목소리가 들려왔다.

"죄송해요."

자리에서 일어나며 돌아선 여인은 바로 비설이었다.

비록 면사로 얼굴을 가렸지만 대번에 객잔 안이 환해졌고 모두의 시선이 강제적으로 그녀에게 집중되었다.

"아……!"

유화곤의 입에서 자신도 모르게 탄성이 터져 나왔다.

서글서글한 눈매에 늘씬한 몸매까지 그야말로 두 번 다시 보기 힘든 미녀가 아닌가?

"저희는 광서성 유가상회의 식구들이랍니다."

"아… 그러십니까?"

유화곤은 긴장하고 있었다.

"저희 오라버니들께서 아직 여독이 풀리지 않으셔서 조금 날카로웠던 것 같습니다. 대협께서… 아, 존성대명이 어찌 되시는지요?"

"아, 본인은 유화곤이라 하오."

"유 대협께서 넓으신 마음으로 이해해 주시기 바랍니다."

그녀가 정중하게 고개를 숙이자 유화곤의 고개도 절로 숙여졌다.

비단 비설의 미모 때문만은 아니었다. 왠지 모를 위엄이랄까, 명가의 자제만이 풍겨낼 수 있는 기품에 압도된 것이다.

그사이 다섯 조장들이 탁자 하나를 붙여 비설 등과 합류했다.

유화곤이 침을 꿀꺽 삼켰다. 버릇없던 백위에 대한 분노는 이미 사라진 지 오래였다. 지금 그의 마음은 오직 그녀와 조금 더 이야기를 나눠보고 싶은 심정뿐이었다. 그 심리의 이면에는 은근히 피어나기 시작한 음심이 자리 잡고 있었다.

"아가씨."

유화곤이 비설을 부르자 그녀가 다시 돌아보았다. 또 무슨 볼일이 남았냐는 그녀의 눈빛에 가슴이 아리아리해진 유화곤이었다.

유화곤이 용기 내어 말했다.

"제가 술을 한잔 대접해 드리고 싶습니다만."

그의 지분거림에 다섯 조장들의 표정에 일제히 짜증이 피어올랐다. 비설이 없었다면 이미 유화곤의 머리통은 바닥을 굴러다니며 객잔에 들어서는 사람들을 놀라게 하고 있었을 것이다.

비설의 눈매가 살짝 가늘어졌다. 그녀의 시선이 바닥에 쓰러진 노씨에게로 향했다. 순간 유화곤의 정신이 번쩍 들었다. 그러고 보니 상대는 앞서의 일을 다 목격한 상태가 아닌가?

'젠장!'

이럴 줄 알았으면 저 망할 놈을 점잖게 타일렀어야 했다는 후회감이 밀려들었다. 하나 어쩌랴, 이미 상대는 자신이 빚이나 받으러 다니는 뒷골목 파락호라는 것을 다 알아버린 것을.

비설이 미소를 지으며 말했다.

"인연이 있으면 다시 뵙게 되겠지요."

정중한 거절이었다. 유화곤의 얼굴이 와락 구겨졌다. 성질 같아선 지금 당장 비설을 들쳐 업고 자신의 본거지로 내달리고 싶었지만 차마 그러지 못했다.

왠지 함부로 대하기 어려운 비설도 비설이었지만 정체를 알수 없는 사내놈들도 조금 신경이 쓰였던 것이다. 백위의 험악한 인상이나 등을 돌린 채 앉아 있는 정체 모를 사내의 등에 매달린 큰 칼도 은근히 신경이 쓰였다.

'일단 후퇴'란 결론이 내려졌다. 물론 '일단'이 강조된 후퇴였다.

"인연이 있으면 또 보게 되겠지요."

유화곤이 딴에 의미심장한 인사를 하며 돌아섰다.

한바탕 일이 벌어질까 긴장하고 있던 수하들이 맥 빠진 얼굴로 그 뒤를 따랐다. 그중 몇 명은 비릿한 미소를 지으며 비설을 돌아보았는데 마치 지금 당장이라도 '형수'라 부르고 싶은 얼굴이었다. 유화곤의 눈에 든 이상 그의 손에서 벗어날 수는 없을 것이라 생각하는 모양이었다.

사내 둘이 노씨를 거칠게 일으켜 세웠다.

절룩거리며 그들에게 끌려가는 그의 처량한 뒷모습에 비설이 가볍게 한숨을 내쉬었다. 도착하자마자 분란에 휩싸일까 구해주지 못한 미안함이었다.

"역시 구해줘야 했을까?"

혼잣말처럼 그녀가 중얼거렸다. 나름대로 사고를 치지 않으려는 그녀의 노력이었지만 역시 뒤끝이 남는 결정이었다.

어쨌든 상대 파악은 물론 자신들의 주제 파악도 안 된 유화

곧 일당이 사라지자 본격적인 대화가 시작되었다.

진패가 가장 먼저 자기소개를 했다.

"정식으로 인사드립니다. 일조장 진패입니다."

비설이 살짝 면사를 벗으며 정중하게 인사를 받았다.

진패가 남은 네 조장을 돌아가며 소개했다. 조장들은 모두들 한두 번쯤은 먼발치에서나마 비설을 대한 적이 있었기에 그리 그녀가 낯설지만은 않았다.

"아름다우십니다."

비호의 솔직한 감탄에 비설이 환하게 웃었다.

"헤헤. 제가 좀 예쁘긴 하죠."

역시 솔직한 그녀의 대답에 모두들 미소를 지었다.

"앞으로 조장님들을 오라버니라 부르겠어요. 괜찮지요?"

"으하하, 물론입니다."

평소 '여동생 하나만 있었으면' 하고 노래를 불렀던 백위가 흔쾌히 대답하자 진패가 가볍게 뒤통수를 후려쳤다.

"이놈아."

진패가 유월에게 시선을 보내며 허락을 구했다.

규율을 중요시 여기는 진패의 성격상 쉽게 결정할 일이 아니었다.

유월이 괜찮다는 표정으로 고개를 끄덕이자 진패가 어쩔 수 없다는 듯 말했다.

"대신 저희들은 아가씨라 부르겠습니다. 존대도 그대로 유지하고요. 그 이상은 절대 허용할 수 없습니다."

"헤헤. 편하게 하셔도 되는데. 저기 두 애들과도 친구처럼 지내기로 했는데."

그러자 백위가 '오호' 란 표정을 지었다.

"그럼 우리 후배님들을 이제 뭐라고 불러야 하나? 진 공자? 무 소저?"

진명이 깜짝 놀라 바짝 얼어붙었다.

"아, 아닙니다, 선배님!"

"하하하."

잔뜩 주눅 든 진명의 모습에 모두들 껄껄거렸다.

진패가 단호하게 말했다.

"어쨌든 거기까집니다. 너희들, 아가씨께 불경하면 내 손에 죽는다."

"그럼 편하신 대로 하세요, 진 오라버니."

그녀가 자신을 오라버니라 부르자 진패가 조금 당황스러운 듯 얼굴이 붉어졌다.

그 모습에 비호가 껄껄거리며 그를 놀렸다.

"으하하. 형님, 막상 듣고 보니 기분이 좋지요?"

틀린 말이 아니었기에 진패는 겸연쩍은 미소만 지을 뿐이었다.

그때 묵묵히 듣고 있던 유월이 입을 열었다.

"왜… 나만 아저씨냐?"

잠시 침묵이 흘렀다. 농담이건 진담이건 유월과는 너무나도 어울리지 않는 말이었다.

"으하하하!"

백위의 웃음을 시작으로 모두들 폭소를 터뜨렸다. 어찌나 웃음소리가 컸던지 주위의 시선이 집중될 정도였다.

비설의 얼굴에 특유의 장난기가 피어올랐다.

"섭섭하세요? 유 대주님도 오라버니라 불러 드릴까요?"

유월이 피식 웃으며 주전자를 들어 자신의 찻잔을 채웠다.

"다행이에요."

조르르 흘러내리는 찻물을 바라보는 그녀의 눈빛이 깊어졌다.

"전 유 대주님의 심장이 돌로 만들어져 아무런 감정도 없으신 줄 알았어요."

그녀는 유월이 왜 저런 어울리지 않는 말을 했는지 짐작하고 있었다. 자신을 편하게 대해주려는, 자신에게 한발 다가서려는 노력일 것이다. 비설이 과장되게 포권을 하며 씩씩하게 말했다.

"앞으로 유 오라버니라 부르겠습니다."

유월과 비설의 관계가 한 단계 더 가까워지는 순간이었다. 물론 그것은 전적으로 그러하리란 비설의 믿음이었지만.

'언젠가 환하게 웃게 만들겠어요.'

비설은 꼭 그렇게 만들고 싶었다.

세영과 검운이 마주 보며 미소를 지었다.

이번 임무를 못마땅하게 생각했던 검운은 주화입마를 벗어나면서 예전의 짜증스런 모습은 거의 사라졌다. 물론 그렇다고 근래 마교에 대한 불만이 모두 사라진 것은 아니었지만 발랄하고 소탈한 비설의 모습에서 호감이 느껴졌다.

어쨌든 그녀는 자신들의 주인인 천마의 하나밖에 없는 딸이었다. 호칭이야 어찌 되었든 그들에게 비설은 성녀(聖女)와 다름없었다.

유월이 진패에게 물었다.

"일은?"

"아직 진행 중입니다. 근간 공사가 끝나면 일, 이조는 교대로 난주 시내에 이인 일조로 흩어져 잠복에 들어갈 것이고 남은 조는 송가장에서 대기할 작정입니다."

"조만간에 정도맹이나 사도맹에 소식이 들어가겠지만 될 수 있는 한 비밀 유지에 힘쓰도록."

"걱정 마십시오."

진패의 믿음직스런 얼굴만큼이나 흑풍대원들은 자신의 정체를 감추는 데 능숙했다.

"문제는 그들이 아니지 않겠습니까?"

세영의 말에 진패가 되물었다.

"무슨 뜻이냐?"

"어차피 정도맹이나 사도맹 측은 아가씨의 하산을 알게 된다 하더라도 칠년지약의 제약 때문에 조심스럽지 않겠습니까? 문제는 이곳에 세력을 두고 있는 이들이 우리가 나섰다는 것을 알면 난리법석을 떨겠지요."

유월이 공감한다는 듯 고개를 끄덕였다.

"그래, 문제는 그때부터겠지."

비설이 조심스럽게 그들의 대화에 끼어들었다.

"예를 들면요?"

앞서 사괴와의 사건 이후 조금 조심스러워진 그녀였다. 앞으로의 일을 생각해 볼 때 그것은 매우 바람직한 현상이기도 했다.

진패가 품 안에서 자그마한 책자 하나를 꺼내 읽기 시작했다. 아까 송옹에게 받은 그 책자였다.

"참고로 이곳 난주의 세력 구도에 대해 간략히 설명해 드리겠습니다. 우선 백화방과 만수문, 이 두 곳이 난주의 중심 세력입니다. 서로 적대하며 이곳의 이권을 반씩 나눠 가지고 있습니다. 양측의 힘이 비슷한데, 입마와 투마급 무인들이 이삼백 정도, 요마급이 이삼십 정도 있다고 보시면 됩니다. 수장들은 패마급쯤 되리라 예상하고 있습니다."

진패가 차를 마셨다. 난주와 같이 큰 도시의 세력 판도였다. 그리 간단히 설명될 문제가 아니었다.

"그들 두 문파는 사실 별게 아닙니다. 여차하면 저희가 밀어버리려 마음먹으면 양쪽 모두를 동시에 밀어버릴 수도 있으니까요. 문제는 그들의 배후입니다."

진패의 말처럼 그 두 문파는 수장들이 패마급인 집단이었다. 흑풍대는 패마의 고수가 일백. 그 아래 숫자가 아무리 많아도 멸문은 순식간이었다.

"백화방의 뒤를 봐주는 곳이 공동파입니다. 백화방주는 전혀 공동파와 인연이 없는 인물이지만 사실 그의 아들이 공동파 이대검객 중 일인인 통천검(通天劍) 목계영(穆桂英)의 속가제자입니다. 목계영이 그를 몹시 아껴 직전제자로 삼으려고 수년간 노력을 했다는 이야기로 볼 때, 제법 자질을 타고난 듯 보입니다. 반면 만수문의 배경에는 기련사패(祁連四覇)가 있습니다. 만수문주는 백화방주의 아들이 목계영의 제자가 된 그 이듬해 자신의 아들을 기련사패 중 삼패의 제자로 들이미는 데 성공했습니다. 그 대가로 매년 거액의 자금이 만수문에서 기련사패에게로 흘러들어 가고 있습니다. 또 백화방주의 아들에 비해 만수문주의 아들은 여성 편력이 심하고 개망나니로 소문이 나 있습니다."

진패의 상세한 설명이 끝나자 비설이 눈을 반짝였다.

"기련사패에 대해 숙부님께 들은 적이 있어요. 새외의 고수들로 성정이 잔인하고 무섭다고 하더군요."

"맞습니다. 공동파에서도 쉽게 다루지 못하는 자들이지요."

기련사패의 서열을 떠올리며 그녀가 유월을 쳐다보았다.

가서열상으론 그들은 유월보다 순위가 높았지만, 실제 진서열에서는 그들은 원래 순위보다 더 낮아졌기에 유월과 비교하기 어려웠다.

처음 만났을 때 기분 나쁘게 느껴졌던 그 눈빛은 이제 신뢰란 또 다른 빛을 뿜어내고 있었다. 유월이 있는 한 기련사패 따원 걱정하지 않아도 될 것이다.

비설의 목소리가 유쾌해졌다.

"다들 아시겠지만… 전 이곳에 돈을 벌려고 왔어요."

다섯 조장들은 이미 들어 그 사실을 알고 있었다. 그들로서는 솔직히 이해가 되지 않는 일이었다.

비설이 정중하게 고개를 숙이며 각오를 다졌다.

"아직 어리지만 열심히 해볼 생각이에요. 앞으로 많이 도와주세요."

세영이 흥미롭다는 표정으로 물었다.

"왜 돈을 벌고 싶으신지 여쭤봐도 되겠습니까?"

미소를 짓고 있었지만 그녀의 눈빛이 더없이 진지해졌다.

"돈을 벌어… 꼭 하고 싶은 것이 있어요."

"뭡니까, 그게?"

성질 급한 백위의 물음에 비설의 대답은 모호했다.

"…이 강호에서 아직까지 아무도 하지 않았던 일이에요."

모두들 호기심이 동했지만 비설은 더 이상 말해줄 생각이 없어 보였다.

"헤헤. 나중에 말씀드릴게요. 우선은 돈부터 벌어야겠죠? 그 일을 하려면 아주 많은 돈이 필요할 테니까요."

"얼마나 필요한 일입니까?"

"글쎄요, 십만 냥? 백만 냥? 사실 저도 제가 하려는 일에 돈이 얼마나 많이 들지 잘 몰라요. 단지 무척 많이 들 일이란 것만은 확실해요."

이번에는 검운이 궁금한 얼굴로 물었다.

"그럼 무슨 일을 해서 돈을 버실 겁니까?"

비설이 배시시 웃었다.

"그러게요. 뭘 해서 벌지요?"

그녀가 시치미를 떼고 있다는 것을 유월은 알고 있었다. 이미 그녀에게는 어떤 확실한 사업 계획이 서 있다는 것을 앞서 천마의 마지막 허락을 구하는 자리에서 느꼈다.

"이건 어때요?"

그녀가 장난스럽게 약장사 흉내를 냈다.

"흑풍대 일일체험. 흑풍대와 함께할 수 있는 절호의 기회. 단돈 스무 냥. 흑풍대주 동행 시 오십 냥. 체험 중 흑풍대주를 웃길 시 열 냥 할인의 기회가 있습니다!"

"하하하하."

그 엉뚱한 발상에 비호가 배를 움켜쥐고 웃었다.

반면 진패는 꽤나 걱정스러운 모양이었다.

"아가씨, 외람된 말씀이지만 돈을 번다는 것이 결코 호락호락한 일이 아닙니다."

진패의 충고에 검운과 비호가 고개를 끄덕였다.

근래 은퇴를 진지하게 고민해 봤던 진패였다. 막상 칼을 놓으면 뭘 해 먹고살까 나름대로 알아보았고 결국 제일 만만한 일이 장사였다. 하지만 말이 쉬워 장사지, 진패는 그것이 결코 호락호락하지 않다는 것쯤은 알 만한 나이다. 아직 어리게만 보이는 비설이 돈을 벌겠다니 자연 걱정이 되는 것이다.

그때 백위가 슬쩍 한마디 던졌다.

"돈 벌려면 사실… 염왕채가 최고지요."

그러자 진패가 버럭 고함을 질렀다.

"이놈아! 아가씨께 그런 더러운 짓을 권하다니, 제정신이냐?"

"아, 그냥 그렇다는 거지요. 돈 놓고 돈 먹기, 사실 강호의 부호들이 정상적으로 사업해서 돈 번 놈이 몇 놈이나 있습니까? 다 이런저런 더러운 짓 해서 벌었지. 근면성실? 개나 물어가라 하십시오. 푼돈이라면 모를까 큰돈 버는 데 그런 거 아무 짝에도 쓸모없습니다."

"이놈이 그래도……."

진패가 혹여라도 백위의 말을 새겨들을까 비설에게 말했다.

"아가씨, 사채를 왜 염왕채라 부르는지 아십니까?"

"왜요?"

비설의 호기심 가득한 얼굴로 진패의 대답을 기다렸다.

"염왕, 즉 염라대왕이 돈을 빌려주는 것이라 해서 염왕채라 부르는 겁니다."

"아, 그렇군요."

"염왕채 놓는 자들은 밤도적이나 녹림보다 더 나쁜 놈들입니다. 한 번 희생양을 찾으면 골수까지 빨아먹는 자들입니다."

진패가 다시 책자를 뒤적이다가 역시 하는 표정이 되었다.

"여기 아까 그놈이 있군요. 유화곤. 유성상회란 염왕채 조직을 운영하는 자로 역시 때려죽일 놈이지요."

비설이 미소를 지었다.

"걱정 마세요, 진 오라버니. 설마 제가 그런 일을 하겠어요?"

그제야 진패의 굳은 표정이 풀어졌다.

이번에는 비호가 끼어들었다.

"그나저나 밑천은 있습니까? 어떤 사업을 하든지 돈이 꽤 들 텐데."

비설의 미간이 좁혀지며 한숨이 절로 나왔다. '무일푼'이란 글자에 표정이 있다면 지금 그녀의 모습과 같을 것이다.

거기에 한술 더 뜨는 비설이었다.

"오라버니들, 모아둔 여유 자금 없지요?"

모두들 어이없다는 표정을 지었다.

"요즘 젊은이들이 가장 피한다는 '더럽고', '힘들고', '위험한' 일을 하는 불쌍한 저희의 돈을 뜯으려 하시다니요!"

비호의 장단에 유월이 피식 웃으며 말했다.

"설령 우리에게 백만 냥이 있어도 우린 한 푼도 도와줄 수가 없다. 우리 역할은 오직 네 신변을 안전하게 지켜주는 것뿐이다. 앞으로는 먹고 자는 것도 모두 네가 책임을 져야 한다. 네가 돈을 벌지 못하면 우리도 굶어야 한다."

"에에? 정말인가요?"

그건 좀 의외란 듯 비설의 눈이 동그랗게 커졌다. 혹 떼려다 혹 하나 더 붙인 격이었다.

"쉽게 생각하면 네가 우릴 고용한 것이라 생각하면 된다. 뭐, 월봉은 안 줘도 된다만."

"야박해요."

"거기에 어떤 조언도 해주지 않을 작정이다. 오직 네 결정에 따르겠다."

무한한 자유가 주어지는 반면, 실수를 해도 잡아주지 않을 것이란 소리였다. 제법 무거운 책임감이 느껴질 법도 했건만 그녀는 태평하게 말했다.

"자, 밥도 먹었으니 이제 일단 난주 구경이나 좀 할까요?"

태백루를 나선 사람은 유월과 비설, 진명과 무옥 네 사람이었다. 다 같이 다니면 다른 이의 이목을 끈다며 술병을 부여안고 강력하게 주장한 사람은 역시 백위였다. 어차피 송가장의 일도 남았고 또 백위 말처럼 아홉이나 함께 다니는 것은 분명 이목을 끌 일이었다. 사실 다섯 조장들은 유월이 비설과 함께하는 한 그녀에 대한 걱정은 전혀 하지 않고 있었다.

"우아아아! 사람 많다. 신기해, 신기해. 저건 뭘까?"

비설이 이것저것 둘러보며 감탄을 연발했다.

사실 그렇게까지 감탄할 만한 구경거리는 없었다. 어느 시장에나 볼 수 있고 파는 것들이었지만 그녀에게는 그 하나하나가 특별하고 신기했다. 그 모습을 천마가 봤다면 진작 내려보내지 못한 것에 자책을 할 정도였다.

"우아아! 저 옷 너무 예쁘다! 옥아, 우리 한 벌씩 살까?"

그녀는 물건을 팔던 상인들의 주목을 한 몸에 받았다. 사실 그냥 말없이 지나가도 눈에 확 띌 그녀가 아니던가? 다들 고귀한 가문의 천금이 오랜만에 강호 구경을 나왔다고 생각했다.

비설은 다른 이들의 시선은 전혀 아랑곳하지 않았다. 사실 겉으로 표는 내지 않았지만 오랜만에 산을 내려온 진명과 무옥 역시 그녀와 비슷한 심정이었다. 사고 싶은 것이 한두 개가 아니었지만 유월의 눈치를 살피느라 애서 참고 있었다.

그렇게 거리를 돌아보던 그녀가 큰 건물 앞에 멈춰 섰다.

건물의 현판에는 풍운전장(風雲錢莊)이란 글자가 크게 적혀 있었고 그 밑에 난주지부란 글자가 작게 적혀 있었다.

"흐음. 이곳이 말로만 듣던 전장이란 곳이군."

"설마? 한 번도 안 가봤어?"

"언제 갈 기회가 있었겠어?"

무옥의 물음에 비설이 당연하다는 듯 대답했다.

"넌 가봤어?"

"당연하지. 대륙전장 남녕지부가 내 주거래 전장이야."

그때 진명이 머쓱하게 머리를 긁적였다.

"사실 나도 한 번도 안 가봤어."

"에에?"

무옥이 그것이야말로 의외란 표정을 짓자 진명이 입맛을 다셨다.

"월봉 받으면 고스란히 집에 가져다주니까. 갈 일이 없었지."

진명의 솔직한 고백에 무옥이 미소를 지었다. 무옥이 진명의 엉덩이를 토닥이며 너스레를 떨었다.

"효자야, 효자. 어유, 우리 착한 명이."

"까불지 마."

진명이 인상을 썼다. 자신을 사내로 대하지 않는 무옥의 장난에 순간 발끈한 것이다. 좋아하는 여인이 자신을 사내로 봐주지 않을 때의 좌절감이란. 더구나 이제 스무 살이 된 진명이라면 두말할 것도 없었다.

비설이 두 사람 사이에서 끼어들며 어깨동무를 했다.

"자, 애정 싸움은 그만들 하시고. 우리 들어가 보자!"

그녀가 두 사람을 전장 안으로 잡아끌었다. 유월이 미소를 지으며 그 뒤를 따랐다.

강호에서 가장 큰 전장은 모두 셋이었다.

낙양전장, 풍운전장, 그리고 대륙전장. 그들 세 전장의 전표는 개장 이래 단 한 번도 부도를 낸 적이 없는 그야말로 신용의 상징과도 같은 곳들이었다.

그들은 강호 곳곳에 지부를 두었는데, 수익을 올리기 위해 치열한 경쟁을 하고 있었다. 전장의 가장 큰 목적은 돈을 맡기는 것이었다. 사용하는 이의 입장에서는 밤손님의 위험에서 벗어날 수 있어 좋고, 오래 맡겨두면 일정 금액의 이자까지 붙으니 일반인 강호인 할 것 없이 많은 사람들이 전장을 이용했다.

물론 전장은 수익을 올리기 위해 존재하는 영리 단체였다. 자선 단체가 아닌 그들이 막연히 이용자들의 이자만 챙겨줄 리는 없는 법.

그들의 수익 역시 사람들에게 돈을 빌려주고 일정 금액의 이자를 받는 것이었다. 물론 염왕채의 그 날강도 같은 이율은 아니었다. 그럼에도 사람들이 전장이 아닌 염왕채를 이용하는 것은 결국 담보 때문이었다.

전장은 담보를 잡히지 않으면 돈을 빌려주지 않았던 것이다. 그에 비해 염왕채를 놓는 자들은 담보가 없어도 돈을 빌려주었다.

금방 갚으면 되겠지 하는 마음은 그야말로 덫에 걸린 순진한 희생양의 생각일 뿐. 세상일이 항상 마음 같지 않듯 돈 문제는 더더욱 그러하지 않던가? 다행히 돈을 벌어 갚게 된다 하더라도, 갚으러 가도 만나주지 않는 것이 그들의 사악한 수단이었다. 이래저래 몇 달이 지나면 이자가 산처럼 불어나 결국 파멸에 이르게 되는 것이다.

어쨌든 이곳 난주에는 오직 풍운전장의 난주지부만이 자리하고 있었다.

난주와 같이 큰 도시에 다른 전장의 지부가 없는 것에는 이유가 있었다. 풍운전장은 오래전부터 공동파에 큰 후원금을 대고 있었기 때문에 기본적으로 공동파의 영역인 이곳 감숙에 다른 전장의 지부가 들어서기 어려웠던 것이다.

몇 번인가 다른 전장의 지부가 들어선 적이 있었지만 일 년을 버티지 못하고 문을 닫았다. 난주에서 합법적인 사업을 하는 대부분의 장사꾼들은 어떻게든 백화방이나 만수문에 인연이 닿아 있었기에 그들의 눈치를 볼 수밖에 없는 처지였던 것이다. 풍운전장과 연관된 백화방이나 염왕채로 큰 이익을 얻는 만수문이나, 양측 모두 다른 전장이 들어서는 것을 꺼려한 결과였다.

"오오!"

안으로 들어선 세 사람이 동시에 감탄했다. 내부는 밖에서 보던 것보다 훨씬 컸다.

정면에는 어른 팔뚝 크기의 강철 기둥이 감옥의 그것처럼 세워져 있었고 십여 명의 회계원들이 그 뒤에 앉아 있었다. 그들 앞으로 사람들이 길게 줄을 서 있었다.

전장을 지키는 무인들은 모두 넷이었는데 네 벽의 구석에 서 있었다. 유월은 느낄 수 있었다. 그들은 그저 방패로 세워둔 무인일 뿐 진짜 전장을 지키는 고수들은 철창 너머의 벽 뒤에 숨어 있다는 것을.

'하나, 둘, 셋… 일곱.'

모두 일곱이었다. 하나같이 그 기운이 보통이 아니었는데 흑풍대 일반 조원들의 무공 수위와 비슷해 보였다. 물론 전장을 지키는 이들은 그들만이 아닐 것이다. 비상종이 울려지면 적어도 그들보다 더 뛰어난 고수가 적어도 셋 이상은 튀어나올 것이라 생각되었다.

그때 한곳에서 소란이 일어났다. 십여 세쯤 되어 보이는 사내아이가 철창 너머 회계원과 실랑이를 벌이고 있었던 것이다.

"제발 부탁드립니다."

아이의 간곡한 부탁에 철창 너머 사내가 매정하게 고개를 내저었다.

"네 사정이 딱하긴 하다마는 어쩔 수가 없다."

"아저씨, 부탁입니다. 제발 우리 아버지 살려주세요."

비설이 아이의 얼굴을 유심히 살폈다. 이내 그녀는 아이의 아버지가 누군지 알 수 있었다. 아이는 태백루에서 유화곤 일당에게 두들겨 맞던 중년인과 꼭 닮아 있었던 것이다. 아버지가 유화곤 일당에게 붙잡혀 갔다는 소식을 듣고 어린 마음에 무턱대고 돈을 빌리러 달려온 모양이었다. 담보가 뭔지도 모를 어린 소년이었고, 설령 안다 하더라도 담보가 있을 리 만무했다.

"제가 평생 일해서 돈 갚을게요. 제발!"

"돌아가서 부모님 모시고 오너라. 다음 분!"

"아저씨! 이대로 돌아가면 우리 아버지는……."

지켜보던 무인 하나가 아이를 강제로 끌어냈다.

"으흐흑."

아이가 발버둥을 치며 울음을 터뜨렸다.

"제발! 누가 우리 아버지 좀 구해주세요!"

사방이 암흑으로 뒤덮인 절망을 아이는 느끼고 있었다.

혀를 차며 고개를 내젓는 다른 이들의 한숨만큼이나 무기력하고 답답한 절망. 그 어둠을 가르며 한줄기 빛이 내려왔다.

"꼬마야."

비설이 아이에게 다가갔다. 그녀가 손을 들어 잠시 내게 말기란 의사를 전하자 전장 무인이 아이의 팔을 놓아주었다.

비설이 허리를 숙여 아이와 눈을 맞추었다.

"이름이 뭐니?"

아이의 눈에서는 서러운 눈물이 끊이지 않고 흘러내리고 있었다.

"으흐흑, 상진이요."

그녀가 미소를 지으며 아이의 머리를 쓰다듬어 주었다.

"상진아, 아버지가 어디로 끌려가셨지?"

상진의 눈빛에 살짝 희망이 떠올랐다가 이내 사라졌다. 자신의 아버지를 구해줄 것이란 희망은 상대가 여자란 이유로, 또 그녀가 상대해야 할 흉악한 이들에 대한 공포로 이내 절망으로 바뀐 것이다.

그때 좋은 생각이 났다는 듯 상진이 고개를 번쩍 들었다.

"누나, 제게 돈을 빌려주세요. 제가 평생 일해서 갚을게요."

아이는 아비가 빌린 돈만 있으면 무사히 아버지를 찾아올 수 있으리라 생각하는 모양이었다.

"누나가 대신 아버지를 데려다 주마."

상진이 두려운 얼굴로 고개를 내저었다.

"안 돼요! 그 아저씨들 정말 무서운 사람들이에요."

비설이 미소를 지으며 말했다.

"걱정 마. 이 누나도 알고 보면 꽤 무서운 사람이니까."

상진이 다시 감정이 격해져 눈물을 쏟아냈다.

"정말요?"

상진은 몰랐다. 자신이 그토록 돈을 빌리고자 하는 이곳 풍운전장의 전표는 언젠가 부도가 날 수 있겠지만 눈앞의 비설의 약속은 절대 부도가 나지 않는다는 사실을.

그때 한 쌍의 남녀가 황급히 전장 안으로 뛰어들어 왔다.

"상진아!"

"누나!"

상진이 여인에게 달려가 품에 안겼다.

여인은 상진과 꼭 닮아 있었는데, 그녀는 작년에 혼인한 상진의 누나 상희였다. 함께 온 사내는 상진의 매형이 되는 정수였다.

"어머니는?"

"엄마는 돈 빌리러 유씨 아저씨네 갔어. 어허허엉."

상진은 누나를 보자 서러운 마음이 더욱 북받쳐 올랐다.

상희가 상진을 감싸 안으며 눈물을 흘렸다. 친정에 왔다가 아버지가 유성상회에 끌려갔다는 소식에 깜짝 놀란 그녀였다. 게다가 상진이 돈을 빌리러 전장에 갔다는 이웃 꼬마의 말을 듣고 한걸음에 이곳까지 달려왔다. 오면서는 상진을 야단치려 마음먹었었지만 막상 서럽게 우는 동생을 보자 눈물을 참을 수 없었다. 오늘 일의 발단은 모두 자신에게 있었기에 더욱 그러했다. 아버지 노씨는 자신의 혼인 때문에 염왕채를 이용했던 것이다.

"집에 가자."

"흐흑, 그럼 아빠는?"

"누나가 알아서 할게. 걱정 마."

"누나 돈 있어?"

"…그래, 있어. 걱정 마."

그녀가 상진을 데리고 전장을 나섰다. 상진이 그녀의 손을 잡고 나가면서 비설을 돌아보았다.

아이의 애절한 눈빛을 지켜보던 비설이 유월에게 돌아섰다.

"되도록 사고 안 치려고 했는데… 사실 아까도 간신히 참았다고요."

귀엽게 머리를 긁적이던 비설이 나지막이 말했다.

"저 가족, 도와줄래요."

비설은 유월에게 허락을 구하고 있었다. 굳이 구하지 않아도 될 허락이었다. 그만큼 조심하려는 나름의 노력이리라.

유월이 흔쾌히 고개를 끄덕였다.

환하게 밝아진 표정으로 비설이 진명과 무옥을 돌아보았다.

"난주 구경은 여기까지."

서서히 비설의 눈빛이 차가워졌다.

"그들에게 진짜 염왕이 어떤지 가르쳐 주겠어요."

第十二章

유성상회

刀霸
魔爭

그 시각, 난주 변두리의 한 낡은 건물로 누군가 들어서고
있었다.

"새끼들아, 빨리 열어."

방문자의 호통에 문을 지키던 사내 둘은 바짝 얼어붙었는데
그도 그럴 것이 상대는 성격 개차반에 구제 불능인 구갈수(駒
喝洙)였던 것이다.

구갈수. 일명 비룡(飛龍). 그 멋진 별명에도 불구하고 성격
더럽고 손속이 잔인하기로 이름난 그는, 아마도 비룡이란 별
호를 자신이 직접 지었을 것으로 짐작되는 왕 노대 직속 수하
였다. 그런 그가 예고도 없이 유화곤이 운영하는 유성상회에
들이닥친 것이다.

그가 건물 안으로 사라지자 두 사내가 한숨을 내쉬었다.

사내 하나가 문 안쪽을 살펴 구갈수가 멀리 사라졌음을 확인했다.

"휴. 갈수가 여긴 어쩐 일이래?"

"입방정 떤다!"

"갔어. 쫄지 마."

"이규(李圭)에 갈수까지. 이거 심상치 않은데."

이규는 구갈수가 도착하기 일각쯤 전에 먼저 이곳에 들어간 인물이었다. 이규는 유성도박장의 칼잡이 중 하나로 유화곤과는 호형호제하는 절친한 사이였다. 이규는 유화곤보다는 조금 점잖은 편이었는데 끼리끼리 어울린다는 변치 않는 인생 법칙처럼 그 심성의 차이는 오십보백보였다.

"화곤이가 짝귀에 쌍칼까지 죄다 불러 모으던데, 이거 혹시 백화방 놈들하고 일 벌어진 것 아냐?"

짝귀와 쌍칼은 유화곤의 오른팔, 왼팔과 같은 수하들이었다.

"에이, 그럼 만수문에서 사람이 나왔겠지. 우리가 백화방과 상대가 되겠어?"

동료의 말에 수긍이 가는지 사내가 고개를 끄덕였다.

"신경 꺼. 지들끼리 지랄을 하든 뭘 하든 이런 날은 그냥 나 죽었다 하고 엎드려 있는 게 제일이니까."

"하긴."

두 사람의 바람대로 이루어지기 어려운 날이었지만 어쨌든 유성상회의 분위기는 분명 여느 날과는 달랐다.

구갈수가 정문을 통과했을 그 시각. 유화곤은 자신의 방에서 이규와 한창 밀담 중이었다.

"그러니까 상대가 유가상회 쪽 애들이라 이 말이지."

"네, 형님."

묵묵히 고개를 끄덕이는 유화곤은 내심 안도하고 있었다.

태백루를 나온 직후부터 비설을 목표로 일을 꾸미기 시작한 그였다. 그는 자신의 힘만으론 불안함을 느꼈고, 결국 이규에게 도움을 청한 것이다.

그가 굳이 이규를 부른 것에는 그가 검기를 일으킬 수 있는 고수란 이유가 컸지만 그보다 더 중요한 이유가 있었다.

이규의 가장 큰 비밀을 자신이 알고 있었던 것이다. 이규는 젊은 시절 싸움질을 하다 다친 이후로 사내 구실을 하지 못했던 것이다. 자존심 강한 이규의 약점을 아주 제대로 거머쥔 유화곤이었다.

과연 이규는 자신의 목표인 비설에 대해 묻지 않았다. 죽 쒀서 개 줄 일은 걱정할 필요가 없는 것이다.

"일행이 모두 아홉이라고?"

"네, 그 아이까지 아홉입니다. 그중에 시중드는 애들이 한둘 있는 것 같으니까 실제 칼 쓰는 애들은 다섯이나 여섯쯤 될 겁니다."

"신중해야 하네. 상대가 유가상회쯤 되면 일이 커질 수 있으니까."

유화곤이 손칼로 목을 긋는 시늉을 하며 목소리를 낮추었다.

"쥐도 새도 모르게 해치워야겠지요. 기습으로 단숨에."

"그래야지. 그럼 우리 말고 누가 더 나서는가? 짝귀랑 쌍칼?"

"네. 애들에게 대충 언질만 해두었습니다."

"사 대 육이라. 해볼 만하겠군."

그때 문밖에서 소란이 일었다.

"비켜, 새끼야."

목소리를 확인한 유화곤의 인상이 확 구겨졌다.

'퍽' 소리가 들림과 동시에 문이 거칠게 열렸다.

구갈수가 건들거리며 안으로 들어섰다. 문 앞을 지키고 있던 사내는 바닥을 뒹굴고 있었다.

"형님, 저 왔습니다. 오, 이규 형도 와 계셨구려."

이규의 인상도 살짝 찌푸려졌다.

'망할 새끼.'

보통 나이 차이가 나면 이 대형이라 부르는 법이거늘, 망할 구갈수 놈은 언제나 자신의 성과 이름을 함께 불렀다.

"오! 동생, 어서 오시게. 기별도 없이 어인 일이신가?"

유화곤이 억지웃음을 지으며 그를 맞이했다.

구갈수가 의자에 몸을 실으며 탁자 위에 다리를 올려놓았다.

"뭐 꼭 일이 있어야 옵니까? 보고 싶을 때 보는 거지."

그 버릇없는 행동에 두 사람이 내심 이를 갈았다.

나이로 따지면 이규가 가장 많았고 다음이 유화곤, 구갈수가 막내였다. 하지만 제 기분이 좋을 때나 형님이라 부르지, 갈수는 그들을 친구 대하듯 했다.

이규가 자신 앞에 내밀어진 구갈수의 발을 옆으로 밀어냈다.

구갈수가 피식 웃으며 다시 발을 올려놓았다. 이규의 눈빛이 날카로워졌다.

두 사람 사이에 신경전이 벌어지자 유화곤이 재빨리 나섰다.

"요즘 뭐 한다고 코빼기도 안 보였나?"

"사업한다고 바쁘지요."

구갈수는 왕 노대의 직속 칼잡이였다. 왕 노대는 다섯 명의 칼잡이를 밤낮으로 데리고 다녔는데 구갈수는 바로 그들 중 한 명이었다.

유화곤이 비록 유성상회를 맡고 있고, 이규가 유성도박장의 소속이라지만 아무래도 왕 노대의 신임도 면에서 구갈수에 비해 한 서열 밀리는 게 사실이었다.

"요즘 큰형님 바쁘신가 보더라."

유화곤이 넌지시 왕 노대의 안부를 물었다.

구갈수가 단검을 꺼내 손톱을 다듬으며 대수롭지 않게 말했다.

"그 양반이야 매일 바쁘지요. 알잖소? 욕심이 덕지덕지. 캬하하."

"새끼. 말버릇은 여전하군. 대인께서는 네깟 놈이 뭐가 예쁘다고 달고 다니실까?"

발끈 반, 농담 반이었지만 이규는 내심 그것이 불만이었다. 구갈수와 일 대 일로 붙으면 이길 자신이 있었다. 게다가 머리 나쁘기로 소문난 갈수 아니던가?

'젠장. 더럽게 꼬였어.'

이규는 어딘지 모르게 음침하고 잔뜩 주눅 들어 보이는 자신의 결점보다는 단지 줄을 잘못 섰다고 생각했다.

구갈수가 유화곤 앞에 놓인 차를 후루룩 마셨다.

"그나저나 무슨 얘기를 그리 다정히 나누고 계셨소?"

"뭐, 별일 아니네."

"별일이 아니시다?"

느물거리는 그의 태도에 유화곤은 내심 불안해하고 있었다.

'이 새끼, 뭔가 냄새를 맡고 온 건가?'

과연 유화곤의 예감은 적중했다.

"아무 일도 없는데 짝귀와 쌍칼은 무슨 일로 찾으셨을까?"

순간 유화곤의 인상이 굳어졌다.

'망할, 벌써 이야기가 샜군.'

자신이 유가상회의 딸을 태백루에서 만난 것도, 또 그녀가 천하절색이란 이야기까지 들어간 것이 틀림없었다. 죽을 쒀보기도 전에 늑대가 달려든 꼴이었다. 문제는 이 늑대가 한 마리인가, 아니면 늙은 것까지 두 마리인가 하는 것이었다.

구갈수가 눈을 가늘게 떴다.

"혼자 드시려구? 배탈날 텐데."

유화곤이 뭔가 변명을 하려는 그때, 누군가 문을 두드렸다.

"무슨 일이냐?"

수하 하나가 문을 열고 들어왔다.

"손님이 찾아왔습니다."

"누군데?"

"아까 태백루의 그 여인입니다."

"뭐얏?"

유화곤이 자리에서 벌떡 일어났다. 순간 유화곤이 '아차' 하는 표정을 지었다.

손톱을 다듬던 단검을 품 안에 집어넣으며 구갈수가 벌떡 일어났다.

"자, 어디 얼굴이나 한번 봅시다. 어떤 년이 우리 형님 애간장을 이리 녹였는지."

비설을 보고 한껏 벌어졌던 구갈수의 입이 다시 벌어진 것은 그녀가 내민 작은 목곽을 열었을 때였다.

눈부신 광채를 발하는 그것은 분명 야명주(夜明珠)였다.

"최상급 야명주예요."

세 사람의 눈이 황금빛으로 어른거리기 시작했다. 색욕(色慾)이 물욕(物慾)으로 바뀌는 순간이었고, 그것은 곧 탐욕(貪慾)으로 녹아들었다.

"그, 그러니까… 이것을 맡기고 돈을 빌리시겠다는 말씀이
시오?"

유화곤의 목소리가 가볍게 떨리고 있었다. 이규와 구갈수는
여전히 야명주에서 눈길을 떼지 못한 채 침만 삼켰다.

놀란 것은 그들 세 사람뿐만이 아니었다.

옆에 앉아 있던 진명과 무옥도 야명주의 화려한 광채에 넋
을 잃고 있었다. 그야말로 말로만 듣던 야명주였다.

유월은 비설의 행동에 조금 의외란 생각을 하고 있었다. 아
까의 기세였으면 당장 달려와 유화곤을 박살 내고 상진이란
아이의 아비를 구해가리라 예상했던 것이다. 하지만 비설은
뜻밖에도 그에게 돈을 빌리려 하고 있었다. 유월은 과연 비설
이 일을 어떻게 처리할까 궁금했다.

"오라버니들의 씀씀이가 커 그만 여비가 떨어져 버렸답니
다. 마침 유 대협과의 인연도 있고 해서 이렇게 찾아뵌 것입니
다."

"그러셨군요. 근데 여긴 어떻게 알고 찾아오셨소?"

"유 대협의 존성대명을 모르는 이가 없더군요."

하긴 난주 시장골목에 자신의 이름만 대면 모를 사람이 없
었을 테니, 아마 쉽게 찾아왔으리라.

"하하하."

호탕하게 웃으며 유화곤은 자신의 인생을 바꿀 대박 기회가
찾아왔다는 것을 느끼고 있었다.

'망할, 일이 이렇게 될 줄 알았으면.'

그는 이규를 끌어들인 것을 후회하고 있었다. 멍청한 구갈수에 비해 이규는 제법 똑똑한 면이 있었던 것이다.

비설이 세상 물정 모르는 얼굴로 천진하게 물었다.

"얼마나 빌릴 수 있을까요?"

"이 정도 물건이라면……."

유화곤이 말꼬리를 늘이며 눈치를 살폈다. 입이 벌어진 채 야명주에 넋을 뺀 진명과 무옥은 이미 그의 경계 밖이었다. 문제는 죽립을 눌러쓴 채 묵묵히 침묵을 지키고 있는 유월이었다. 처음 봤을 때부터 묘하게 신경을 거스르는 자.

'그래 봤자…….'

무인 나부랭이란 말을 삼키며 유화곤이 조심스럽게 입을 열었다.

"시가로 이만 냥은 족히 나갈 것 같소만……."

순간 이규와 구갈수가 빠르게 눈빛을 나눴다.

구갈수가 속으로 유화곤을 욕했다.

'저런 개 같은 놈!'

저런 최상급의 야명주라면 그야말로 부르는 게 값이었다. 강호의 거부들은 병장기나 비급에는 그다지 관심이 없는 법, 그들이 선호하는 사치품 중 가장 비싼 것이 바로 야명주였다. 주인만 제대로 만난다면 십만 냥까지도 받아낼 수 있을 것이다.

그에 비해 이규의 눈이 가늘어졌다.

유화곤이야 원래 고리대를 놔서 돈을 버는 자가 아닌가? 일단 최대한 많이 빌려주고 비싸게 이자를 붙여야 했다. 그런데 시가를 적게 불렀다는 것은 결국 뭔가 수작을 부리고 있는 게 확실했다.

"보통 시가의 반까지 빌려 드릴 수 있으니… 만 냥 정도는 빌려 드릴 수 있겠소."

시세를 아는지 모르는지 비설이 순순히 그에 응했다.

"그 정도면 충분합니다."

옳다구나 유화곤이 일을 진행해 나갔다.

"본디 이자는 달에 삼 할입니다만. 특별히 유 소저께는 이 할에 빌려 드리겠습니다. 그러니까 다음 달에 만 이천 냥을 갚으시면 됩니다."

그야말로 강탈이라 할 만한 이율이었음에도 비설은 돈을 빌려 마냥 기분이 좋은 모양이었다.

"감사해요. 다음 달이면 본 가에서 사람이 올 거예요. 충분히 갚을 수 있답니다."

혹시라도 마음이 변할까 유화곤이 서둘러 서류를 가져왔다.

대충 서류를 훑어보고 서명을 하려던 비설이 문득 물었다.

"아, 혹시 해서 드리는 말씀인데… 제가 맡긴 물건은 안전하겠지요?"

"물론이오. 그 점은 걱정 안 하셔도 됩니다."

유화곤이 자신있게 계약서의 한 부분을 인용했다.

"그럴 리는 없지만 만약 물건이 손상되거나 분실되었을 시에는 맡긴 물건의 세 배를 배상한다는 조항이 있으니 걱정 마시오."

"만에 하나라도……."

"그럴 리는 없지만, 만약 그렇다면 최상급 야명주 셋으로 보상해 드리는 거지요."

비설이 그제야 안심했다는 얼굴로 서명을 마무리했다.

다시 야명주가 든 목곽이 두 사람의 서명이 들어간 종이로 단단히 봉해졌다. 목곽을 열어보려면 종이를 뜯어야 했기에 바꿔치기하는 것은 이제 불가능해졌다.

끝으로 빳빳한 천 냥짜리 전표 열 장이 비설 손에 건네졌다.

"그럼 전 이만 가보겠어요."

자리에서 일어나 나가려던 비설이 문득 생각이 났다는 듯 말했다.

"참, 아까 태백루에서 데려가셨던 분, 풀어주시면 안 될까요? 왠지 마음에 걸리네요."

"왜 그러시오?"

유화곤이 조심스럽게 물었다.

"아, 이곳에 오다가 그분의 아들을 만났답니다. 왠지 측은한 마음이 들어서… 안 될까요?"

어차피 솔직한 이야기인데다 음모와는 전혀 거리가 멀어 보이는 비설의 순수한 외모가 합쳐지자 유화곤의 의심 따윈 순식간에 사라졌다.

"음… 악질적인 놈이지만… 아가씨의 얼굴을 봐서 특별히 풀어주도록 하겠습니다."

유화곤이 곧바로 밖에 대기하고 있던 수하를 불러 노씨를 풀어주라 명령했다.

"호호. 감사드려요."

지금 유화곤에게 노씨가 갚지 못한 이백 냥 정도는 문제가 아니었다. 게다가 어차피 나중에 다시 잡아오면 그만이었으니까.

비설 일행이 밖으로 나갔다. 혹시나 구갈수가 야명주를 들고 달아날까 배웅조차 생략한 유화곤이었다.

야명주를 내려다보는 세 사람은 잠시 아무 말이 없었다. 이윽고 유화곤이 침묵을 깼다.

"어찌하겠나? 있는 그대로 보고하겠나?"

그 말은 곧 어떤 식으로든 이 야명주를 꿀꺽하자는 은근한 제의였다.

구갈수가 양손을 턱에 괸 채 눈알을 굴렸다.

십만 냥.

셋이 나눈다 하더라도 최소 삼만 냥은 손에 쥘 수 있었다. 강호에서 둘도 없을 구두쇠 왕 노대 밑에서 평생을 일해봐야 절대 구경조차 못할 액수였다. 게다가 수하에 대한 의심과 간섭은 또 얼마나 많은지.

한 방에 인생 역전이 가능한 돈이었다. 거기에 일이 잘 풀리면 독식(獨食)의 기회도 있으리라. 십만 냥을 혼자 먹을 수만 있다면? 황제가 부럽지 않게 살 수 있다!

"그래서 어쩌자는 거요?"

구갈수의 그 물음은 곧 한 배를 타겠다는 뜻. 유화곤의 목소
리가 낮아졌다.

　"그전에 한 가지 물어보세. 솔직히 말해주게."

　"뭐요?"

　"노대께서는 어디까지 아시나?"

　"사실 노대는 저 여인에 대해서는 모르오. 짝귀와 쌍칼을 불
렀다는 말에 무슨 일인가 가보라고 한 거요. 알잖소? 영감쟁이
의심병."

　"아, 그렇다면 다행이군, 다행이야."

　유화곤이 이번에는 이규를 돌아보았다.

　"형님은 어쩌시……."

　채 다 묻기도 전에 이규의 고개가 끄덕여졌다.

　일단 판이 만들어지자 유화곤이 아까의 일에 대해 설명했
다.

　"왜 내가 가격을 낮춰 만 냥만 빌려줬는지 아시오?"

　"무엇 때문인가?"

　"간단하오. 지금 본 상회가 감당할 수 있는 액수가 만 냥이
한계이기 때문이었소. 더 이상 빌려주게 되면 노대께 보고를
해야 하지요."

　그제야 구갈수는 유화곤의 속셈을 알 수 있었다.

　유화곤이 결연한 눈빛을 품었다.

　"우리 셋이 쥐도 새도 모르게 저들을 해치우고 입을 다무는
거요."

원래의 음흉한 계획에 이제 '필살'의 동기가 부여된 것이다.

"조심, 또 조심해야 하오. 저들을 해치운 후에도 한동안은 이 물건을 처분해선 안 되오. 우리 소행이란 것을 알게 된다면 유가상회의 고수들이 우릴 추적할 테니까. 그보다 더 무서운 건 물론 노대겠지만. 어쨌든 소문나는 순간, 돈 냄새 맡은 똥파리가 개 떼처럼 몰려들 테니. 한 일 년 쥐 죽은 듯이 있다가 잠잠해지면 이곳을 뜹시다."

유화곤이 야명주가 든 목곽 위로 손을 내밀었다. 두 사람이 굳게 그 손을 맞잡았다. 그 순간 세 사람은 같은 생각을 하고 있었다. 어떻게 하면 야명주를 혼자 차지할 것인가였다.

한편, 밖으로 나가던 유월 일행은 유성상회의 입구에 잠시 멈춰 섰다.

"와! 이만 냥이라니. 도대체 이만 냥을 모으려면 몇 년을 일해야 하지?"

진명이 실감이 안 간다는 얼굴로 자신의 월봉을 계산하다가 이내 포기했다.

"평생 모아도 안 돼. 아아!"

무옥 역시 고개를 가로저었다.

그러자 비설이 미소를 지으며 말했다.

"자, 심호흡하고. 놀라지 말고 들어. 원래 최상급 야명주는 십만 냥이 넘어."

십만 냥이란 소리에 두 사람이 화들짝 놀랐다.

"정확해. 알잖아, 나 어려서부터 귀한 물건들만 가지고 놀았다는 걸. 야명주 값을 모를 리 없지. 헤헤."

그러자 자연스럽게 이어지는 의문.

"알고 있었으면서 왜 그놈이 이만 냥이라고 속이는 것을 그냥 뒀어?"

비설은 알지 못할 미소만 지을 뿐이었다.

그때 사내 하나가 노씨를 업고 자신들 옆을 지나 밖으로 나가고 있었다. 그들이 조금 멀리 떨어지자 비설이 가볍게 한숨을 쉬었다.

"선량한 사람들은 저렇게 골병이 드는데… 골탕 정도로 끝낼 순 없겠지?"

비설의 눈빛이 차갑게 빛나기 시작했다.

그녀의 눈빛이 말하고 있었다. '이제 시작이야'라고.

"내 짐작이 맞으면… 우린 내일 재미있는 구경을 하게 될 거야."

진명은 문득 그녀의 눈빛이 무서워졌다. 분명 그 눈빛은 자신이 함부로 대하지 못하는 유월의 서늘함과 닮아 있었다.

다음날 아침 구갈수와 이규가 유성상회로 득달같이 달려왔다.

유화곤은 그들의 속셈을 알 수 있었다. 혹시나 자신이 야명주를 들고 달아나 버릴까 하는 걱정 때문일 것이다.

하지만 그것은 절대 기우였다.

가지고 달아나라고 등을 떠밀어도 지금 그는 달아날 수 없었다. 비설 일행을 해치우지도 않은 채 달아난다면 그건 최악의 상황을 자초하는 결과란 것을 누구보다 잘 알고 있기 때문이었다.

당장 자신이 야명주를 훔쳤다는 것이 밝혀질 테고, 그러면 유가상회와 왕 노대 양측의 추적을 당하게 될 것이다. 유가상회에서는 그 책임을 왕 노대에게 물을 것이고 왕 노대의 성격상, 야명주를 돌려주기 위해서가 아니라 자신이 가지기 위해서라도 죽을 때까지 자신을 찾을 것이 뻔했기 때문이다.

사실 그러한 이유가 없었다면 그들은 결코 야명주가 든 목곽을 떠나지 않았을 것이다.

"흐흐. 삼만 냥이라."

유화곤의 집무실 책상에 다리를 걸친 채 의자에 몸을 기댄 구갈수는 득의만면한 표정이었다.

"동생은 돈이 생기면 어디에 쓸 텐가?"

유화곤의 물음에 구갈수는 생각만 해도 기분이 좋은지 두 눈을 질끈 감으며 누런 이를 드러냈다.

유화곤은 내심 비웃고 있었다.

'흥! 네놈의 시커먼 속을 내가 모를 줄 아느냐?'

분명 구갈수는 자신과 이규를 죽이고 혼자 야명주를 차지하려 들 것이다.

'그렇다면?'

유화곤이 힐끔 이규를 쳐다보았다. 뭔가 골똘히 생각하던 이규가 자신을 보며 씩 웃었다.

평소와 다름없는 웃음이었지만 유화곤의 간담이 서늘해졌다.

'아무도 믿어선 안 돼!'

잠시 서로의 속내를 읽기 어려운 침묵이 흘렀다.

살기 실린 목소리로 침묵을 깬 것은 구갈수였다.

"언제 실행할 작정이오?"

"빠를수록 좋겠지."

이번에는 유화곤에게 이규가 물었다.

"짝귀와 쌍칼은 이번 일에서 빼야 하네."

유화곤이 당연하다는 듯 고개를 끄덕였다.

'젠장, 그 아이들로도 충분할 수 있는데.'

이규가 자리에서 일어났다.

"난 돌아가 봐야겠네. 큰형님 나올 시간 됐네."

그러자 구갈수도 함께 일어났다.

"나도 가야 하오. 참, 형님. 가기 전에 그거 한 번만 더 봅시다."

안 된다고 거절하려던 유화곤은 이규 역시 비슷한 눈빛으로 자신을 바라보고 있다는 것을 느끼곤 마음을 바꾸었다. 공연히 의심을 살 필요는 없었다.

"오늘만이네. 당분간은 그냥 잊고 지내는 것이 좋아."

유화곤이 금고에서 목곽을 꺼내왔다.

다시 책상에서 약병 하나를 들고 온 유화곤이 조심스럽게 약물을 종이에 발랐다. 목곽에 붙어 있던 봉인지가 그대로 떨어져 나왔다.

이규와 구갈수가 목곽으로 모여들었다.

유화곤이 목곽을 여는 순간.

참으로 말로 표현하기 어려운 참담한 침묵이 흘렀다.

무림맹주 집무실 벽에 새겨진 용의 입에 여의주로 박혀 있으면 너무나 어울릴, 자신들의 인생을 바꾸어줄 그 야명주가 없어진 것이다. 아니, 정확히 표현하자면 그 야명주 대신 빛을 잃은 칙칙한 구슬 하나가 목곽 속에 들어 있을 뿐이었다.

구슬을 집어 든 유화곤의 손이 부들부들 떨렸다.

"이게 어떻게……."

그때 구갈수의 이가 바드득 갈렸다.

"이런 육시할 놈이!"

구갈수의 눈에서 살기가 일었다. 이미 형, 동생 하던 기분 좋은 동지애는 빛을 잃은 야명주처럼 퇴색한 후였다.

당장이라도 검을 뽑을 것 같은 구갈수를 손을 뻗어 제지한 이규가 유화곤을 무섭게 노려보았다.

"동생, 지금 뭐 하자는 수작인가?"

담담했지만 진득한 살기가 담긴 경고였다.

유화곤은 미치고 환장할 노릇이었다.

"잠깐! 오해요. 오해네, 동생."

그러자 구갈수가 버럭 소리를 질렀다.

"이익! 이 포를 떠서 고추장에 찍어 먹을 놈아, 그럼 당장 그 오해를 풀어봐!"

풀고 싶다고 풀 수 있는 오해가 아니었다.

이 목곽의 봉인지를 표시나지 않게 뜯을 수 있는 사람도 자신뿐이었다. 게다가 밤새 보관한 사람도 자신. 입장을 바꿔 생각해도 당연히 자신을 의심할 만했다.

구갈수의 손이 거침없이 허리춤의 검자루로 내려갔다. 이번에는 이규도 그를 제지하지 않았다.

유화곤이 재빨리 한 발 뒤로 물러섰다.

"동생, 이러지 말게. 이성적으로 해결하자고."

"이성? 지랄하시네."

구갈수가 거칠게 검을 뽑아 들었다.

"당장 내놓지 않으면 갈가리 찢어 죽인다."

일 대 일로 붙으면 유화곤이 절대 불리한 상대였다. 게다가 적대적으로 돌변한 이규까지 함께였다. 자신이 꿀꺽 삼켰으면 이대로 순순히 목곽을 열었을 리 없다는 그 단순한 이치도 무식하기 짝이 없는 구갈수 앞에서는 아무런 힘을 발휘하지 못했다.

유화곤의 입술이 재빨리 달싹거렸다.

"개수작!"

구갈수가 유화곤을 향해 검을 찔러갔다.

쉬이익—

동시에 이규의 검이 허공을 갈랐다.

"아악!"

비명을 지른 사람은 구갈수였다. 이규의 검이 사정없이 그의 등을 사선으로 그어버린 것이다.

그날 기분이나 몸 상태에 따라 승패가 갈릴 비슷한 실력의 두 사람이었다. 당연히 이규의 기습을 막아낼 수 없었다.

구갈수가 인상을 쓰며 천천히 돌아섰다.

"…미친 새끼. 왜?"

이유는 간단했다. 방금 전, 유화곤이 이규에게 보낸 전음 때문이었는데 그 내용은 '저놈 죽이고 그 돈 둘이 나눕시다'였다.

구갈수가 탁자를 부수며 쓰러졌다.

유화곤이 구갈수의 검을 주워 들며 이규를 재촉했다.

"형님, 누가 보기 전에 우선 시체부터 치워야겠소."

"그러세."

이규가 시체의 다리를 잡아 들던 그 순간, 유화곤의 눈빛이 사나워졌다.

쉬이익—

이번에는 유화곤의 손에 들린 구갈수의 검이 바람 소리를 일으켰다.

푸우웃—

이규의 입에서 피가 뿜어져 유화곤의 얼굴에 뿌려졌다.

이규가 자신의 가슴에 박힌 검을 힘없이 내려다보다 그대로 꼬꾸라졌다.

신경질적으로 얼굴에 묻은 피를 닦아내는 유화곤의 표정은 경쟁자를 해치운 승자의 그것이 아니었다.

"시팔! 이런 좆같은 일이."

두 시체를 내려다보며 유화곤이 머리를 쥐어뜯었다.

그가 다시 구슬을 주워 들었다. 이리저리 흔들어도 보고 닦아도 보았지만 이미 완전히 빛을 잃은 후였다.

"으아아, 미치고 환장하겠네."

마치 자신이 야명주를 빼돌린 것처럼 이규를 속였지만 그것은 임기응변에 불과했다. 황금에 눈이 먼 이규가 제대로 상황 파악을 못해주었기에 가능했던 천운이었다.

"젠장, 아아아!"

왕 노대가 아끼는 칼잡이 둘이 자신의 방에서 죽었으니 이제 야명주는 고사하고 자신의 목숨이 위태로워진 것이다.

그때 문이 부서지듯 거칠게 열리며 누군가 뛰어들었다. 자신의 오른팔인 짝귀였다.

"형님, 무슨 일이십……."

짝귀가 말을 더 이상 잇지 못하고 방 안에 널브러진 두 시체와 유화곤을 번갈아 바라보았다.

"문 닫아!"

평소답지 않은 당황한 유화곤의 태도에 짝귀가 황급히 문을 닫았다.

"어떻게 된 일입니까?"

"둘이 말다툼을 하다가 서로 베었다."

피를 뒤집어쓴 유화곤의 뻔한 거짓말에 짝귀는 아무 말도 하지 않았다.

"짝귀야, 나 한동안 잠수 타야겠다. 내가 다 뒤집어쓸 상황이다."

짝귀가 그 말을 믿든 안 믿든 그건 유화곤의 관심 밖이었다. 한시라도 아껴 옥문관(玉門關)을 넘어 신강(新疆)으로 달아나야 했다.

바닥의 시체를 바라보던 짝귀의 눈매가 가늘어졌다. 이내 그가 마음을 굳혔다는 듯 고개를 들었다.

"우선 이 돈이라도 가지고 가십시오."

짝귀가 품 안을 뒤적였다. 이런 상황에서도 자신을 챙겨주는 짝귀의 충성심에 유화곤은 감격했다.

"짝귀야, 뒤를 부탁한다."

"부디 건강하십시오, 형님."

"고맙다."

두 사람이 와락 껴안았다.

푸욱!

순간 유화곤의 눈이 부릅떠졌다.

천천히 뒤로 물러서는 그의 심장에는 단검이 자루만 남긴 채 박혀 있었다.

"너……?"

믿을 수 없다는 유화곤에 비해 짝귀의 눈빛은 달라져 있었다.

"형님, 일을 저질렀으면 책임을 져야지 않소?"

비틀거리며 물러서던 유화곤의 무릎이 접혔다.

몇 마디 알아듣기 힘든 욕설을 내뱉던 그의 몸이 앞으로 꼬꾸라졌다.

그의 시체를 내려다보던 짝귀의 뒤늦은 짜증이 쏟아졌다.

"개새끼. 뒤를 부탁하긴 뭘 부탁해? 어휴, 이 산 채로 씹어 삼킬 놈아. 같이 가자고 해도 갈까 말깐데. 너 이대로 튀면 남은 난 좆 되라고? 영감 성격 몰라?"

짝귀가 서둘러 밖으로 뛰어나갔다. 일단 쌍칼부터 찾아서 이 일을 알려야 했다.

그가 사라지고 얼마 후, 네 사람이 방 안으로 들어왔다.

'은밀히'라고 하기에는 너무나 손쉽게 문지기들을 따돌리고 이곳까지 들어온 유월 일행이었다.

방 안의 살벌한 풍경에 비설이 조금 씁쓸한 미소를 지었다.

"혹시나 했지만 설마 이렇게 되리라곤……."

그녀는 분명 일이 이렇게 되리라 짐작하고 있었던 모양이었다.

"도대체 어떻게 된 일이야?"

다급하게 묻는 진명만큼이나 무옥도 이 상황이 궁금했다.

그때 유월이 바닥에 떨어져 있던 구슬을 주워 들었다.

"가짜였더냐?"

"네."

진명과 무옥이 다시 깜짝 놀랐다. 그렇게 환한 빛을 내는 야명주가 가짜였다는 사실이 믿기지 않았던 것이다.

비설이 유월의 손에 들린 구슬을 받아 들었다.

"이거 일회용 야명주야. 목곽을 여는 순간부터 딱 여섯 시진만 빛을 내지. 귀령 숙부께서 재미 삼아 만들어주신 거야. 물론 숙부님 작품이니 이것이 가짜라는 것을 알아볼 사람은 거의 없겠지."

진명과 무옥에게 설명을 한 후 이번에는 그녀가 유월에게 말했다.

"사실 이걸로 사업 밑천 만들려고 했었어요. 이 근방에서 제일 악독한 부자 놈 속여서."

스스로도 그 방법이 조금 불손하게 생각되었는지 비설이 쑥스런 미소를 지으며 말을 이었다.

"헤헤, 석 달 안에 아버지께서 만족할 만한 성과를 어떻게 거둬요? 밑천 구하는 데 시간 다 가겠네. 휴, 그나저나 이걸 써버려서 큰일이네요."

진명은 그녀의 말을 흘려들으며 방 안에 널린 시체와 구슬을 번갈아 보고 있었다.

"고작 그깟 구슬 하나 때문에."

무옥 역시 자신의 마음속에도 어딘가 숨어 있을지 모를 인간의 추악한 단면을 본 것 같아 기분이 울적했다. 십만 냥이란 거금이 자신의 눈앞에 있다면, 또 그것을 움켜쥘 기회가 있다면 자신은 어떻게 행동할까란 생각이 그녀의 머릿속을 복잡하게 만들었다. 과연 그 유혹을 쉽게 뿌리칠 수 있었을까?

시체가 되어버린 세 사람, 지금까지 그들이 살아온 인생은 악이라 부를 수 있을지 몰라도, 일확천금에 빠져 파멸을 맞은 것은 '악' 해서가 아닐 것이다. 바로 '욕망 앞에 선 인간의 나약함'과 이어져 있다는 생각이 들었다.

그런 생각을 떨쳐 내려는 듯 무옥이 비설에게 물었다.

"이제 어떻게 할 거야?"

그 대답을 비설은 또 다른 물음으로 대신했다.

"시작을 했으니 끝을 봐야겠지? 구슬 값도 받아내야 하고."

비설이 이번에도 유월에게 눈빛으로 허락을 구했다.

그녀의 뜻을 짐작한 유월이 나지막이 말했다.

"그래, 사람 무는 개를 키웠으니… 개 주인이 책임져야겠지."

第十三章

왕 노대

魔刀霸爭

왕 노대의 하루 일과는 유성도박장을 돌아보는 것으로 시작했다. 유성도박장은 난주에서 그 규모가 가장 컸는데 만수문이란 든든한 배경 탓인지 나날이 번창하고 있었다.

왕 노대의 이름은 왕삼(王三)이었는데, 그는 자신의 이름을 매우 싫어했고 왕 노대라 불리는 것을 좋아했다. 왕삼이란 이름은 그에게 기억하기조차 싫은 어린 시절의 가난을 떠올리게 했던 것이다. 왕일, 왕이, 왕삼. 그의 형제들 이름이었다.

주위의 가난한 친구들의 이름도 모두 이와 같았다. 장일, 장이, 장삼… 남자는 춘삼이, 여자면 춘심이. 생각만 해도 왕 노대는 이가 바득바득 갈렸다.

'젠장, 이렇게 성의없는 이름이라니.'

먹고살기도 힘든 이들이 어찌 자식 이름 짓는 데 공을 쏟을 시간이 있겠는가? 대충 첫째인지 막내인지 구분만 하면 되었던 것이다.

어쨌든 왕 노대의 어린 시절은 몹시 가난했고 영양 부족 탓인지 왕 노대는 왜소한 몸집의 소유자였다. 작은 키에 굽은 허리, 거무튀튀한 피부에 쭈글쭈글한 주름살까지 더해지면 영락없이 담벼락에 기대 앉아 하루 종일 햇살이나 쬐면 제격일 것 같은 늙은이였다. 그런 그를 '아, 보통 성격이 아니겠구나' 라고 긴장하게 만드는 것은 바로 그의 눈이었다.

산전수전 다 겪은 듯한 그 날카로운 눈빛을 보고 있노라면 육 척 장신의 사내들도 절로 마음이 움츠러들었다. 예순이 넘은 나이였음에도 그 혈기 또한 젊은이 못지않았다.

왕 노대가 도박장에 들어서자 총관 이임(李任)이 달려왔다. 도박장은 이른 시간이었음에도 절반 이상 가득 차 있었다.

왕 노대가 정중하게 인사를 건네는 그에게 습관처럼 물었다.

"별일없지?"

"네."

도박장 관리만큼은 굳이 묻지 않아도 철저한 이임이었다. 그는 뒷골목 출신답지 않게 정직했고 돈 욕심도 크게 없는 성실한 사내였다. 그런 성격이었기에 왕 노대는 자신이 목숨보다 귀하게 여기는 금고 관리를 유일하게 그에게 맡길 수 있었다.

실내를 둘러보던 왕 노대의 시선이 한곳에 이르렀다. 밤을 샌 기색이 역력한 부스스한 얼굴로 잡화상 송씨가 주사위를 던지고 있었다.

"송가, 얼마나 잃었지?"

이임이 장부를 뒤적였다.

"지난 두 달 동안 이천 냥 잃었습니다."

"이제 좀 풀어줘야겠군."

"네, 얼마나 풀까요?"

"한 오백 냥 풀지."

"너무 많지 않습니까?"

왕 노대가 미소를 지으며 고개를 가로저었다.

"시키는 대로 하게."

"알겠습니다."

도박장의 운영을 남녀의 애정에 빗대 생각하는 왕 노대였다.

결국 밀고 당기는 싸움을 잘해야 이긴다는 말이다.

무조건 다 따면 상대는 몰락하고 만다. 도박중독자의 치명적인 약점은 본전을 찾기 위한 쥐꼬리만큼 남은 푼돈이 아니다.

그들의 약점은 희망이다.

일확천금의 희망.

결코 도달할 수 없는 그 꿈이 깨어지는 순간 상품의 역할을 다하게 된다.

왕 노대는 결코 황금알을 낳는 닭의 배를 가르는 실수를 저지르지 않았다. 열을 따면 반드시 셋은 잃어줬다. 그 셋을 따는 한 도박에 중독된 자는 영원히 그 마성(魔性)에서 벗어날 수 없다는 것을 그는 누구보다 잘 알고 있었다.

이제 그의 한마디 명령으로 송씨는 오늘 내일 사이 오백 냥이란 거금을 따게 될 것이다. 하지만 송씨가 본전 생각을 버리지 않는 한, 그 오백 냥은 결국 왕 노대가 잠시 그에게 맡겨둔 돈이 될 것이다.

"근데 규아는?"

"이 무사는 아침 일찍 외출했습니다."

이규의 부재에 왕 노대의 얼굴에 못마땅한 기색이 스쳤다. 이임이 혹여 불똥이라도 튈까 얌전히 고개를 숙였다.

그때 수하 하나가 노름꾼들 사이를 헤치고 와 그에게 귓속말을 했다.

왕 노대의 인상이 대번에 찌푸려졌다.

"그래서? 잡았어?"

"아래층에 잡아두었습니다."

"화곤이 이놈은 도대체 일 처리를 어떻게 하는 거야."

왕 노대가 도박장 뒷문으로 걸어나갔다. 문 뒤에 대기하던 칼잡이 넷이 그 뒤를 따랐다.

음침한 분위기의 복도 끝에 다시 지하로 내려가는 계단이 나왔다. 앞서 걸어 내려가던 왕 노대가 문득 물었다.

"갈수는 왜 안 보여?"

그를 밤낮으로 지키는 칼잡이들은 모두 다섯이었는데, 그는 그중 갈수를 가장 신임하고 있었다.

뒤따르던 칼잡이 중 하나가 대답했다.

"아침 일찍 외출해서 아직 돌아오지 않았습니다."

왕 노대의 짙은 주름살이 꿈틀거렸다.

"이 새끼들, 아주 날을 잡았군."

왕 노대의 발걸음이 빨라졌다. 오늘 기강 한번 단단히 잡아야겠다고 마음먹었다. 하지만 그의 기분에 비구름을 몰고 온 세 사람은 황천을 건너는 배 위에서 멱살잡이를 하고 있음을 그는 결코 알지 못했다.

계단 끝 철문을 두드리자 안에서 문을 열어주었다.

그곳은 갖가지 잡동사니들이 쌓여 있는 창고였는데 그 가운데 중년 남녀가 무릎을 꿇고 앉아 있었다.

그들은 앞서 봉변을 당한 노씨와 그의 부인이었다.

비설의 도움으로 구사일생 유화곤의 손아귀를 벗어난 그는 가족을 모두 데리고 야반도주를 감행했지만 미처 난주를 벗어나기도 전에 왕 노대의 수하들에게 걸려 붙잡혀 온 것이다.

원래 유화곤이 이끄는 유성상회에서 처리해야 할 일이었기에 이래저래 오늘 왕 노대의 기분은 저기압이었다.

노씨는 어제오늘 맞은 매질로 얼굴 곳곳에 시퍼런 멍이 들어 있었고 그의 아내는 겁에 질려 고개를 푹 숙이고 있었다.

왕 노대가 들어서자 그들 부부 주위에 위협적으로 빙 둘러서 있던 다섯 명의 사내가 한옆으로 비켜섰다.

왕 노대의 등장에 노씨가 흠칫 놀랐다. 당연히 돈을 빌렸던 유화곤이 나타날 줄 알았는데 알고 보니 왕 노대 일당에게 끌려온 것이다.

왕 노대의 싸늘한 시선에 노씨가 사시나무 떨 듯 부들거렸다. 노씨는 소문을 들어 이미 알고 있었다. 왕 노대의 잔인함에 비하면 유화곤의 그것은 아이의 앙탈에 불과하다는 것을.

왕 노대가 사내들을 손짓해 불러 나지막이 물었다.

"애새끼들은?"

"네?"

설마 자식들까지 잡아와야 했냐는 표정의 사내에게 왕 노대의 주먹이 날아갔다. 더 이상 명령할 필요가 없었다. 턱을 부여 쥔 사내를 선두로 파락호들이 우르르 밖으로 달려나갔다.

그들의 행동을 지켜보던 노씨의 얼굴에는 불안이 가득했다. 왕 노대가 속삭인 바람에 무슨 얘기가 오간지 몰랐지만 분위기는 더없이 살벌해지고 있었던 것이다.

"…왕 대인, 살려주시오."

그의 입에서 핏물 섞인 침이 길게 늘어졌다.

"자네가 화곤이 속을 꽤나 썩였다지?"

왕 노대가 주위를 두리번거리며 뭔가를 찾더니 구석에서 각목 하나를 주워왔다.

"그래 놓고 줄행랑을 친다? 이거 아주 악질이구먼."

노씨가 기겁을 하며 소리쳤다.

"왕 대인! 제발, 제발 살려주시오!"

왕 노대가 노씨 앞에 쪼그리고 앉았다.

"화곤이가 경고했을 텐데? 돈 안 갚고 줄행랑치면 죽는다고."

노씨가 잠시 아무 말도 못했다. 너무나 억울했다. 이미 원금은 다 갚은 그였다. 하지만 눈 더미처럼 불어난 이자가 원금의 다섯 배가 넘고 있었다.

왕 노대가 과장되게 인상을 썼다.

"화곤이 이 새끼, 도대체 일을 어떻게 처리하는 거야?"

불똥이 유화곤에게 튀자 노씨가 화들짝 놀라 변명을 시작했다.

"도, 도망간 게 아니었소. 돈, 돈을 빌리러 간 것이었소."

"그래?"

"정서(定西)에 아, 아는 친구가 있소이다."

"친구가 있다? 그래서 갚을 수 있다?"

노씨가 고개를 필사적으로 끄덕였다.

왕 노대가 노씨의 눈을 가만히 응시하더니 고개를 내저었다.

"아냐, 자넨 이제 개털이야. 돈을 빌릴 수도 갚을 수도 없지. 그야말로 자네가 할 수 있는 일이라곤 땅에 떨어진 개밥을 처먹고 똥을 싸는 일밖에 없지."

"아니오, 아니오. 갚을 수 있소. 한 달만, 한 번만 기회를 더 주시오."

"왜? 이번에는 어디로 튀게?"

뒤에 팔짱을 끼고 있던 칼잡이들이 피식 웃었다.

노씨는 현기증이 일며 숨이 컥 막혔다. 그는 느낄 수 있었다. 왕 노대는 더 이상 자신을 용서하지 않을 것이다.

노씨가 아내 쪽을 돌아보았다.

"…여보."

떨리는 그의 부름에 부인이 살짝 고개를 들었다.

자신을 바라보는 그녀의 눈에서는 이미 눈물이 주르륵 흘러내리고 있었다. 아내의 눈물을 보자 노씨의 눈앞이 뿌옇게 흐려졌다.

작년 여름, 열일곱 상희가 배필을 만나 혼례를 올렸다. 하나밖에 없는 딸의 혼례인데 남부럽지는 않더라도 기본은 해주고 싶은 마음에 유화곤에게 급전을 빌린 것이 화근이었다.

물론 그들의 악명을 몰랐던 것도 아니었다.

단지 갚으면 된다고 생각했다. 사단이 나는 것은 다 제때 갚지 못해서라 생각했다. 그때까지만 해도 다음 달에 바로 갚을 수 있는 상황이었으니까. 지금 생각하면 너무나 순진한 발상이었다.

이웃 마을 거래처로 배달되던 대량의 쌀이 녹림에 연이어 강탈당하면서 문제가 서서히 커져 갔다. 나쁜 일들은 한꺼번에 온다는 말처럼 사고들이 연이어 일어났고, 그때부터 가세가 급격히 기울기 시작했다. 원금 상환을 한 달 두 달 놓치기 시작했고 이자는 급격히 늘어나기 시작했다.

이래선 안 되겠다 싶어 어떻게든 돈을 만들어 유화곤의 빚부터 갚으려 했다. 하지만 그들은 이런저런 핑계를 대며 차일 피일 만나는 것을 미루었다. 그제야 그는 깨달았다. 자신은 이미 덫에 걸린 제물에 불과하다는 것을. 어쩌면 처음 물건이 도둑맞은 것도 녹림이 아니라 이들의 짓일지도 모른다는 것을.

결국 자신이 빌린 돈의 열 배도 더 되는 가치의 땅이며 집이며 모든 재산을 다 빼앗기고도 이런 개 같은 꼴을 당하게 된 것이다.

'그래, 죽자. 죽어.'

단지 그는 아내에게 너무나 미안했다. 아내는 그저 하염없이 흘러내리는 눈물로써 자신의 마음을 내보이고 있었다. 남편을 원망할 수도 없었다. 딸을 위한 일이었다. 자신 역시 반대하지 않은 일이었다.

"어허흥!"

탄식 같은 울음이 터져 나왔다.

죽기를 각오한 그들 노씨 부부의 악몽은 이제부터였다.

문이 열리며 앞서 달려나갔던 사내들이 들어왔다. 그들에게 끌려온 이들을 확인한 노씨 부부가 깜짝 놀라 소리쳤다.

"상진아! 상희야!"

상진과 상희는 물론 사위인 정수까지 함께 끌려왔다. 입술이 터지고 다리를 절룩거리는 걸로 봐서 정수는 그들이 상진과 상희를 끌고 가지 못하게 하려고 사내들을 막다가 두들겨 맞은 모양이었다.

설마 아이들까지 끌고 올 줄은 상상도 못했던 노씨의 분노가 폭발했다.

"이 개 같은 놈아! 이게 무슨 짓이냐!"

왕 노대가 들고 있던 각목으로 그의 이마를 쿡쿡 찔렀다.

"이 말라비틀어진 자라 새끼야, 그럼 네 티끌 같은 목숨 하나로 끝날 것이라 여겼더냐?"

"이익!"

노씨가 왕 노대에게 주먹을 날리려고 몸을 일으켰지만 그보다 배는 빠르게 각목이 날아들었다.

빠악!

이마가 터지며 노씨가 나동그라졌다.

"아아악!"

상진이 겁에 질려 비명을 내질렀다. 노씨 부인은 남편에게 달려가지 않았다. 상희와 상진에게 달려가 둘을 자신 쪽으로 끌어당겨 등 뒤에 감추었다.

"아빠! 아빠—"

충격을 받은 상진은 까무러치기 직전이었다.

"이 아이들은 절대 안 된다!"

노씨 부인이 악을 썼다. 자신을 끌고 왔던 사내들의 서슬이 무서워 말 한마디 꺼내지 못하던 그녀였다. 하지만 자식들을 본 순간부터 자신이 죽는 것은 조금도 두렵지 않았다. 오직 아이들만은 무사히 돌려보내야겠다는 생각뿐이었다. 자신이 죽고 사는 것은 이제 문젯거리도 아니었다.

"이보시오. 여긴 법도 없소?"

그녀의 앙칼진 항변에 피식 웃던 왕 노대가 목청을 높였다.

"법? 법아, 법아! 어디에 있니, 법아!"

지하 창고에 그의 목소리가 메아리되어 울려 퍼졌다.

"없나 본데?"

그의 희롱에 사내들이 일제히 키득거렸다.

노씨 부인이 필사적으로 소리쳤다.

"그래, 죽여라. 날 죽여라. 그전에는 우리 애들 손끝 하나 못 건든다."

빠악—

그러자 사내 하나가 모질게 그녀의 뺨을 후려쳤다.

바닥을 뒹구는 그녀를 다시 짓밟으려 들자 상희가 그녀를 덮쳐 몸으로 보호했다.

"어머니!"

"희야!"

노씨 부인이 혹여 딸이 맞을까 봐 다시 그녀를 안고 바닥을 굴렀다. 그 과정이 두어 번 반복되었고, 지켜보던 사내의 조롱이 이어졌다.

"모녀가 단체로 지랄이네."

"하하하!"

사내들의 폭소가 터져 나왔다.

이마에서 흘러내리는 피를 닦을 새도 없이 노씨가 왕 노대의 바지 자락을 잡고 늘어졌다.

"왕 대인! 왕 대인! 제발 아이들만은… 대인도 자식이 있지 않소이까? 제발, 제발… 아직 어린애잖소. 출가외인(出嫁外人)인 아이잖소!"

사내들이 달려들어 노씨를 떼어놓았다. 그에게 발길질이 이어졌다. 두들겨 맞으면서도 노씨는 오직 자식들은 보내달라 애원하고 있었다.

"우아아아아앙!"

상진은 거의 숨이 넘어갈 정도로 울고 있었다. 상희가 상진을 숨이 막히도록 꽉 끌어안으며 상진의 귀를 막았다. 너무 무서웠다. 또한 어린 상진에게 마음에 잊을 수 없는 상처가 될까 걱정이 되었다.

왕 노대가 상희를 끌고 왔던 사내들에게 말했다.

"처리는 잘했겠지?"

"네. 조용히 끌고 왔습니다. 아마 지 아비어미와 함께 달아났다고 생각할 겁니다. 내일 청해 쪽으로 물건이 나가니, 두 년은 그때 함께 내보내면 될 듯합니다. 늙은 년이야 헐값에 팔리겠지만, 딸년은 꽤 받을 수 있을 것 같습니다."

두 여인을 팔아넘기겠다는 말에 노씨 일가는 사색이 되었다.

정수가 무릎으로 기어와 왕 노대의 옷자락에 매달렸다.

"제가, 평생 일해서 갚겠습니다. 제발, 한 번만 봐주십시오!"

왕 노대가 그의 머리를 발로 짓밟았다.

"사내놈들은……."

말하지 않아도 왕 노대의 일하는 방식은 정해져 있었다. 본디 악한 자들일수록 보복의 공포는 큰 법, 왕 노대 역시 다르지 않았다. 그 두려움에 어린 상진도 예외는 아니었다.

그때 사내 하나가 조심스럽게 말했다.

"요즘 고 무인이 사내들을 찾는답니다."

"진붕이가? 왜?"

고진붕은 유성도박장과 함께 만수문의 또 다른 주력 사업인 지하비무장(地下比武場)에 무인을 제공하는 자였다. 그는 뜨내기 낭인들이나 죄를 지은 범죄자들을 비무장과 이어주거나 거지나 어린아이들을 비무장에 팔아넘겼는데, 돈이 된다면 자신의 아들까지 팔아넘길 소문난 파락호로 인간사냥꾼으로 통하는 자였다.

"뭔가 새로운 것을 할 모양입니다."

"그래? 두 당 얼마나 준대?"

"오십 냥씩 쳐주겠답니다."

"음, 그럼 칠십 냥 받고 넘겨."

"알겠습니다."

나지막이 오가는 그들의 말을 듣고 있던 노씨 부인은 더 이상 견디지 못하고 혼절해 버렸다.

노씨가 메어지는 가슴을 두드리며 서럽게 울었다. 너무 억울해서 눈물도 나오지 않았다.

"어허어어엉!"

그의 메마른 울음소리만이 창고에 메아리칠 뿐이었다.

"새끼, 그러게 양심적으로 살았으면 좀 좋아."

왕 노대가 마지막까지 독설을 내뱉으며 도박장 쪽으로 향하는 철문으로 한 걸음 옮겼을 그때였다.

끼이익.

철문이 열리며 또다시 누군가 들어섰다.

당연히 자신의 수하려니 생각하던 왕 노대는 깜짝 놀랐다.

하늘에서 막 떨어진 것 같은 아름다운 면사여인이 들어선 것이다. 물론 그녀는 비설이었다. 그녀 뒤로 유월이 들어섰다.

왕 노대 뒤에 서 있던 네 칼잡이가 왕 노대를 보호하며 한 걸음 앞으로 나섰다.

왕 노대가 그들의 어깨를 잡아 잠시 제지했다.

"누구신가?"

왕 노대의 물음에 비설이 환하게 웃으며 답했다.

"아, 빚 받으러 왔어요."

노씨 일가의 끔찍한 악몽이 이제 막 왕 노대에게 넘어가는 순간이었다.

왕 노대는 순간 착각을 했다.

빚 받으러 왔다는 소리를 빚 갚으러 왔다는 소리로 들은 것이다. 그도 그럴 것이 언제 자신이 빚 갚을 일이 있었던가?

왕 노대가 두 눈을 껌벅였다.

'도박 빚이라면 내가 모를 리 없고, 화곤이 손님인가?'

틀림없이 그러리라 생각했다. 사실 다른 사람이었다면 또다시 유화곤의 일 처리에 욕설을 내뱉었겠지만, 이런 아름다운 여인이라면 백 번이고 천 번이고 실수를 해도 괜찮을 것이란 생각이 들었다.

그사이 비설이 성큼성큼 안으로 들어서서 창고 안을 돌아보고 있었다. 노씨 일가는 눈물 범벅이 된 채 서로 부둥켜안곤 서럽게 흐느끼고 있었다.

그들을 바라보는 그녀의 눈빛에 미안함이 깃들었다.

"이럴 줄 알았으면 따로 모실 걸 그랬군요."

그 알지 못할 말에도 그들은 그저 반쯤 넋이 나가 있었다.

상진이 비설을 알아보았다.

"…누나?"

상진에게 살짝 미소를 지어 보이곤 비설이 왕 노대에게 돌아섰다.

그녀가 왕 노대에게 다가갔다. 막아서는 칼잡이들을 왕 노대가 다시 제지했다. 비설이 그에게 다가가 속삭였다.

"엿들으려고 한 게 아니라 들어오다 우연히 들었답니다. 저 여인들은 어디로 팔려가는 건가요? 기루겠죠? 얼마나 받나요?"

다른 사람이 이렇게 노골적으로 물었다면 욕설이 나가도 백 마디는 나갔을 상황이었다. 하지만 왕 노대는 그녀의 맑은 목소리에 넋이 나가 있었다. 그녀의 몸에서 향긋한 냄새가 났고, 피곤에 찌든 노름꾼들만 상대하던 왕 노대는 그야말로 별천지에 첫발을 디딘 황홀한 기분이 들었다.

"뭐, 뭐라고 했나?"

별천지에 꽃가루가 날리기 시작했다. 그녀가 면사를 벗은 것이다.

"전 얼마나 나갈까요?"

어둑한 창고가 환해지자 사내들의 입이 일제히 벌어졌다.

왕 노대가 침을 꿀꺽 삼켰다. 그야말로 태어나 처음 보는 미녀였다. 저런 미인을 한 번만 안아볼 수 있다면 그 어떤 대가를 치러도 상관이 없을 것 같았다. 그곳에 있던 모든 사내들의 마음이 처음으로 일치단결되는 순간이기도 했다.

함부로 외인에게는 면사를 벗지 않기로 약속한 비설이었다. 그런 그녀의 이러한 행동은 하나였다. 이곳에 있는 왕 노대 일당을 절대 용서하지 않겠다는 의지.

"소, 소저. 여기서 이럴 게 아니라 내 방으로 가시……."

그제야 왕 노대는 비설 뒤에 서 있는 유월의 존재를 인식했다. 물론 그는 분명히 유월이 비설을 뒤따라 들어온 것을 보았다. 하지만 거짓말처럼 잊고 있었다. 그만큼 비설의 미모는 파괴력이 컸던 것이다.

죽립을 눌러쓴 유월의 등에 매달린 것은, 비록 천에 감겨 있었지만 그것은 분명 칼이었다.

그 순간 왕 노대는 참으로 분위기에 어울리지 않는 생각이 들었다.

'그래, 저런 미녀가 혼자 돌아다니지는 않겠지'가 바로 그것이었다. 그 엉뚱한 생각 끝에 왕 노대가 퍼뜩 정신을 차렸다. 미녀에게 홀려 한없이 넋을 놓기에는 그는 늙은 생강처럼 맵게 살아온 사람이었다.

'이런, 이것들의 정체가 뭐지? 여기까지 어떻게 들어온 거지?'

가장 먼저 했어야 할 생각이었다.

왕 노대가 자신도 모르게 한 발 뒤로 물러섰다.

비설은 그의 급변하는 마음에는 관심도 없는 듯 뒷짐을 지고 창고 안을 산책하듯 둘러보기 시작했다.

"헤헤, 여기 조용하고 좋은데요. 서늘하니 분위기도 있고."

그녀가 노씨 일가에게 다가갔다. 상희와 그녀의 눈이 마주쳤다.

"몇 살?"

완전히 겁을 먹은 그녀였다.

"열여덟… 이에요."

"헤, 나보다 어리구나."

비설이 정수를 힐끔 보며 물었다.

"남편?"

상희가 고개를 끄덕였다.

"나보다 어리지만, 어른이네. 우리 아버지가 항상 그러셨어. 남자든 여자든 혼인을 해야 진짜 어른이 된다고."

비설이 이번에는 유월 쪽을 돌아보았다.

"헤헤. 그럼 오라버니도 아직 애군요."

죽립 아래 유월의 입가에 슬며시 미소가 지어졌다.

그녀가 왕 노대 쪽으로 돌아섰다.

"여기 이 아이가 마음에 들어요. 기왕 팔려면 저한테 파세요. 가족까지 몽땅 끼워서."

그녀의 말투는 뭐랄까, 세상 물정 모르는 황궁의 공주가 첫 세상 나들이를 한 것처럼 보였다.

조금 냉정을 찾은 왕 노대가 냉랭하게 대답했다.

"파는 물건 아니네."

"다섯 사람이니까 오천 냥?"

순간 왕 노대가 감짝 놀랐다. 오천 냥이면 원래 받게 될 가격보다 몇십 배는 더 되었던 것이다.

"사천구백 냥?"

비설이 백 냥을 낮춰 불렀다.

"사천팔백 냥?"

다시 그 가격에서 백 냥이 깎여 나갔다.

"잠깐, 흥정을 하려면……."

"사천칠백 냥… 사천육백 냥."

가격이 더욱 빠르게 떨어졌다.

"팔겠네!"

가격이 더 떨어지기 전에 일단 멈추고 봐야겠다는 마음이었다. 그의 재물에 대한 탐욕이 다시 한 번 드러나는 순간이었다.

"짝짝짝, 사천육백 냥 낙찰입니다!"

노씨 일가로서는 그야말로 난데없고 놀랄 만한 일이었다. 하지만 앞으로 어떤 일이 있더라도 지금보다는 나을 것이 분명했기에 서로를 끌어안은 팔에 힘이 들어갔다.

정체불명의 여인이 천하의 악녀이고, 그런 그녀의 노예가 된다 한들 지금보다 나쁠 수는 없었던 것이다.

비설이 뭔가 잠시 계산하는 시늉을 하더니 큰 소리로 말했다.

"그럼, 제게 줄 돈은 십삼만 삼천사백 냥 되겠습니다."

"뭐?"

십삼만은 고사하고 열 냥도 내놓을 생각이 없었던 왕 노대는 물론 칼잡이들과 파락호 사내들까지 깜짝 놀랐다.

비설이 품 안에서 무엇인가를 꺼냈다. 그것은 앞서 유화곤과 계약했던 계약서였다. 그녀가 계약서를 왕 노대에게 건넸다.

왕 노대의 입장에서야 당연히 처음 보는 계약서였는데, 유화곤의 서명이 틀림없는 걸로 봐서 그가 계약한 내용인 듯 보였다.

멍하니 계약서를 내려다보는 그에게 비설이 종달새처럼 조잘거렸다.

"헤헤, 원래 최상급 야명주 셋을 받아야 하죠. 개당 오만 냥씩 계산했어요. 제가 좀 손해 보죠. 아시겠지만 십만 냥까진 받아낼 수 있잖아요. 헤헤, 십오만 냥에서 빌린 돈과 이자 만 이천 냥 빼고, 다시 사천육백 냥 빼면 정확히… 십삼만 삼천사백 냥 되겠습니다."

비설은 꽤나 신나 했다. 그에 비해 왕 노대는 여전히 어리둥절한 표정이었다.

그때 문이 벌컥 열리며 누군가 황급히 뛰어들어 왔다.

왕 노대가 '이건 또 뭐냐'란 얼굴로 고개를 돌렸다. 들어선 이는 짝귀였다. 유화곤을 찔러 죽인 짝귀는 자신의 단짝 쌍칼부터 찾았는데, 잠시 전까지 제 방에서 술을 홀짝이던 놈은 어딜 갔는지 찾을 수가 없었던 것이다. 아마 어디 기루에 처박혀 기녀들과 뒹굴게 뻔했는데, 몇 군데 찾다 결국 급한 마음에 혼자 달려온 것이다.

짝귀를 알아본 칼잡이 하나가 차갑게 물었다.

"무슨 일이냐?"

"그게, 그게… 큰일 났습니다."

짝귀가 힐끔 유월 일행을 훑어본 후, 왕 노대에게 다가가 나지막이 뭔가를 보고했다.

보고를 듣던 왕 노대의 인상이 시시각각 변했다.

세 사람이 칼부림이 나서 양패구상을 했다는 보고가 이어졌다. 물론 유화곤을 자신이 죽였다는 것은 빠졌다.

짝귀는 내심 기대를 하고 있었다. 유화곤의 빈자리는 누군가 대신해야 할 것이고 서열상 자신이 가장 유력했던 것이다.

그의 보고가 끝나자 왕 노대의 시선이 비설을 향했다. 그제야 그는 비설이 내놓으란 돈이 무엇인지 알 수 있었다. 망할 놈들이 야명주를 두고 다투다 서로 칼질을 한 모양이었다. 자신의 수하 셋이 서로 칼질을 하다 죽었다는 보고였음에도 왕 노대의 얼굴엔 오히려 여유가 생겼다.

"그럼 그대는 유가상회의 아가씨로군."

짝귀를 통해 상대를 정확히 파악한 안도감 때문이었다.

상대의 정체를 몰라 내심 찝찝해하던 차였다. 그러나 유가 상회라면 일단 안심이었다. 만수문을 배후에 둔 자신이라면 유가상회 정도는 큰 위협거리가 되지 못할 것이니까.

그가 머릿속으로 지금 상황을 정리했다. 그러니까 결국 유가상회의 철부지가 상대도 제대로 알아보지 못하고 천방지축 날뛰는 것이었다.

"유성상회에 돈을 갚으러 들렀더니 칼부림이 났더군요. 제 야명주는 오간 데도 없고."

비설이 손가락을 들어 계약서를 가리켰다.

"거기 어디 적혀 있죠? 맡긴 물건이 파손되거나 분실 시에는 그 값의 세 배를 보상한다."

왕 노대의 인상이 싸늘하게 굳어져 갔다. 그의 기준에서 비설이 말한 액수는 목숨을 내놓는 한이 있어도 줄 수 없는 액수였다. 자신이 평생 번 돈을 다 내놓을 수는 없었으니까.

"돈 빌린 지 하루 만에 물건을 찾으러 오셨다?"

"그러지 말란 법은 없잖아요?"

왕 노대가 코웃음을 쳤다. 뭔가 구린내가 났고 뻔한 수작임이 틀림없었다.

찌이익—

왕 노대가 보란 듯이 계약서를 반으로 찢었다. 찢어진 두 장을 합쳐 다시 찢었고 그 과정을 몇 번 반복하자 이제 그것은 더 이상 어떤 의미를 담은 종이가 아니게 되었다.

천천히 종잇조각을 눈처럼 바닥에 뿌리며 왕 노대가 싸늘하게 말했다.

"못 주겠다면?"

비설이 피식 웃었다. 안 주고 배길 수 있을까란 그녀의 눈빛에 왕 노대가 버럭 고함을 질렀다.

"네 이년! 감히 여기가 어디인 줄 알고 수작질이냐?"

"역시 그렇군요. 하긴 이런 상황에서 순순히 말을 들을 사람 같으면 애초에 이런 나쁜 짓도 하지 않았겠죠."

비설이 해맑게 웃었다. 너무나 해맑아 오히려 섬뜩한 느낌이었다.

그녀가 노씨 일가에게로 다가가 상진을 안아 들었다.

"누나?"

스르륵.

비설이 아이의 수혈을 짚었고 이내 상진은 잠이 들었다.

이어 비설이 상희에게 말했다.

"저흰 눈 감죠. 정신 건강에 안 좋은 장면이니깐."

얼떨결에 상희가 눈을 감았다. 노씨 부부 역시 서로를 부둥켜안으며 시선을 외면했다. 끝으로 비설도 가만히 눈을 감아 버렸다.

"대체 뭐 하는 짓이냐?"

분위기가 심상치 않게 돌아가자 왕 노대가 칼잡이들에게 눈짓을 보냈다. 일단 유월부터 단칼에 해치워 버리라는 명령이었다.

네 칼잡이가 동시에 검을 뽑아 들었다.

아니, 정확하게 말하면 검을 뽑아 들려고 시도했다. 그들이 잡은 것은 자신의 검 손잡이가 아니라 빈 허공이었으니까.

번쩍 하는 느낌으로 다가선 유월이 그들의 검을 먼저 뽑아 든 것이다. 양손에 두 자루씩 들린 네 자루의 검이 허공을 갈랐다.

쉭—익—쉬익—이익!

네 줄기의 시원스런 칼바람 소리가 하나로 합쳐져 들려왔다.

철컥. 철컥. 철컥. 철컥.

네 자루의 검이 동시에 네 칼잡이의 검집에 다시 꽂혔다.

그 동작이 너무나 빨라 왕 노대는 무슨 일이 일어났는지 알 수 없었다. 눈을 깜박였다 뜨자 유월이 그들의 중앙에 서 있었고 그사이 바람 소리만 들렸을 뿐이었다.

네 칼잡이들은 자리에 선 채 꼼짝도 하지 않았다.

"…뭐냐?"

유월이 성큼성큼 왕 노대를 향해 다가갔다.

왕 노대가 깜짝 놀라 소리쳤다.

"막아라! 무엇 하느냐?"

그가 명령을 내린 것은 네 칼잡이에게였다. 그의 눈에는 여전히 그들이 멍하니 선 채 유월을 자신 쪽으로 통과시켜 주는 것으로만 보였으니까.

엉겁결에 짝귀가 유월의 앞을 막아섰다.

짝귀가 검을 뽑아 든 순간.

"어어?"

유월을 향하던 짝귀의 검이 방향을 바꾸었다. 검이 향하는 곳은 구석에 서 있던 파락호 사내들 쪽이었다.

쉬이익—

짝귀가 검과 함께 허공을 날았다.

그의 손에서 검을 든 이라면 누구나 도달하고자 꿈속에서라도 바라는 이기어검술이 펼쳐졌다.

푹— 쉭— 쉭—쉭—

선두에 선 사내의 심장을 찌른 짝귀의 검이 주위의 파락호 사내들을 향해 휘둘러졌다. 놀라고 당황한 그들은 저항 한번 해보지 못하고 피를 뿜으며 쓰러졌다.

"무슨 짓이냐?"

왕 노대의 다급한 외침에 사색이 된 짝귀가 소리쳤다.

"제, 제가 한 것이 아닙니다."

과연 그것을 증명이라도 하듯 짝귀의 검이 이제는 그의 목으로 향하고 있었다.

"안 돼!"

짝귀가 처참한 비명을 지르며 검을 버리려고 했지만 그럴 수 없었다. 검자루를 쥔 자신의 손은 알지 못할 힘에 지배당하고 있었던 것이다.

서걱.

짝귀가 스스로 자신의 목을 베었다.

그가 쓰러지자 그 바닥의 진동으로 그제야 칼잡이들이 차례대로 쓰러졌다.

평생에 보기 힘든 무공 경지였지만 왕 노대의 입에선 감탄 대신 처참한 비명 소리가 터져 나왔다.

"으아아악!"

쓰러진 이들의 몸에서 흘러나온 피가 창고 바닥을 흥건히 적셔가기 시작했다.

비릿한 혈향이 피어오르자 왕 노대는 너무 놀라 숨이 멎을 것만 같았다. 그의 턱이 딱딱 소리를 내며 부딪치기 시작했다.

'이건 꿈이야! 그래, 꿈일 거야!'

그때 비설의 싸늘한 음성이 들려왔다.

"이래도 안 내놓을래?"

이제 눈을 뜬 비설은 무표정한 얼굴로 왕 노대를 바라보고 있었다.

"으아아악!"

왕 노대가 미친 듯이 두 손을 휘저으며 철문 쪽으로 뛰었다.

유월은 그가 바로 옆을 지나감에도 아무런 제지도 하지 않았다.

계단을 뛰어올라 가는 왕 노대의 머릿속은 하얗게 비어 있었다.

그가 도박장으로 이어진 문을 박차고 들어섰다.

"엇!"

어둑한 실내. 도박장의 문은 닫혀 있었고 모든 창에 휘장이 쳐져 있었다. 그 많던 손님은 어느새 모두 사라지고 없었다. 마치 다른 곳의 문을 열고 들어온 것 같은 착각이 들었다.

주르륵.

한 걸음 떼어놓던 그가 미끄러지며 엉덩방아를 찧었다.

철퍼덕.

바닥을 뒹굴던 그의 손에 찐득한 액체가 묻었다. 후끈 피어 오르는 혈향에 왕 노대가 다시 비명을 내질렀다.

"으아악!"

바닥의 홍건한 피 때문에 그가 미끄러졌던 것이었다. 그제 야 희미하게 보이는 주위 광경. 일층을 지키던 칼잡이들이 시 체가 되어 바닥을 나뒹굴고 있었다.

그때 어디선가 묵직한 사내의 목소리가 들려왔다.

"내놔."

왕 노대가 기겁을 하며 그쪽을 바라보았다.

그 말은 자신에게 한 말이 아니었다. 주사위 탁자 위에 한 사내가 걸터앉아 있었고 그 맞은편에 다른 사내가 비스듬히 기대 있었다.

주사위 내기에서 이긴 듯 등을 보이고 있는 사내가 손을 내 밀었다.

반대쪽 사내가 동전 하나를 그에게 던졌다.

그들은 바로 백위와 검운이었다.

동전을 받아 든 백위가 왕 노대를 슬쩍 돌아보며 히죽 웃
었다.

"같이 할래?"

어둑한 어둠 속에서 백위가 사악하게 웃자 마치 사신이 같
이 가자고 손짓하는 것만 같았다.

"으아악!"

왕 노대가 기겁을 하며 엉덩이로 바닥을 닦으며 물러났다.

어둠에 익숙해진 그의 눈에 한옆에 나란히 누운 사람들이
들어왔다. 그들은 바로 도박장의 물주들과 노름꾼들이었다.
모두들 혈도를 짚여 잠이 든 것이었지만 왕 노대의 눈에는 그
들이 죽은 것으로 보였다.

"으으으."

누군가 그의 목덜미를 거칠게 잡아챘다. 그의 왜소한 몸을
번쩍 든 사람은 진패였다.

"내가 세상에서 제일 싫어하는 놈들이 누군지 아나?"

얼이 반쯤 빠진 왕 노대를 노려보며 진패가 말을 이었다.

"염왕채를 놓는 놈들이야. 아주 더러운 놈들이지. 내 손에
걸리면 껍데기를 홀랑 벗겨 소금을 뿌릴 거야. 넌 그런 더러운
짓 안 하지?"

"으으으……."

왕 노대의 입에서 공포에 질린 흐느낌이 흘러나왔다.

진패가 그를 홱 집어 던졌다.

바닥에 내동댕이쳐진 그가 본능적으로 바닥을 기었다. 그가

향하는 곳은 바로 입구 쪽이었다.

누군가의 발이 그의 앞을 막았다.

왕 노대 앞에 쪼그리고 앉은 사람은 바로 비호였다.

"사는 게 참 쉽지가 않지? 너라고 처음부터 악독한 것은 아니었잖아. 괜찮아, 괜찮아. 살다 보면 그럴 수도 있지. 독한 놈이 살아남는 게 당연하잖아. 솔직히 넌 억울하지. 널보고 악독하니 뭐니 욕하는 것들, 사실 약해 빠진 놈들이잖아."

너무나 무서운 상황에서 비호의 목소리는 너무나 다정했고 왕 노대는 눈물이 찔끔 나올 뻔했다.

짝—

방심하던 왕 노대의 뺨이 사정없이 돌아갔다.

비호는 여전히 환한 미소를 짓고 있었다.

"괜찮지? 난 너보다 더 강하고 독하니까. 약해 빠진 너 같은 벌레는 짓밟는 게 당연하잖아. 그렇지? 맞지?"

짝—

"으아악!"

다시 왕 노대가 바닥을 마구 기었다. 이미 정신이 반쯤 나간 그였고 일어서려 해도 다리에 힘이 들어가지 않았다.

오직 문 쪽을 향해서 기었다. 그곳까지만 나가면 된다는 생각뿐이었다. 입구를 코앞에 두었을 때 누군가 그를 불렀다.

"어이!"

그냥 무시한 채 문을 박차려던 그의 신형이 딱 멈췄다.

그의 고개가 서서히 돌아갔다. 그를 부른 사람은 세영이었는데, 왕 노대의 시선은 세영의 어깨 너머를 향하고 있었다.

세영 뒤의 세 사람은 진명과 무옥, 그리고 도박장의 총관인 이임이었다. 그리고 그들 앞에 놓인 낯익은 상자들. 왕 노대의 두 눈이 부릅떠졌다.

"…이 총관!"

왕 노대의 힘없는 부름에 이임이 고개를 푹 숙였다.

"…죄송합니다."

상자에 담긴 것은 유성도박장의, 아니, 왕 노대 자신의 전 재산이었다.

이임은 결국 비밀 금고를 열었던 것이다. 자신의 목숨을 내놓기보단 남의 재산을 내놓는 것이 당연히 쉬운 일이었고, 그일을 시킨 사람들은 이임이 지닌 충성심으로 감당할 상대가 아니었다.

상자들 속에는 금괴를 비롯해 수북이 쌓인 전표에, 집과 땅문서, 만수문을 비롯한 갖가지 사업체들과 맺은 불법적인 서류들. 전표만 해도 수만 냥에 이르렀다.

'…두고 갈 수 없다!'

발걸음이 떨어지지 않았다. 하지만 어떻게?

최악의 상황은 아직 진행 중이었다.

세영이 무엇인가를 태우기 시작했다. 너무나도 낯익은 그것은 왕 노대 인생에서 가장 소중한 것이었다.

그것이 무엇인지 확인한 왕 노대가 소리쳤다.

"안 돼!"

세영이 태우는 것은 돈을 빌려주고 맺은 계약서들이었다.

왕 노대의 신형이 부들부들 떨렸다.

화르르르.

불 속으로 계약서를 뭉치째 던져 넣으며 세영이 미소를 지었다.

"괴롭나?"

왕 노대가 가슴을 부여 쥐고 끅끅거렸다.

"네 재산은 이제 우리 차지야. 고마워."

"끄으윽."

왕 노대의 얼굴이 시뻘겋게 달아올랐다.

목숨보다 소중한 것들이 재가 되어 날아갔고, 평생을 모은 재산을 제대로 한번 써보지 못하고 빼앗긴다는 생각에 온몸의 피가 거꾸로 솟구쳤다.

"안 돼─"

그에게 죽음보다 더한 고통이 밀려들었다. 평소 혈압이 높아 몸에 좋다는 것은 다 챙겨 먹는 그였지만, 인과응보의 숙명을 피해갈 정도의 영약은 아니었나 보다.

왕 노대의 눈이 뒤집어지며 검은자위가 사라졌다. 이윽고 왕 노대의 몸이 뻣뻣해지더니 그대로 쓰러졌다. 작은 경련이 그가 이승에 남긴 마지막 몸짓이었다.

결국 진짜 염왕이 어떤지를 보여주겠다는 비설의 말이 실행에 옮겨진 것이다.

어느새 일층으로 올라온 유월과 비설, 노씨 가족이 그 모습을 지켜보고 있었다. 노씨 부부는 통쾌한 얼굴로 그의 최후를 지켜보았고, 상희는 남편 정수의 품에 안기며 그 모습을 외면했다. 상진은 아직까지 비설에게 안겨 잠들어 있었다.

비설이 상진을 노씨 부인에게 안겨주며 미소를 지었다.

"이들에게 진 빚은 이제 갚지 않으셔도 됩니다. 조만간 빼앗긴 재산도 돌려받게 될 거예요. 이제 돌아가셔서 행복하게 사세요."

그들은 너무나 감격에 겨워 제대로 감사 인사도 하지 못했다.

큰절을 하려는 그들을 비설이 억지로 말렸다.

"부디 은인의 성함이라도 알려주십시오."

노씨의 간청에 비설이 고개를 내저었다.

"잊으세요. 오늘 일, 그리고 저도, 여기 계신 모두를."

노씨 가족이 그렇게 떠나가려던 그때 유월이 나섰다.

"잠깐."

그들을 멈춰 세운 유월의 물음은 매우 엉뚱한 것이었다.

"혹시, 요리 좀 하시오?"

무슨 의도의 질문인지 몰라 당황해하던 노씨 부부였다. 그들이 당황해 대답을 못하자 상희가 나섰다.

"저희 어머니 요리 실력은 제가 보장해요."

그녀의 조심스런 말에 유월이 고개를 끄덕였다.

"그럼 잠시 우리에게 도움을 주시겠소?"

그제야 대충 분위기를 짐작한 노씨가 흔쾌히 대답했다.

"물론입니다. 얼마든지, 아니 평생, 종살이를 하라 하셔도 하겠습니다."

유월이 미소를 지으며 고개를 내저었다.

"그럴 필요 없소. 당분간만 도와주시면 되오. 또 그에 적합한 인금도 드리겠소."

돈을 준다는 소리에 노씨 부부가 동시에 손사래를 쳤다.

송가장의 위치를 알려주며 유월이 몇 가지 당부를 했다. 당분간 그곳을 나와서는 안 되며 자신들이 누구인지 궁금해하지 말라는 것이었다. 용암에 뛰어들라 해도 들을 그들이었기에 순순히 그 말에 따랐다.

비설은 유월이 왜 그들을 그곳에 보내 일을 시키려는지 이해할 수 없었다. 그냥 보내라 말하고 싶었지만 유월이 아무 이유 없이, 단지 그곳에 밥해줄 사람이 없어 그들을 보낼 리는 없다는 생각에 잠자코 지켜보고만 있었다.

"알겠습니다. 저희가 성심껏 모시겠습니다."

그렇게 그들은 도박장을 떠나 송가장으로 향했다.

그들이 떠나자 비설이 참았던 질문을 재빨리 던졌다.

"왜 그러셨죠?"

유월이 담담히 대답했다.

"이대로 그들이 돌아간다면, 조만간 그들은 반드시 죽을 것이다."

"네?"

다섯 조장들은 이미 유월이 말한 의미를 짐작하고 있는 눈치였다. 비설을 비롯한 진명, 무옥만이 호기심 어린 눈빛을 반짝였다.

유월이 담담하게 설명했다.

"이곳을 우리가 깨끗하게 정리한다고 해서 모든 일이 끝나는 것은 아니겠지? 아마 만수문에서 이번 사건을 조사하러 사람을 내보낼 것이다. 오늘 이곳에 그들이 끌려왔다는 것을 결국은 밝혀낼 것이고. 그들을 통해 우리의 정체를 밝혀내려 하겠지. 그들은 은인이란 이유만으로 끝까지 버틸 것이고. 결과는 좋지 않을 것이다."

"아!"

비설은 그제야 유월의 배려를 이해할 수 있었다. 과연 생각해 보니 그러했다. 설령 어디론가 도망간다 하더라도 아이까지 낀 일행이었다. 곧 눈에 띌 것이고 결국 붙잡혀 오게 될 것이다.

"오라버니."

"왜 그러느냐?"

"칠초나락이란 별호가 안 어울려요. 이렇게 마음이 따스한데."

"그래서 그런 것이 아니다."

"네? 그럼요?"

"네가 이곳에 와서 처음으로 행한 선행이지 않느냐? 단지 그것이 헛되지 않기를 바랐을 뿐이다."

비설이 진지하게 물었다.

"정말 그것뿐인가요? 제가 아니었다면 저들의 생사 따윈 관심이 없으신가요?"

"물론이다. 우리 일에 거슬리면 내 손으로 베어버릴 수도 있다. 물론 아이까지도."

유월의 단호한 대답에 그녀가 입을 삐죽 내밀었다.

"피— 뭐, 그렇게까지 겁주진 마시라고요."

유월은 자신이 좋은 사람으로 비춰지는 것이 필사적으로 싫은 모양이었다. 물론 그럴수록 비설의 오기는 더욱 강해졌다.

'두고 봐요. 그게 거짓말이란 것을 내가 증명해 보일 거예요.'

비설이 훌쩍 뛰어 탁자에 걸터앉았다. 주위를 돌아보며 비설이 머리를 긁적였다.

"그나저나 이제 어쩌죠?"

다음 계획까지는 없는 모양이었다. 하긴 왕 노대를 혼내주는 것까지가 그녀의 계획이었으니까.

그때 진명과 무옥이 도박장의 총관 이임을 앞세운 채 상자를 들고 왔다.

"재산이 너무 많아 단시간에 정리가 안 됩니다."

힐끔 상자를 살펴보던 진패가 고개를 내저었다.

"이 새끼들, 많이도 해먹었네."

유월이 진패에게 말했다.

"일단 이것은 송 분타주에게 맡겨 처리하도록. 이곳 총관을 통해 상세히 조사한 후 피해를 입은 이들에게 모두 돌려주도록 하되, 당분간은 그대로 보관하라 일러라. 지금 돌려주면 틀림없이 그들에게 피해가 갈 것이다. 은밀히 처리하도록."

"알겠습니다."

"그리고 잠깐."

유월이 상자에서 오천 냥짜리 전표 두 장을 챙겨 들었다.

그리고 그것을 비설에게 내밀었다.

"야명주 값이다."

"어? 이걸 받아도 되나요?"

"뭐, 괜찮겠지. 빼앗긴 재산을 다 돌려주고도 꽤 남을 테니까."

전표를 받아 든 비설의 눈이 가늘어졌다.

"그렇게 독하신 분이 이 돈은 왜 돌려주시려고요? 그냥 다 쓰시지."

"그것과 이 문제는 다르다."

백위가 눈치없이 끼어들었다.

"아가씨, 저희는 죽여야 할 자만 죽일 뿐, 이런 더러운 돈은 먹지 않습니다."

딱!

진패가 가볍게 그의 뒤통수를 때렸다. 사령각까지 끌려갔다 온 백위의 대사로는 어울리지 않는다는 응징이었다.

어쨌든 전표를 품 안에 넣으며 비설이 환하게 웃었다.

"헤헤. 이걸로 사업 밑천은 생겼네요."

조장들이 그녀를 보며 미소를 지었다.

유월이 진패를 돌아보며 물었다.

"어떻게 생각하나?"

턱을 매만지던 진패가 확신했다.

"반드시 만수문이 나설 겁니다. 지금 곧 제가 완전히 뒷정리를 하겠지만…… 결국 저희가 드러나는 것은 시간문제일 겁니다."

백위가 주먹을 불끈 쥐며 목청을 높였다.

"복잡하게 생각할 게 뭐 있소. 만수문도 조져 버립시다. 제가 저희 조 데리고 가서 깨끗이 밀어버리고 오겠습니다."

"그럼 기련사패는?"

"밟아버리죠."

"너, 걔네들 이겨?"

기련사패는 가서열록만으로 보면 유월보다도 높은 순위에 있었다. 일 대 일의 대결이라면 조장들은 그들의 상대가 안 되었다.

자존심이 상했는지 백위가 억지를 부렸다.

"작정하고 선공(先攻) 들어가면 죽일 수 있습니다."

"아서라, 그래서 너희 조 다 죽이고 너 혼자 승리의 깃발 휘날릴래?"

아주 틀린 말은 아니었기에 백위가 입맛을 쩝쩝 다셨다.

"대주님께서 나서시면 되죠. 각개격파로 깨버리면."

백위가 각개격파를 이야기한 것은 유월의 진면목을 몰랐기 때문이다. 기련사패가 모두 모인다 해도 유월과의 일전은 앞서의 사괴와 비슷한 결과가 될 것이다.

진패가 조금 심각한 표정으로 입을 열었다.

"만수문 정도야 문제가 안 되지만, 기련사패까지 나서게 되면 조금 골치 아파집니다. 물론 저희가 마음먹고 제거하려면 못할 것도 없지만, 그렇게 되면 감숙의 세력 판도에 큰 지각 변동이 생기게 되고, 무림맹과 사도맹 측에서 촉각을 곤두세우게 될 겁니다."

그것은 달갑지 않은 결과였다.

유월 역시 진패의 생각과 크게 다르지 않았다.

사실 기련사패는 앞서 그가 베었던 사괴와 그 수준이 크게 다르지 않았다. 결국 혼자서 베려면 얼마든지 베어버릴 상대.

그러나 유월의 마음속에 자리 잡은 걱정은 그들이 아니었다.

사괴를 죽일 때 등장했던 화의인.

그는 반드시 다시 모습을 드러낼 것이다.

비설이 탁자에 걸터앉은 채 앞뒤로 다리를 흔들며 한숨을 내쉬었다.

"휴. 염왕채 놓는 악당 하나 죽였다고 이렇게 복잡해지는군요."

유월이 고개를 끄덕였다.

"강호란 거미줄처럼 복잡한 은원 관계로 이루어진 곳이다. 잊지 마라. 섬서에서 칼질 한번 한 것이 강남에 거대한 피바람을 몰고 올 수도 있다는 것을."

씩 웃으며 한마디 덧붙인 것은 비호였다.

"아가씨, 어른들의 강호에 오신 것을 환영합니다."

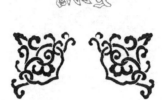

第十四章

새로운 사업

魔刀霸爭

다음날, 난주 거리가 술렁거리기 시작했다. 그것은 하나
의 소문 때문이었다. 말 한마디에 나는 새까지는 아니더라도,
뒷산 늑대 울음 정도는 그치게 했던 유성회주 왕 노대의 실종
이 그것이었다.

소문의 발단은 유성도박장의 노름꾼들이었다.

하나둘씩 잠이 든 그들이 일어났을 때는 유성도박장은 이미
깨끗이 치워져 있었고 시체는커녕 핏자국 한 방울 남아 있지
않았다. 마치 귀신에 홀린 것 같은 그들이었는데, 문제는 왕 노
대를 비롯한 칼잡이들이 모두 사라져 버린 데 있었다. 도박장
은 그 길로 폐쇄되었고, 소식을 듣고 달려온 만수문의 무인들
이 그곳을 조사하고 있었다.

노름꾼들은 엄청난 고수가 도박장에 쳐들어와 그를 잡아갔다고 주장했다. 그들의 말은 노름을 끊겠다는 그들의 반복되는 약속처럼 신빙성이 없었지만, 워낙 많은 이들이 입을 모으자 사람들은 그 말을 믿기 시작했다.

소문이란 강물과 같아서 그 원천은 보잘것없어도 하류로 내려가면 엄청나게 넓어지기 마련이 아니던가? 점차 소문은 확대되어 가기 시작했다.

지금 태백루의 주인장 맹달은 장사도 잊은 채 점소이 달식과 함께 그 소문의 강을 헤엄치고 있었다.

"그러니까 정말 왕 노대가 실종되었단 말이지?"

"실종이 아니라 살해당했다는뎁쇼."

"어허, 그런 변고가 있나."

맹달은 꽤나 안타까운 표정을 지어 보였지만 달식은 알 수 있었다. 자신의 주인 맹달은 지금 너무 기뻐 입이 찢어지는 것을 억지로 참고 있다는 것을.

하긴 달식 역시 왕 노대 일당이라면 자다가도 이를 가는 처지였다. 난주 거리에 장사하는 사람들이 모두 모여 잔치라도 벌여야 할 상황이었지만 혹시 너구리 같은 왕 노대가 자신을 욕하는 자들을 색출해 내기 위해 연기를 하고 있을지도 모른다는 생각에 모두들 쉬쉬 기쁨을 감출 뿐이었다.

"도대체 누가 감히 그런 짓을 저질렀단 말이냐?"

그러자 달식이 주위를 살피며 목소리를 낮추었다.

"백화방에서 비밀리에 살수를 고용해서… 해치워 버렸답

니다."

"헉! 백화방에서?"

듣고 보니 그럴듯했다. 감히 왕 노대를 백화방이 아니고서
야 누가 해코지를 할 수 있겠는가?

"하지만 그들이 견원지간처럼 지내온 것이 어디 한두 해인
가? 왜 새삼스럽게 이제 와서 그를 제거한 거지? 게다가 백화
방은 명문정파가 아니더냐?"

긴가민가하긴 달식도 마찬가지였기에 그저 어깨를 으쓱할
수밖에 없었다.

조심스런 대화를 나누던 그들과 조금 떨어진 탁자에 두 사
람이 앉아 있었다. 맹달의 입장에서 보자면 그저 일개 손님에
불과한 그들이었지만, 얼굴에 칼자국이 있는 유씨 성을 가진
사내와 마주친다면 객잔을 통째로 날려 버릴지도 모를 잠재적
위험 인물, 화려한 꽃 문양 장삼이 인상적인 그는 바로 화의인
이었다.

앞서 유월 일행이 앉아 술과 밥을 먹던 그곳에, 이제는 그가
앉아서 식사를 하고 있었다. 술도 없이 닭볶음 요리를 게걸스
럽게 먹고 있는 그의 옆에는 왼쪽 가슴에 붉은 꽃잎이 새겨진
흰색 무복을 단정하게 차려입은 대화검(大花劍)이 동석하고 있
었다.

"다정(多情)은 결국 화를 부르지. 비설 그 아이, 꼭 제 아비
를 닮았군."

"그렇습니다."

짤막하게 대답한 대화검은 화의인의 직속 수하로 화검단(花劍團)을 이끄는 수장이었다. 사십대 중반의 나이임에도 불구하고 단정한 차림새만큼이나 반듯하고 젊은 외모를 지니고 있었는데, 차가운 한기가 맺힌 눈빛이 왠지 쉽게 다가서기 어려운 분위기를 연출하고 있었다.

묵묵히 앉아 있는 대화검에 비해 화의인은 꽤나 그 사건이 흥미로운 모양이었다.

"어떻게 될 것 같나?"

"만수문이 나설 겁니다. 유성상회와 유성도박장은 그들의 가장 큰 돈줄이었으니까요."

"결국 기련산의 애송이들도 기어나오겠군."

"만수문 놈들이 설쳐 대다간… 그렇게 되겠지요."

"재밌겠군. 으하하하."

화의인이 폭소하자 대화검은 조금 못마땅한 표정을 지었다. 그의 감정을 읽었지만 화의인은 모른 척 이제 슬슬 바닥을 드러내기 시작한 닭요리에 다시 열중했다.

"검둥이들은 뭐 하나?"

입을 오물거리며 화의인이 물었다.

"흑풍대는 이곳에서 그리 멀지 않은 송가장이란 곳에 머물고 있습니다. 놈들 무공이 만만치 않은지라 백 장 이내로는 접근하지 못하고 있답니다. 외부로 출입하는 자들은 확실히 감시하고 있습니다만."

"우리 애들은?"

"현재 명월루(明月樓)에서 대기하고 있습니다."

그들이 기루에 거처를 마련한 이유는 간단했다. 흑풍대는 비설을 호위하는 입장이었다. 그런 그들이 기루에 올 까닭이 없었으니, 일반 객잔에 비해 상대적으로 그들과 마주칠 확률이 적었던 것이다.

"그들이 우리 움직임을 알아차렸을 가능성은?"

"거의 없습니다. 광서나 귀주라면 모를까 이곳에서의 그들의 영향력은 매우 적으니까요."

이어지는 대화검의 마지막 보고는 매우 조심스러웠다.

"그리고… 비검께서 난주로 향해오고 있다는 전갈입니다."

과연 화의인의 표정은 대번 굳어졌다.

그릇이라도 먹을 듯 게걸스럽던 식성이 사라졌는지 그가 젓가락을 놓았다. 그리고는 차를 주전자째로 벌컥벌컥 마셨다.

"확실한가?"

"네, 곧 도착할 것으로 예상됩니다."

"망할 늙은이들. 그새를 못 참고 입을 나불거렸군."

"어차피 본단에서 아는 것은 시간문제였습니다. 하면, 비검께서 도착하시기 전에 해결해야 하지 않겠습니까?"

대화검의 권유에도 화의인은 묵묵부답이었다.

"언제까지 지켜보실 작정이십니까? 아이들이 동요하고 있습니다."

화의인이 스윽 고개를 들었다. 폐부를 들여다보는 듯한 날카로운 눈빛이었다.

"자네가 동요하는 것이 아니고?"

대화검의 표정이 묘하게 굳어졌다가 이내 고개를 푹 숙였다.

화의인은 정확하게 보고 있었다. 초조해하고 다급한 것은 바로 자신이다.

"죄송합니다."

"그 일이 그렇게나 신경이 쓰이나?"

화의인의 목소리는 여전히 나른하리만치 담담했다.

그 일이란 표현이 너무나 대수롭지 않게 느껴져 대화검이 지그시 입술을 깨물었지만 이내 자신이 큰 실수를 했다는 것을 깨닫고는 허리를 곧게 세워 자세를 바로잡았다.

"귀령이는 제 동생과도 같은 아이였습니다."

과거형이 될 수밖에 없었다. 귀령은 바로 앞서 유월 일행을 감시하다 담벼락 속에서 죽은 사내였으니까.

"그래서?"

"솔직히 저는 괜찮습니다만, 막내가 크게 상심하고 있습니다. 둘은 어려서부터 함께 자란 죽마고우였으니까요."

"그래서 한시라도 빨리 복수하고 싶다?"

"명령만 내려주십시오."

화의인이 의자에 몸을 기대며 천장을 올려다보았다. 의자가 삐거덕 소리를 내며 앞뒤로 천천히 흔들렸다.

"해야지, 복수."

대화검의 눈가에 투지가 피어올랐다가 화의인의 다음 말에 실망감을 감출 수 없었다.

"하지만… 신중히 처리해야 해."

"왜 망설이시는지… 속하는 정녕 이해할 수 없습니다. 흑풍대주는 본 교의 최우선 척살령이 내려진 자들 중 하나가 아닙니까? 거기에 천마의 딸까지 해치우신다면 교주님께서 크게 기뻐하시리라 생각합니다."

"그렇겠지."

"하오면 왜?"

"쉽게 죽이면 재미없잖아."

대화검은 화의인의 다음 말을 짐작할 수 있었다.

"요즘 강호엔 낭만이 없어. 그러니 우리라도 멋 좀 내자고. 하하하하."

언제나 입버릇처럼 하는 말이었다. 대화검은 언젠가부터 느끼고 있었다. 무적이라 불러도 좋을 만큼 강한 주인의 유일한 약점이 바로 그것이라고.

대화검에게서 그런 마음을 읽었는지 이내 화의인의 표정이 진지해졌다.

"이 싸움, 한 끗 싸움이야. 실수 한 번에 승패가 갈리는. 한 번 밀리면 그대로 끝까지 밀려 버리지."

"하나 상대는 고작 흑풍대가 아닙니까?"

흑풍대에게 고작이란 표현을 쓴다는 것만으로도 대단한 일이었지만 여전히 대화검은 불만스런 얼굴이었다.

"자넨 내가 그자를 가지고 놀려고 복수를 미룬다고 생각하느냐?"

"아니십니까?"

조금은 당돌한 되물음이었지만 그 말속에는 화의인에 대한 절대적인 믿음이 담겨 있었다.

대화검이 아는 화의인은 무적이었다. 물론 자신의 조직 내에 그보다 강한 사람은 몇 더 있다는 것을 알고 있었다. 하지만 또한 그 몇이 전 강호를 통틀어 몇과 동일 인물이란 것도 알고 있었다.

그는 화의인이 나선다면 흑풍대 따윈 한순간에 쓸어버릴 수 있으리라 확신하고 있었다. 게다가 자신이 이끄는 화검단까지 있지 않은가?

화의인의 대답은 조금 의외였다.

"흑풍대주 그 아이, 처음 볼 땐 몰랐는데 보면 볼수록 낯익다는 기분이 든단 말이야. 사정없이 패버리고 묻어버리기엔 왠지 찝찝한."

고개를 살짝 가로젓던 화의인의 시선이 이번에는 자신의 팔뚝을 향했다.

"하지만 그 이유 때문만은 아니지."

번개 모양의 흉터.

유월이 날린 뇌격세를 막아냈을 때의 상처였다.

비록 큰 부상은 입지 않았지만 자신의 호신강기가 깨어지며 자신의 팔에 흉터를 남긴 것은 예상 밖의 신위였다. 내공이 거의 자신에게 육박한다는 의미.

다시 그 상처 위로 도를 거꾸로 쥐던 유월의 모습이 떠올랐다.

'만약 놈이 구화마도식을 칠초식까지 익혔다면?'

다시 자신을 노려보던 유월의 눈빛이 떠올랐다.

강한 상대였다. 무적의 신위를 자랑하는 자신이라 해도 그 승패를 장담할 수 없는 상대.

묵묵히 생각에 잠긴 채 시시각각 표정이 변하는 화의인의 모습에 대화검은 긴장을 풀지 않고 있었다.

문득 화의인이 손을 들어 점소이를 불러 술을 한 병 시켰다. 평소 술을 즐기지 않는 화의인이었기에 대화검은 더욱 긴장했다.

술을 기다리며 화의인이 물었다.

"그자를 벨 자신이 있느냐?"

잠시 대화검은 대답을 아꼈다.

자신과 이화검, 삼화검의 합공이라면 소림이나 무당과 같은 거대문파의 장문은 힘들더라도 사대세가의 가주쯤은 손쉽게 해치울 수 있었다. 거기에 화검단 고수 삼십이 더해진다면? 그 위력은 쉽게 가늠되기 어려운 화력이었다.

숨겨진 한 수가 있다 하더라도 상대는 강호서열 오십육위에 불과했다.

"흑풍대주 하나라면, 적어도 양패구상은 할 자신이 있습니다."

그의 목소리에는 자신감이 넘쳐흐르고 있었다.

화의인이 지그시 눈을 감았다. 그의 마음속에 유월과 자신의 수하들의 싸움이 영상으로 그려지기 시작했다.

그의 손이 가볍게 허공을 갈랐다.

"일초."

대화검은 알지 못했지만 그 일초는 화의인의 상상 속에서 유월의 도에 자신이 양단되는 한 수였다.

다시 화의인의 손이 가로와 세로로 그어졌다.

"이초, 삼초⋯⋯."

다시 그의 상상 속에서 이화검과 삼화검 역시 피를 뿜으며 쓰러지고 있었다.

"사초⋯⋯."

사초에 화검단 거의 대부분이 산산조각이 날 것이고.

"오초."

오초에서 그의 동작이 멈췄다. 그의 마음속에 펼쳐진 하나의 풍경은 결코 대화검이 원하지 않을 그림이었다.

그때 마침 술이 도착했다. 두 사람의 술잔이 채워졌다.

화의인이 술맛을 음미하듯 술을 조금씩 마셨고, 그의 예사롭지 않은 행동에 긴장한 대화검은 단숨에 술잔을 비웠다. 흑풍대주와 만난 이후 화의인의 행동은 분명 평소 같지 않았다.

술잔을 비운 화의인이 술맛이 독하다는 표정으로 얼른 안주를 하나 집어 먹으며 대수롭지 않게 말했다.

"그가 마음먹고 도를 뽑으면 너희는 오초 만에 전멸한다."

대화검이 자리에서 벌떡 일어났다. 너무 놀라 뭐라 할 말을 찾지 못하던 그때, 화의인의 침울한 목소리가 이어졌다.

"게다가… 내가 질 수도 있다."

쿵—

상상도 못했던 그 말에 대화검의 마음이 크게 격동했다. 화의인의 태도를 볼 때 분명 진심이었다.

대화검의 목소리가 무섭게 떨리기 시작했다.

"그, 그자가 그렇게 강합니까?"

겸손이란 결코 어울리지 않는다 생각했던 주인의 고개가 서서히 끄덕여졌다.

"만약 우리 쪽 모두와 그쪽 모두의 전면전이 벌어진다면…… 숨 한 번 몰아쉬는 사이에 너희는 전멸한다. 물론 그사이 내 손에 흑풍대 놈들도 거의 전멸하겠지. 그리고 그자와 나와의 싸움은 종이 한 장 싸움이 될 것이다."

대화검은 여전히 믿을 수 없다는 표정이었다. 믿을 수 없다는 말이, 자신을 놀리지 말라는 말이 목구멍까지 튀어 올랐다. 하지만 화의인의 진지한 눈빛이 그러한 놀람과 울분을 꿀꺽 삼키게 만들었다.

그렇게 자신을 놀라게 한 후에야 비로소 대화검이 그토록 원했던 말이 화의인에게서 나왔다.

"돌아가서 애들 준비시켜. 비검이 도착하기 전에 해치운다."

"알겠습니다."

그들의 자리로 맹달과 달식의 소곤거림이 들려왔다. 그들의 음모론은 이제 백화방에서 공동파로 확대되고 있었다.

"설마 그 뒤에 공동파가 있단 말이냐?"

"그들이 돕지 않았다면 감히 백화방이 이런 일을 저질렀겠습니까?"

"그래도 설마?"

"저희야 뭐 잔치 구경이나 하며 떡이나 먹는 거지요."

그들의 수다를 턱을 괸 채 물끄러미 바라보던 화의인이 나지막이 말했다.

"이 싸움, 쉽게 생각하면 우리가 진다."

*   *   *

왕 노대의 실종으로 만수문에 비상이 걸렸다. 휴가를 나간 모든 무인들이 복귀했고 오랫동안 잠겨 있던 병기고 문이 활짝 열렸다.

그 분주한 분위기에 비해 만수문주 민충표(閔翀彪)의 집무실에는 무거운 침묵이 이어지고 있었다.

민충표에게 불려온 두 사내는 만수문의 안살림을 담당하는 부문주 허유(許流)와 만수문 백수당주(百獸黨主) 도균(刀筠)이었다.

백수당은 만수문의 무인들 중 가장 강한 일백 명의 무인들을 모아 만든 단체로 만수문의 주력이었다.

허유의 보고에 한참 동안 침묵을 지키던 민충표가 드디어 침묵을 깼다.

"그러니까… 왕삼이 놈이 돈을 가지고 튀었는지, 다른 자에게 당했는지 확실히 알 수 없다 이 말이지?"

"네. 그의 생사는 확실하지 않습니다. 그를 지키던 칼잡이들도 모두 사라졌고 재산 역시 모두 강탈당한 것 같습니다.

"모른다는 게 말이 안 되잖아. 도망갔으면 갔다, 아니면 칼맞고 뒈졌으면 뒈졌다."

허유가 면목없다는 듯 머리를 조아렸다.

"그래서 손해가 얼마나 난 거야?"

"적게 잡아도 십만 냥 이상입니다."

민충표의 깍지 낀 손에서 으드득 소리가 들렸다.

"놈이 살았는지 죽었는지 모르는데 손해는 십만 냥이나 났다 이 말이지?"

그의 목소리에 진한 살기가 실렸다.

허유가 더욱 머리를 조아렸고 그제야 도균이 입을 열었다.

"왕삼은 확실히 당한 것 같습니다."

"이유는?"

"왕삼은 비록 큰일을 맡길 인물은 안 되나 그렇다고 이런 일을 저지를 자는 아닙니다. 누군가에게 당한 게 확실합니다."

"그럼 누가 죽였지?"

"한탕을 노린 낭인들의 우발적인 범행이 아닙니다. 분명 전문가들의 소행입니다."

"전문가들이라… 무슨 뜻인가? 고수들이란 의미인가?"

"물론 고수들이겠지요. 하나 그런 뜻으로 드린 말씀이 아닙니다. 놈들은 시체는 물론 그 어떤 단서도 남겨두지 않았습니다. 게다가 지금까지 단 한 명의 목격자도 나오지 않고 있습니다. 일반 낭인들의 짓이라면 그 많은 재산에 흥분해서 시체 처리는 꿈도 꾸지 못했을 겁니다."

과연이란 얼굴로 민충표는 그 의견에 동의했다.

"하지만 놈들은 깨끗이 시체까지 다 처리를 했습니다. 덕분에 그들이 누구에게 어떤 수법으로 당했는지 전혀 알아낼 수 없게 되었습니다. 그런 뜻에서 드린 말씀이었습니다."

"뭐, 결국 모른다는 말이군."

민충표가 시름 깊은 한숨을 내쉬자 허유가 조심스럽게 입을 열었다.

"백화방 놈들의 소행일까요?"

도균이 단호하게 고개를 내저었다.

"그건 아닌 것 같소이다. 백화방에 심어놓은 아이들에게 아무런 보고도 받지 못했을뿐더러, 이런 방식은 백화방의 방식이 아니오."

민충표가 고개를 끄덕이며 동의할 때 누군가 문을 열고 들어오며 도균의 말을 받았다.

"그건 알 수 없지요."

들어선 사내를 보자 민충표의 표정이 환하게 밝아졌다.

사내는 바로 민충표의 아들인 민충식(閔翀式)이었다.

"왔느냐?"

"하하, 아버님. 그간 잘 지내셨습니까?"

민충식은 기린사패 중 삼패의 제자로 틈틈이 그의 무공을 전수받으며 만수문의 가장 주력 사업 중 하나인 지하비무장을 운영하고 있었다. 아마도 유성회 소식을 듣고 달려온 모양이었다.

"소식은 들었느냐?"

"네. 왕삼이가 당했다면서요?"

"그래, 그것 때문에 지금 골치가 아프다."

"음, 백화방 놈들 짓이 틀림없습니다."

"너도 그렇게 생각하느냐? 그래, 그렇겠지."

민충식의 신빙성없는 한마디에 민충표는 금방 마음을 바꾸었다. 그 모습을 보자 도균은 씁쓸한 마음이 들 수밖에 없었다. 혈육에 끌리는 것이야 인지상정이겠지만 민충표는 유독 아들의 말이라면 껌벅 죽는 시늉까지 하는 사람이었다.

"소문주, 요즘 사업은 잘되고 있으시오?"

허유가 그간의 안부를 묻자 민충식이 고개를 내저었다.

"어렵소, 어려워. 경기가 워낙 좋지 못하니… 그래서 이런저런 수를 찾고 있습니다만."

민충식이 뒤늦게 도균을 보며 어색하게 인사했다.

"도 당주께서는 잘 지내셨습니까?"

"잘 지냈네."

두 사람 사이가 어색한 것은 본래 민충식이 도균의 제자였기 때문이다. 이후 삼패의 제자로 들어가면서 사제 간의 연이 끊어졌는데, 그로 인해 어색한 관계가 되고 말았던 것이다.

"이 일을 어떻게 처리하면 좋겠느냐?"

"도 당주께서 잘 처리하시겠지만, 일단 저도 따로 조사를 해 보겠습니다. 게다가 사부님께서 나서주시기로 하셨습니다."

"오, 그래?"

"네. 곧 난주에 도착하실 겁니다."

"우 사부께서 나서주신다면야 큰 힘이 되겠지."

민충표가 든든하다는 미소를 지어 보이며 허유에게 말했다.

"일단 도박장과 상회에 새로 사람을 보내도록."

"이미 준비해 뒀습니다."

허유가 시원스럽게 대답했다. 이번에는 민충표가 도균에게 명령을 내렸다.

"도 당주도 애들 풀어서 계속 알아봐 주게. 만약 백화방이 개입된 거라면……."

그렇게 된다면 난주에 만수문과 백화방 사이에 전쟁이 일어나게 될 것이다. 그들 뒤를 봐주고 있는 기련사패와 공동파 역시 그 싸움에서 자유롭지 못할 것이다.

"반드시 찾아내게."

"알겠습니다. 그럼 전 이만 먼저 물러나겠습니다."

"그럼 다음에 뵙겠습니다, 도 당주님."

민충식이 정중히 허리를 숙여 그에게 인사를 했다.

"그래, 잘 지내게."

도균이 그의 어깨를 한 번 두드려 주려 하자 민충식이 모른 척 뒤로 물러섰다. 자연스러운 동작이었지만 분명 고의적인 동작이었다. 아마 이제는 자신의 위치를 제대로 알라는 무언의 경고처럼 느껴져 도균은 매우 씁쓸한 마음이 들었다.

하지만 어쩌랴. 기련사패에 비하면 자신의 무공은 형편없이 낮았으니. 협이니 의니 해도 결국 강함이 가장 큰 미덕이 되는 동네가 강호란 곳 아니던가? 특히 요즘 젊은 무인들의 생리는 더욱 그러했다. 더 강해질 수 있으면 사부의 등에 칼을 꽂는다는 소식까지 들려오는 험악한 시대다. 도균은 난주의 개망나니로 유명한 민충식이 자신에게 안면몰수하지 않는 것만 해도 다행이라 생각했다.

그가 밖으로 나왔을 때 연무장 한옆에서 몇 명의 사내들이 쪼그리고 앉아 잡담을 나누고 있었다. 희희덕거리며 음담패설을 하던 그들을 보자, 그렇잖아도 울적한 마음에 짜증이 치밀어 올랐다.

그들은 만수문에 소속된 배수(소매치기)들이었다. 만수문은 난주 인근에서 여러 불법적인 사업들을 자행했는데, 배수업도 그중 하나였다.

아마도 이번에 비상이 걸리면서 그들까지 모두 소집된 모양이었다.

평소 도균은 그들의 존재를 몹시 못마땅하게 생각했다. 강호인인 그가 이런 배수 집단을 좋아할 까닭이 없었다.

"이놈들!"

도균의 등장에 사내들이 엉거주춤 일어나 못마땅한 얼굴로 꾸벅 인사를 했다. 도균이 버럭 소리쳤다.

"비루먹은 망아지 같은 놈들! 너희들은 이만 꺼져라."

그때 사내들 뒤에 가려져 있던 누군가가 심드렁하게 말했다.

"저희도 만수문 소속 아닙니까? 너무 그러지 마십쇼."

도균의 인상이 확 굳어졌다. 사내들 틈에서 고개를 슬쩍 내미는 이는 바로 배수들 중 손재주가 가장 좋다고 알려진 정배였다.

"너 이 새끼, 까불래?"

"새끼, 새끼 하지 마쇼. 누가 들으면 도 당주님이 우리 아빈 줄 알겠네."

정배의 이죽거림에 사내들이 키득거렸다.

도균이 버럭 소리를 내질렀다.

"이리 나와, 인마!"

그러자 정배가 건들거리며 도균 앞으로 나왔다.

겁을 야무지게 상실했는지 정배는 도균의 눈길을 피하지 않았다.

사정없이 한 대 올려붙이려고 손을 번쩍 들었던 도균이 차마 때리지 못하고 손을 거두었다.

그가 그럴 수밖에 없는 이유가 있었다. 정배는 바로 만수문주의 외조카였던 것이다. 민충표 역시 정배라면 두 손을 내저었지만 그래도 수하 된 입장에서 함부로 손찌검을 할 수는 없었던 것이다.

도균이 정배의 머리를 툭툭 때렸다.

"알았다. 알았으니까 우리 귀하신 도련님, 저기 어디 안 보이는 데로 꺼져 주시지요."

정배가 도균의 손목을 잡으며 눈에 힘을 주었다.

대번 도균의 눈가에 살기가 뻗쳤다.

"너 정말 오늘 죽어볼래?"

정배가 슬그머니 도균의 팔목을 잡은 손을 풀었다. 누가 머리를 때리면 지랄발광을 하는 정배였지만 차마 도균에게 대들지는 못했다. 자신이 아무리 깡이 세고 믿는 구석이 있다 해도 상대는 만수문에서 제일 잘나가는 백수당의 당주였다. 도균이 진짜 화가 나서 주먹에 내력이라도 실어 날리면 그대로 즉사를 면치 못할 것이다.

정배가 꼬리를 내리며 슬그머니 도균의 품에 안겼다.

"형님, 장난입니다요, 장난. 하하."

갑자기 그가 친근한 척 안겨들자 도균이 인상을 그으며 그를 밀어냈다.

"미친 새끼."

도균이 돌아서며 한마디 내뱉었다.

"어휴, 저런 꼴통새끼들을 데리고 뭔 돈을 번다고."

도균이 저 멀리 사라지자 사내들이 일제히 바닥에 침을 뱉었다.

"더러워서. 저 새끼 언제 확 쑤셔 버려야 하는데."

정배의 눈치를 살피며 그들이 한마디씩 입을 나불댔다.

"형님이 참으십시오. 언제가 본때를 보여줄 기회가 올 겁니다."

"저놈, 설쳐 대다가 곧 칼 맞고 뒈질 겁니다."

그때 정배가 의미심장한 미소를 지었다.

그가 품 안에서 작은 주머니를 꺼내 톡톡 던졌다 받았다를 반복했다.

"뭡니까? 그게?"

"새끼들아, 뭐겠냐?"

정배가 도균이 사라진 쪽을 바라보았다. 방금 전 도균의 품 안에서 돈주머니를 슬쩍한 것이다.

"으하하. 역시 형님이십니다요."

정배가 비웃음을 머금은 채 사내들에게 말했다.

"우린 꺼지라는데, 그냥 가서 술이나 마시자. 비상이고 나발이고 지들끼리 개지랄하라고 해."

사내들이 환호성을 지르며 우르르 걸어갔다.

틱.

그때 작은 돌멩이 하나가 그의 등으로 날아왔다.

정배가 돌아보니 담 너머 낯익은 얼굴이 입가에 손가락을 대며 조용히 하라는 신호를 보내고 있었다.

정배가 사내들에게 소리쳤다.

"먼저 가서 마시고들 있어. 곧 따라갈 테니까."

사내들이 멀리 사라지고 나서야 정배가 주위를 살피며 담장으로 다가갔다.

"아무도 없습니다, 형님."

그제야 담장 너머 사내가 담을 넘었다. 담을 넘은 사내는 유화곤의 수하인 쌍칼이었다. 바로 짝귀가 애타게 찾았던 그였다.

"어떻게 된 겁니까, 형님?"

"새꺄, 그건 내가 물을 말이다. 도대체 어떻게 된 일이냐?"

사건이 일어난 날 저녁, 뒤늦게 돌아온 쌍칼을 맞이한 것은 텅 비어버린 유성상회였다. 거기에 왕 노대가 실종되었다는 소문까지 듣자 쌍칼은 뭔가 크게 잘못됐다는 것을 깨달았다.

만수문으로 달려온 그는 일단 평소 술과 여자란 공통분모로 의기투합하던 정배부터 찾았다. 문주부터 찾지 않은 것은 사건이 일어난 시간에 그는 기루에서 여인과 뒹굴고 있었던 것이다. 공연히 불똥이 자신에게 튈지도 모를 일이었다.

"왕가가 실종됐소."

"그건 알고, 누구 짓인데?"

"모르죠. 지금 그것 때문에 여기 발칵 뒤집어졌소. 도대체 어떻게 된 일이오?"

쌍칼이 자초지종을 말해야 하나 잠시 망설였다.

이내 그가 마음을 굳혔다. 그나마 제일 믿을 만한 동생이 정배였다.

"말 나가면 절대 안 돼!"

"걱정 마시오. 제가 누굽니까? 저 정뱁니다."

쌍칼이 유가상회 건에 대해 간단히 설명했다.

"그러니까 유가상회 딸년을 털려고 준비하다 일이 벌어졌다 이 말씀입니까?"

"그래, 시팔. 이거 나 어째야 하겠냐? 문주에게 가서 이실직고하려다 뭔가 찜찜해서 너부터 찾았다."

정배가 뭔가 고민을 하는 듯 눈알을 굴렸다.

"형님, 잘하셨습니다. 숙부님에게 갔다간 작살났을 겁니다."

두려운 기색으로 쌍칼이 되물었다.

"왜?"

"그 일, 왕 노대도 모르게 꾸민 일 아닙니까? 더구나 다 실종됐는데 형님만 살아오면 수상해 보이지 않겠습니까? 게다가 죄없는 거 밝혀진다 해도 곱게 보이겠습니까? 이래저래 덤터기 쓰는 거죠."

"젠장! 그렇지?"

원래도 그리 생각했던 쌍칼은 정배의 말까지 듣자 문주에게 가지 않은 것이 천만다행한 일이란 생각이 들었다.

"일단 뜨십시오."

정배가 아까 훔쳤던 돈주머니를 꺼내 그에게 건넸다.

"얼마 안 되지만 여비로 쓰십시오."

"고맙다, 이 은혜 꼭 갚으마."

그의 뒷모습을 보며 정배가 의미심장한 미소를 지었다. 그가 쌍칼이 했던 말을 반복했다.

"고맙소, 이 은혜 꼭 갚겠소."

돌아서는 그의 눈빛은 과연 큰 건수를 발견했을 때의 흥분
으로 떨리고 있었다.

"흐흐, 유가상회 외동딸이란 말이지? 뚱땡이부터 불러야겠
군."

＊　　　＊　　　＊

그 시각 송가장에서는 마무리 공사가 한창이었다.

흑풍대의 선배들 사이에서 진명과 무옥이 열심히 일을 하고
있었다.

두 사람이 맡은 작업은 이미 기관이 묻힌 화단에 꽃을 심는
비교적 간단한 일이었다.

연분홍빛 월계화(月季花)가 반쯤 심어진 화단에서 두 사람
은 땀을 흘리고 있었다. 꽃을 심는 일은 무공과는 전혀 별개의
일이었다. 힘보다는 요령이 필요한 일이었고 덕분에 두 사람
의 콧잔등에는 땀이 송골송골 맺혀 있었다.

"휴, 좀 쉬자."

노인네처럼 허리를 토닥이던 무옥이 에라 모르겠다는 듯 바
닥에 주저앉았다.

"그냥 모른 척하자니까 괜히 하겠다고 나서가지고."

무옥의 투정에 진명이 황급히 그녀의 입을 틀어막았다.

"선배들 듣겠다."

"퉤. 더럽게 흙 묻은 손을."

두 사람이 오늘의 이 노동 전선에 뛰어든 것은 진명의 과잉 충성 때문이었다.

사실 두 사람은 흑풍대 내에서 특별대우를 받고 있었다. 비설을 위해 특별히 뽑힌 그들이었기에, 적어도 이번 호위 작전에 있어서만큼 그들은 모든 일에서 열외였다. 그런 그들에 대해 불만을 가지는 선배들은 아무도 없었다. 그건 당연한 일이었으니까.

아침 내내 방에 틀어박혀 무엇인가에 열중하는 비설이었다. 덕분에 두 사람은 모처럼 그들만의 한가한 시간을 가지게 되었다. 그냥 방에 처박혀 있기에는 너무나 팔팔한 그들이었다. 바람이라도 쐴까 밖으로 나섰던 그들이 땀을 뻘뻘 흘리며 마무리 작업에 열중이던 진패와 마주친 것이 일의 발단이었다.

'저희도 일하고 싶습니다' 란 무옥의 의사와는 전혀 관계가 없는 진명의 외침에 결국 오전 내내 화단과 씨름을 하게 된 것이다.

진명이 혹시 주변을 돌아보며 선배들의 눈치를 살폈다.

"아무도 신경 안 써. 그냥 팍 쉬어."

"그래도 잘 보여두는 게 좋잖아. 찍히면 나중에 힘들어."

"남자가······."

말이 나오기가 무섭게 진명이 발끈했다.

"남자가 뭐?"

자신을 남자 취급 안 하는 것에 요즘 꽤나 민감하게 굴고 있다는 것을 느끼고 있었기에 무옥이 하려던 말을 삼켰다.

"됐네."

"말해. 말해봐, 남자가 뭐? 소심하다고?"

무옥이 '너 정말 그럴래?' 란 표정으로 진명을 노려보다 이내 고개를 돌려 버렸다.

어색해진 분위기에 진명이 스스로 자책했다.

'아, 요즘 나 왜 이러나?'

이러다가 무옥과 사이가 멀어질까 두려운 마음이 들었다.

진명이 슬쩍 화해의 말을 꺼내려던 그때, 월계화를 바라보던 무옥의 감탄이 앞섰다.

"그래도 심어놓고 보니 예쁘다."

진명의 시선이 자연스럽게 무옥이 바라보는 곳으로 합류했다.

"그러게."

진명이 무옥 옆에 나란히 앉았다. 무옥은 방금 전 일을 이미 잊은 듯 눈을 감은 채 꽃 향기를 음미하고 있었다.

"좋다. 나중에 큰집 사면 이렇게 꾸며놓고 살고 싶다."

무옥의 바람에 진명이 반쯤 비스듬히 누워 하늘을 올려다보았다.

'그깟 소망 정도는……'

해줄 수 있을 거란 생각이 들었다. 아니, 꼭 해주고 싶었다.

향긋한 꽃 내음 속에 무옥과 나란히 있으니 진명은 문득 마가촌에 계실 부모님의 얼굴이 떠올랐다.

"명아, 장하다."

떠나기 전 잠시 들렀을 때 아버지는 몇 번이나 자신의 어깨를 두드려 주셨다. 평생을 외전 무사로 살다 은퇴를 하게 된 아버지에게 자신이 흑풍대에 들어간 의미는 남달랐다. 모르긴 해도 자신이 흑풍대에 들어갔다는 자랑을 주위 친구 분들에게 귀에 못이 박히도록 하셨으리라.

그에 비해 걱정이 두 배로 늘어난 어머니는 결국 눈물을 흘리셨다.

"밥 잘 챙겨 먹고. 위험한 일 있으면 앞으로 나서지 말거라. 절대 나서면 안 된다."

이제 열셋이 된, 그래서인지 자신만의 비밀이 부쩍 많아진 사춘기의 둘째는 아무 말도 하지 않았고 막내 여동생은 돌아올 때 선물을 사 오라고 누누이 강조했다.

진명은 막내의 선물을 손에 들고 무사히 돌아가는 모습을 상상했다. 생각만 해도 흐뭇했다.

'그녀와 함께 돌아갈 수 있다면……'

진명이 그녀를 바라보았을 때, 무옥은 향기에 취해 눈을 감고 있었다.

무옥은 사 년 전 여름으로 돌아가 있었다.

이제 막 귀영대에 입대했던 그 무렵. 땀을 뻘뻘 흘리며 연무장에서 검을 휘두르고 있던 그날. 함께 연무를 시작한 동료들은 지쳐서 바닥에 앉아 쉬고 있었지만 무옥은 쉬지 않고 검을 휘둘렀다.

"독한 년, 이제 좀 쉬어라."

말을 걸어온 동료는 귀영대의 몇 안 되는 여자들 중 하나인 매령이었다. 가장 가까운 친구가 바로 그녀였다.

"너 소문 들었어?"

어디 소속의 누가 잘생겼더라, 어디 누구와 누구가 사귄다 더라 등의 소식통이 바로 그녀이기도 했다.

"너 좋아하는 남자 있다더라."

무옥이 피식 웃으며 계속 검을 휘둘렀다. 오히려 주위에 있던 다른 여자 동료들이 난리를 떨었다.

"정말? 누가? 누군데?"

이제 열여섯이 된 그들이었다. 자연 이성에 대한 호기심이 가득할 때였다.

"진명이라고 알아?"

"아, 그 귀여운 애? 그 아이 괜찮던데."

"호호, 그 아이가 옥이를 좋아하다니. 이거 예상 밖인데?"

여자들의 수다가 이어졌다. 정작 당사자는 묵묵히 검을 휘 두를 뿐이었다.

그때의 무옥은 오직 강해지겠다는 일념만이 가득하던 시절 이었다. 남자들에게 지기 싫어하던 그녀는 강호와 마찬가지로 마교 내에서도 여인들의 출세는 태생적인 한계를 지닌다는 현 실이 싫었다. 오직 강해지는 것만이 그 모든 것을 이겨낼 수 있다 믿고 있던 시절이기도 했다.

"헉, 헉헉."

숨을 몰아쉬며 검을 휘두르던 그녀는 문득 주위가 조용해졌음을 느꼈다.

돌아보니 방금 전까지도 수다를 떨던 동료들이 어딘가 멍하니 바라보고 있었다.

무옥의 시선도 자연히 그곳으로 향했다.

한여름의 뜨거운 아지랑이를 배경으로 누군가 이쪽을 향해 걸어오고 있었다. 밝은 햇살과 너무나도 어울리지 않았던 검은 무복.

성큼성큼 걸어온 사내가 무옥에게로 다가왔다.

"어, 어?"

깜짝 놀란 무옥의 팔을 사내가 불쑥 잡았다.

사내의 손길에 따라 무옥의 검이 허공을 서서히 움직여 갔다.

"귀영검식(鬼影劍式)은 왼발을 무겁게, 오른발은 빠르게, 왼팔은 가볍게, 오른팔은 강하게 움직여야 한다."

사내의 움직임을 따라 무옥의 몸이 함께 움직였다.

그녀의 심장이 방망이질을 하기 시작했다.

곁눈질로 바라본 사내의 얼굴. 차가운 눈빛 아래 기나긴 상처. 그 상처를 만져 주고 싶다는 생각이 드는 순간, 무옥의 머릿속은 하얗게 비었다.

간단히 그녀의 자세를 고쳐 준 사내는 그대로 가던 길을 걸어가기 시작했다.

멍하니 지켜보던 여자 동료들이 그가 완전히 사라지고 나서야 '꺄악' 비명을 내질렀다.

"흑풍대주다!"

"이렇게 가까이서 처음 봤어. 너무 멋져!"

"아아— 나 쓰러진다."

"무옥이! 너!"

온갖 질투와 시샘이 그녀에게 쏟아졌다. 하지만 이미 그녀들의 말은 무옥에게 들리지 않았다.

유월은 아지랑이 속으로 사라졌지만 십육 세 무옥, 그녀의 첫사랑은 이제 막 시작되고 있었다.

두 사람의 각기 다른 상념을 깬 것은 진패의 외침이었다.

"모두 집합."

진패가 건물 안에서 나오고 있었는데 그 뒤를 유월과 비설이 따라 나왔다. 비설은 흰 천으로 가려진 커다란 물건을 옆구리에 끼고 있었다.

진패의 집합 명령에 외곽 경계를 맡은 일부 대원들을 제외한 모든 흑풍대원들이 모여들었다.

남은 네 조장들이 맨 앞으로 나섰다.

비설이 그들 앞에 서서 목청을 가다듬었다.

"흠흠. 아, 뒤에 잘 들리나요?"

뭔가 중대한 발표를 하려는 모양이었다.

"제가 앞으로 할 사업을 발표하겠어요."

모두들 호기심 가득한 눈빛이 되었다.

비설이 옆구리에 끼고 있던 물건의 천을 벗겨냈다.

"짜잔!"

그것은 현판이었다. 현판에 쓰인 글자에 모두의 시선이 집중되었다.

유설표국(柳雪鏢局).

모두 서로를 돌아보며 어리둥절한 표정을 지었다.

"설마 표국을 하시려는 겁니까?"

함께 나온 진패마저 깜짝 놀란 듯 보였다.

비설이 야무지게 고개를 끄덕였지만 진패는 당장 고개부터 가로젓고 나왔다.

"아가씨, 표국을 세우는 것은 쉬운 일이 아닙니다."

진패는 얼굴 표정으로 이미 그 사업은 안 된다는 의사 표시를 강력하게 하고 있었다. 표국 사업을 한다는 것은 결코 쉬운 일이 아니었다. 기존의 표국들이 이미 확실한 단골을 확보한 상태에서 손님을 끌어 모으는 것도 어려웠지만, 그보다 그들이 그냥 두고 볼 리도 없었기 때문이다.

유월은 조금 의외란 생각을 하고 있었다. 앞서 비설에게 받은 느낌은 왠지 그녀가 조금 특별난 사업을 할 것 같았다. 워낙 총명한 그녀였기에 유월은 조금 더 지켜보자 마음을 먹었다.

비호가 궁금한 얼굴로 물었다.

"근데 왜 유설표국입니까?"

"헤헤. 비설표국으로 하려다 그건 안 될 것 같아서…… 유 오라버니의 성과 제 이름을 합쳐 이름을 만들었어요."

이름이 문제가 아니라는 듯 진패가 다시 그녀를 만류했다.

"아가씨, 다시 한 번 생각해 보시는 것이 좋을 것 같습니다."

그러자 비설이 회심의 미소를 지었다.

"저희 표국은 물건을 나르는 표국이 아닙니다."

"네?"

"사람만을 실어 나르는 표국입니다."

그 말에 모두들 더욱 어리둥절한 표정을 지었다.

비설이 품 안에서 두루마리를 꺼내 펼쳤다. 그것은 유설표
국의 선전 문구들이었다.

안전제일 감숙횡단, 비용저렴 신속이동, 사시사철 시간엄수.

다시 그녀가 감숙의 지도를 꺼내 들었다. 지도에는 난주를
중심으로 사방으로 거미줄처럼 줄이 이어져 있었고, 군데군데
작은 점들이 찍혀 있었다.

곧이어 그녀의 구체적인 설명이 이어졌다.

"감숙 전역에 새로운 운송로를 확보해서 대인 운송 마차를
운행하는 겁니다."

모두들 숨죽인 채 그녀의 설명을 들었다. 실로 한 번도 생각
해 보지 못한 사업이었다.

"우선 저희가 상대할 주 고객층은 부자가 아니에요. 그들은
이미 자신들의 호화스런 마차가 있으니까요. 저희 손님은 바

로 일반 서민들이에요. 그들은 말을 사거나 빌릴 돈이 없어서 먼 거리를 며칠에 걸쳐 걸어서 이동하지요. 덕분에 녹림들에게 돈을 빼앗기거나 목숨까지 빼앗길 때가 많잖아요. 이제 그런 걱정 끝입니다. 저희가 그들을 실어 목적지까지 보내주는 겁니다."

그제야 모두들 비설의 뜻을 이해하고 감탄했다.

"오! 아가씨, 멋지십니다."

백위는 무턱대고 엄지손가락부터 치켜세웠지만, 신중한 성격의 세영은 마음에 걸리는 바가 있었다.

"아가씨 말씀대로 서민들을 상대한다면 그들은 비싼 돈을 지불하지 못할 텐데…… 수익은 고사하고 정상적으로 유지할 수나 있겠습니까?"

과연 적절한 의문이었다. 다시 모두들 그녀의 대답을 기다렸다.

"네, 맞아요. 그래선 저희가 먹고살 수 없겠죠. 마부들 품삯부터, 마차를 호위할 무인들의 월봉에, 말 먹이에 이르기까지 많은 유지비가 들 테니까요. 그래서 생각한 것이 바로 이거예요."

그녀가 다시 품 안에서 하나의 설계도를 꺼냈다.

대충 그려진 그것은 여덟 마리의 말이 끄는 대형 마차였다.

일반 팔두 마차와 다른 점은 객실에 있었다. 보통 대형 마차라 해도 많이 타봐야 십여 명을 태울 수 있는 것이 고작이었다.

하지만 종이에 그려진 마차의 객실은 이층으로 개조되어 있었고 그 폭과 길이도 무척 길었다. 서로 마주 보도록 기다란 의자를 만들어놨는데 얼핏 봐도 오십여 명의 사람들이 앉거나 설 수 있도록 만들어져 있었다.

"한 사람, 한 사람 각자의 목적지로 움직이면 돈이 많이 들겠지만, 일정한 노선을 따라 대규모로 운행하는 거예요. 오 리 정도마다 역(驛)을 만들어 그곳에서 사람을 태우고 내리는 거예요."

"아―"

모두의 입에서 감탄이 터져 나왔다. 그녀의 상기된 설명이 계속 이어졌다.

"역이라 해도 거창하게 건물을 세울 것까지도 없겠지요. 작은 이정표 하나면 충분할 거라 믿어요. 또 거리에 따라 삯을 다르게 받는 거예요. 역 하나를 지날 때마다 한 냥씩 더 받는다던지."

과연 그럴듯한 생각이었다.

유월이 피식 웃었다. 총명하고 엉뚱한 그녀의 발상에 한편으론 감탄했고 다른 한편으론 귀여웠다. 천 년을 이어져 온 강호였지만 이러한 생각을 한 사람은 아무도 없었다. 그녀는 비록 머리가 나빠 사도빈과 같은 머리 쓰는 일을 하며 살 수 없다 했지만 그것은 겸손에 불과했다. 이러한 독창성만큼은 강호의 그 누구에 비할 바가 아니었다.

비설이 바닥에 세워 왼손으로 받치고 있던 현판을 보며 말했다.

"사실 은밀히 따지면 표국이 아니지요. 뭐라고 해야 하나,

사람을 상대하니 대인운송회이라 해야 할까요? 아니면 일정한 길을 따라 운행하니까 노선여행단이라 해야 할까요? 이런저런 고민을 해봤는데, 너무 낯선 이름을 붙이면 사람들이 이질감을 느낄까 해서 표국이라 이름 붙인 거예요."

비설은 자신의 사업 계획에 흑풍대원들이 어떤 반응을 보일까 조금 긴장하고 있었다. 사업이란 본디 모두가 괜찮다며 등을 떠밀어도 안 되려면 쪽박을 차는 알 수 없는 놈이 아니던가?

"멋진 생각이십니다."

비호와 백위는 매우 긍정적인 반응이었다.

"아, 정말 그렇게 생각하세요?"

비설의 표정이 환하게 밝아졌다.

진패를 비롯한 검운과 세영 역시 그럴듯하다는 반응이었고, 흑풍대원들 역시 옆 동료들과 두런거리며 의견을 나누었다. 대부분 기발하고 긍정적이란 의견들이었다.

검운이 문득 생각이 난 얼굴로 말했다.

"안전하게 운행하려면 각 마차마다 무인들을 배치해야겠군요."

"그렇지요."

비설이 애교스런 얼굴로 유월을 돌아보았다.

말하지 않아도 대충 그녀가 무엇을 원하는지 알 수 있었다.

유월이 냉정하게 고개를 내저었다.

"절대 안 된다. 흑풍대는 오직 너를 지키기 위해 존재한다. 무인이 필요하면 따로 모집해서 뽑도록."

그녀가 흑풍대에게 마차 호송을 맡기면 어떨까 하고 유월에게 의사 타진을 한 것이었다. 물론 유월이 거절하리라 예상을 한 그녀였다.

"역시 그렇지요?"

말은 그러했지만 조금 막막해진 비설이었다. 총명한 것과 그 총명함을 현실에서 풀어내는 것과는 분명 큰 차이가 있는 것이니까.

무인은 어떤 기준에서 뽑아야 하며, 품삯은 얼마를 줘야 하는지, 마차 값은 얼마며, 그것을 개조하려면 누굴 찾아야 하는지, 또 마부의 하루 품삯이 얼마나 드는지…… 그야말로 모르는 것투성이였다.

그녀의 답답함을 모르는 바가 아니었지만 그 점에 있어서만큼은 유월은 단호했다. 기왕 돈을 벌러 내려왔으면 전투적으로 맞싸워야 한다고 유월은 생각하고 있었다.

진패가 나서서 뭐라고 조언을 하려는 순간, 유월이 눈짓을 보내 말렸다. 진패가 유월의 뜻을 짐작하고 입을 다물었다.

그녀의 난관은 그걸로 끝이 아니었다.

"일단 표국은 이곳 송가장에 세우는 것으……."

"이곳은 사용할 수 없다."

이번 역시 유월은 매우 단호했다.

"네?"

그녀는 알지 못했다. 이곳 송가장은 혹시나 있을지 모를 위기를 대비한 일종의 요새란 것을. 자신이 딛고 선 땅바닥 아래에는 온갖 위험한 함정은 물론 수백, 수천 발의 암기와 비격뢰가 묻혀 있다는 것을. 기관의 잠금을 푸는 순간, 이곳은 침입이 불가능한 요새로 바뀐다는 것을. 이런 곳에 마부와 일반 무인들이 들락거린다면 분명 문제가 될 것이다.

"그럼 만 냥이라 해도 정말 빠듯한 돈이군요. 집도 구해야 하니까요. 아, 집이 보통 얼마나 하죠? 마부와 호위 무인들부터 구해야 하나요? 어떻게 구하죠? 방을 써 붙여야 하나요? 참, 마차 개조는……."

끝없이 이어지는 그녀의 걱정에 결국 마음 약한 진패가 참지 못하고 한마디 거들었다.

"우선 최대한 이곳에서 가까운 곳에 표국을 열 만한 저택을 사들이든지 빌리셔야 할 겁니다. 이곳 난주 분타주에게 도움을 구하시는 게 가장 좋을 듯합니다. 그가 이곳 실정에 대해서는 잘 알고 있을 테니까요."

진패가 재빨리 조언을 해주곤 모른 척 시선을 피하며 시치미를 떼자 유월은 못 말린다는 듯 씩 웃었다.

비설이 의기소침을 떨치려는 듯 두 팔을 활짝 펼쳐 들었다.

"좋아요, 일단 시작하자고요!"

비설은 그렇게도 바라던 자신의 첫 사업에 첫발을 떼어놓았다. 하지만 그녀를 기다리고 있던 조금 곤혹스런 난관은 생각보다 빨리, 두 번째 발을 딛는 그 순간에 찾아왔다.

第十五章

배수

刀霸
魔爭

송가장을 나선 유월과 비설이 그곳에서 오 리쯤 떨어진
오솔길을 나란히 걷고 있었다.

그들이 향하는 곳은 마교 난주지부인 송옹의 포목점이었다.
진패의 조언대로 아무래도 이곳 사정에 밝은 그의 힘을 빌리
는 것이 손쉽게 일을 진행할 수 있었기 때문이다.

진명과 무옥이 따라붙지 못한 까닭은 역시 진명에게 있었
다.

비설의 설명이 다 끝나고 해산을 하던 중 진패와 눈이 마주
친 것이 화근이었다.

'시작한 일은 끝까지 마무리 짓겠습니다' 란 말을 엉겁결에
꺼내는 바람에—사실 진패는 그게 무슨 말인지도 몰랐는데—그

들은 지금 한창 화단에서 꽃을 심고 있었던 것이다.

그렇게 화단 작업이 결정되기 직전 무옥이 비설에게 도움의 눈길을 보냈지만, 비설은 두 사람에게 시간을 줘야겠다는 마음이 들어 모른 척 외면했던 것이다. 지금쯤 무옥의 잔소리에 진땀을 흘리고 있을 진명을 생각하니 절로 웃음이 나오는 비설이었다.

그녀가 큰 거목 아래 작은 바위 위에 걸터앉았다.

"오라버니, 우리 좀 쉬었다 가요."

유월이 그녀 옆에 나란히 앉았다. 마지막 기승을 부리는 늦여름 더위에 가만히 앉아 있어도 땀이 흘렀다.

"오라버니."

"왜 그러느냐?"

"오라버니 생각은 어떠세요? 잘될 것 같아요?"

유월은 그저 미소만 지을 뿐 쉬이 대답하지 않았다.

"혹시 잘 안 될 것이라 생각하시는 건가요?"

"세상일은 언제나 뜻대로 되진 않지."

"음. 역시 오라버니는 제 사업을 부정적으로 보시는군요."

"……."

유월이 그렇다는 듯 아무 반응을 보이지 않자 비설의 눈이 가늘어졌다.

"너무해요, 이런 상황에서 대답을 안 하시면 긍정한다는 말이잖아요. 전 단지 겸손의 뜻으로 말을 꺼낸 것이라고요."

유월이 피식 웃었다.

"피—"

입을 삐죽 내밀던 그녀가 다시 물었다.

"석 달 내로 성과가 없으면, 정말 절 데리고 돌아가실 작정
이신가요?"

"물론이다. 약속은 약속이니까."

"음—"

"왜? 자신없느냐?"

"솔직히 말씀드리면… 잘 모르겠어요. 과연 이 사업이 돈이
될지. 돈이 되면서 사람들에게 꼭 필요한 일이 될지."

마교와는 어울리지 않는 생각이었다. 착해서이리라. 그것은
분명 천마의 자식 교육과도 깊은 연관이 있었다. 만약 천마가
자신의 딸을 강하게 키워야 한다고 생각했다면 지금의 비설은
또 다른 생각을 하고 있으리라.

"사람들에게 도움이 되고 싶으냐?"

"네. 기왕 돈을 번다면 저도 좋고 남도 좋으면 좋잖아요."

"그렇겠지."

문득 유월은 마음속 한구석이 횅해지는 기분이 되었다. 지
금까지 살아오면서 다른 이들을 위해서 산 적이 있었던가? 오
직 강해지기 위해, 복수를 위해, 살아남기 위해 그렇게 달려온
세월이었다.

수하들을 위한 마음은? 어쩌면 그것 역시 결국은 자신을 위
한 이기심이 아니었을까란 생각이 들었다.

유월이 비설을 돌아보았다. 외모만큼이나 예쁜 마음을 가진

그녀다.

그녀를 보고 있자니 문득 가슴 한구석이 불안해졌다.

'무사히 지켜줄 수 있을까?

자신이 죽는 것은 두렵지 않았다. 수하들을 모두 잃는 것 역시 두렵지 않았다.

그러나…… 언제나 동생을 떠올리게 만드는 그녀. 그녀마저 잃는다면 과연 자신은 견뎌낼 수 있을까?

꼼지락꼼지락 면사를 만지던 그녀가 물어왔다.

"언제 입교하셨나요?"

"열세 살 때였다."

"아, 어렸을 때군요. 이유를 여쭤봐도 되나요?"

"……."

유월은 아무 대답도 하지 않았다. 아니, 못했다. 몇 마디 말로 설명할 수 있는 내용이 아니었으니까.

"오라버니, 잠시 죽립을 벗어봐 주실래요."

지나는 행인이 없었기에 유월이 순순히 죽립을 벗었다.

비설이 마치 인물화를 그리는 화공처럼 손가락을 들어 이리저리 유월의 얼굴을 관찰했다. 그녀의 손가락이 허공에서 유월의 상처를 가렸다. 상처가 사라지자 분위기가 확실히 달라졌다.

"헤헤, 어렸을 때 엄청 귀여웠을 것 같아요."

유월 특유의 미소에 그녀는 역시라고 다시 한 번 확신했다.

그때, 저 멀리 길 끝에서 여인의 다급한 외침이 들려왔다.

"아아아악!"

비설이 벌떡 일어났다.

"가봐요, 우리."

말이 끝나기가 무섭게 비설이 몸을 날렸고 유월이 그림자처럼 그 뒤에 바짝 붙었다.

한달음에 비명이 들려온 곳에 도착한 비설은 예상치 못한 상황에 몹시 당황했다. 들려온 비명은 수레에 실린 만삭의 여인이 지른 비명이었다. 남편으로 보이는 사내가 늙은 나귀에 채찍을 가하며 안절부절못하고 있었다.

"여보, 조금만 참아."

"아아아아아악!"

여인의 비명 소리가 더욱 커졌다.

두 사람이 나타나자 사내가 수레를 세우며 다급하게 외쳤다.

"제발 도와주십시오."

"어떻게 된 일이죠?"

"아침부터 배가 아프다고 해서 의원에게 데려가는 중이었습니다요. 그런데 갑자기 산통이 심해져서…… 아아, 아직 산달이 두 달이나 남았는데 이 일을 어쩌나…… 여보, 조금만 참아."

아마도 난산인 모양이었다. 다급한 마음에 비설이 수레에 올라타 여인의 손을 붙잡았다.

"하아, 하아!"

여인이 연신 가쁘게 숨을 내쉬며 한 손은 비설의 손을, 다른 한 손은 그녀의 옷자락을 움켜쥐었다.

놀라고 당황한 비설은 그저 안절부절못한 채 허둥거리기만 했다. 어려서 어머니를 잃은 그녀였다. 자연 아이를 임신한 여인에 대한 정이 각별할 수밖에 없었다.

"무사님, 제발 도와주십시오."

사내가 유월에게 애원하던 바로 그때. 유월의 눈에 예상치 못한 광경이 들어왔다.

사사삭!

마치 벌레를 잡아먹는 식인초의 촉수처럼 빠르게 여인의 손이 비설의 품 안을 들어갔다 나왔다. 들어갈 때는 빈손이었지만 나올 때는 하나의 봉투가 들려져 나왔다. 그렇게 비설의 사업 밑천은 여인의 손에서 다시 그녀에게 달려간 사내의 손으로 넘겨졌다. 설명은 길었지만 그것은 순식간에 일어난 일이었고, 보통 사람들은 절대 알아차리지 못할 재빠른 손놀림이었다.

완벽한 호흡이었지만 유월의 눈은 피하지 못했다. 사내의 애원으로 잠시 신경이 분산된 듯 보였지만 죽립 아래 그의 시선은 단 한순간도 비설에게서 떨어지지 않았던 것이다.

"…배수!"

순간 죽립 아래 유월의 눈빛이 서늘해졌다가 이내 피식 웃었다. 참으로 간 큰 도적들이었다. 보통의 배수들은 강호인들은 털지 않았다. 혹시 덜미라도 잡히면 관에 넘겨지기도 전에 목숨을 잃을 확률이 많았기 때문이었다. 게다가 만삭의 여인이라니?

사내는 바로 만수문의 정배였다. 여인은 뚱땡이라 불리는 정배의 배수 단짝이었다.

유월은 잠시 망설였다. 붙잡아 혼내주는 것이 마땅했지만 유월은 그러지 않았다. 이런 경험 역시 그녀가 한 번쯤 겪어봐야 할 일이었으니까.

볼일이 끝났으니 더 이상 목 아프게 고함을 지를 까닭이 없던 여인이 조금 차분해졌다.

"괜찮아요?"

"후우, 후우!"

심호흡을 하던 여인이 이제야 정신이 든 듯 고개를 끄덕였다.

"어이구, 감사합니다. 여협의 도움으로 제 아내가 안정이 되었습니다. 감사합니다, 감사합니다."

아무 한 일 없이 감사 인사를 받자 비설이 머쓱해졌다.

"다행이에요."

"저희는 이제 의원에게 가봐야겠습니다."

"부디 순산하세요."

비설이 손까지 흔들어주며 그들을 배웅했다.

그들의 수레가 저 멀리 사라지자 비설이 안도의 한숨을 내쉬었다.

"괜찮겠죠?"

유월이 묵묵히 고개를 끄덕였다.

"헤헤, 오라버니도 별수없네요."

"무슨 말이냐?"

"무공이 아무리 고강하면 뭐 해요. 이런 상황에서는 저나 오라버니나 당황스럽긴 마찬가진데."

마치 큰일이라도 치른 사람처럼 비설이 크게 기지개를 켰다.

"저희 표국이 만들어지면 저 사람들도 저희 마차를 이용하게 될 거예요. 헤헤. 어서 가요."

비설이 든든하다는 표정으로 가슴을 툭툭 쳤다.

"어?"

만져져야 할 것이 만져지지 않자 비설이 깜짝 놀랐다.

황급히 품 안을 뒤져 보던 그녀의 눈이 동그랗게 커졌다.

"어라?"

반 시진 후, 송가장 별채의 분위기는 그야말로 우울 그 자체였다.

금방이라도 눈물이 뚝뚝 떨어질 것 같은 눈망울을 내리깔고 있는 여인은 바로 비설이었다.

"우아아아앙!"

비설이 참지 못하겠다는 듯 소리를 질렀다.

돈이 없어진 것을 확인한 그녀는 혹시 오다가 흘렸을지도 모른다는 생각에 송가장까지 되돌아 달렸다. 길에 얌전히 떨어져 있기를 간절히 바랐지만, 당연히 찾을 수 없었다.

그때까지도 그녀는 그들에게 돈을 소매치기당했다는 것은 꿈에도 생각하지 못했다. 순진함의 정도를 떠나 어지간히 강호사에 닳고 닳은 이가 아니라면 어찌 만삭의 배수를 생각할 수 있겠는가?

그야말로 혹시나, 혹시나 하는 마음으로 수레가 향하던 길로 가봤던 그녀였다. 버려진 수레를 본 그녀는 한동안 아무 말도 하지 못했다. 사실 그녀는 아직도 제대로 실감하지 못하고 있었다.

"그냥 흘린 걸 거야. 누군가 그사이 주워갔고."

그렇게 생각하자니, 보란 듯이 버려진 수레를 설명할 길이 없었다.

그녀의 입에서 긴 한숨이 새어 나왔다.

돈이 없어 당장 사업을 추진하지 못하는 것도 문제였지만, 그보단 시작도 하기 전에 칠칠치 못하게 돈을 잃어버렸다는 생각에 자존심이 너무나 상했다.

만약 이 소식이 강호에 알려진다면 이런 전서구가 각 단체로 날아들 것이다. 거기에 과장과 익살을 살짝 보태자면.

충격! 천마신교 교주 딸 소매치기당하다!

그것뿐이랴? 각 단체의 정보 관련 기관들이 일제히 이러한 보고서를 작성할 것이다.

강호초출의 미숙함, 마교 역시 피해가지 못하고…….

마교 내 호위 문제 본격적으로 드러나나?

비설의 자질 문제 거론. 그녀의 어린 시절은…….

비운성의 교육에 문제있었나? 비운성은 언급 회피…….

"우아아, 안 돼! 이 일을 아버지가 아신다면 평생 날 놀리실 거야!"

보다 못한 진명이 흥분하며 나섰다.

"그 부부 짓이 틀림없어. 망할 것들! 어떻게 생긴 연놈들이야?"

평소 잘하지도 않는 욕까지 해가며 진명은 당장이라도 뛰어나가 그들을 잡아올 기세였다.

비설이 아무 말이 없자 무옥이 대신 나섰다.

"얼굴 알면? 어디 가서 잡아오려고?"

"난주를 다 뒤져서라도 잡아야지."

"그 큰돈을 훔쳤는데… 너 같으면 '나 잡아가슈' 하고 이 동네에 있겠어?"

"젠장."

"아, 우리가 따라갔어야 했는데."

무옥은 이게 다 너 때문이란 눈빛으로 애꿎은 진명을 째려보았다.

그녀의 분노에 다섯 조장들이 동시에 피식 웃었다.

그들이 힐끔 유월의 눈치를 살폈다. 죽립을 눌러쓴 유월은 이런저런 말이 없었다.

유월이 함께 있었는데 소매치기를 당했다는 것은 사실 말이 되지 않았다. 틀림없이 유월이 모른 척했을 것이리라. 그 이유 역시 대충 짐작이 갔다. 결국 그들이 이 상황에 침묵을 지키는 이유기도 했다.

비설의 시선이 유월에게로 향했다.

"…오라버니는 알았죠?"

아까부터 묻고 싶은 말이었다. '혹시?' 했지만 '설마?' 하는 마음으로 꾹꾹 누르고 있었던 질문이었다. 언제나 그렇듯 '설마'란 녀석은 '역시'란 녀석과 친한 법. 지금의 경우도 그러했다.

"그래."

냉정한 유월의 대답에 그녀가 자리에서 벌떡 일어났다.

"왜 막지 않으셨죠?"

"내 돈이 아니니까."

"…네?"

유월은 망설이지 않고 대답했고 그것은 곧 비설에게 충격이었다.

"그건 분명 네 돈이었다. 네가 지키고 가꾸어야 할 돈이었지."

"그래도!"

"미리 말하지 않았더냐? 이곳에서의 모든 일은 너에게 맡긴다고."

순간 비설의 눈에 눈물이 맺혔다. 한마디라도 더 들으면 섭섭함에 눈물이 왈칵 쏟아질 것 같았다.

그녀가 이를 악물며 소리쳤다.

"흥! 제 손으로 찾아내겠어요!"

비설이 방문을 열고 뛰어나갔다.

"설아!"

무옥과 진명도 황급히 그 뒤를 따라 뛰어나갔다.

그에 비해 유월은 조금 여유로웠다. 그가 진패를 돌아보며 말했다.

"오늘 내로 돈 찾아오도록."

나지막한 그의 목소리에는 힘이 실려 있었다. 유월 역시 비설의 교육 아닌 교육을 위해 냉정하게 굴었지만 내심 마음이 편하지는 않았다.

진패가 당연하다는 듯 고개를 끄덕였다.

"알겠습니다."

"찾으면 내게 가져오고."

명령을 내린 후 유월이 비설의 뒤를 따라 밖으로 나섰다.

진패가 나머지 넷을 돌아보며 말했다.

"누가 갈래?"

가장 먼저 나선 사람은 역시 백위였다.

"형님, 제가 가겠소. 이쪽 하오문 쪽에 아는 얼굴도 있고."

그의 눈빛에 살짝 살기가 스치자 진패가 고개를 내저었다.

"아냐, 그냥 다 같이 다녀와."

진패가 그들을 모두 보내는 것은 단지 백위가 사고 칠까 그런 것만은 아니었다.

"올 때 이 근처에 매물로 나온 건물들이 있는지 알아보고, 마차 개조할 만한 곳도 찾아봐. 마부들이나 무인들 어디서 긁어오면 편할지도 알아보고……."

아무리 유월이 관여하지 말라고 해도 성격상 그냥 두고만 볼 진패가 아니었다.

밖으로 걸어나가는 네 조장들을 향해 진패가 소리쳤다.

"너희들 술 마시면 죽을 줄 알아."

비호가 돌아보지도 않은 채 손을 흔들었다.

"잔소리 늘면 그거 늙었다는 증거랍니다."

*　　　*　　　*

하오문은 강호 어디에나 있다.

정도 사도 마도 아닌 그들.

인간의 가장 어두운 본능에 가까워질수록 하오문도 가까워진다.

그들은 오직 그들만의 방식으로 강호를 살아간다. 강호대전이 일어나 모두가 멸망해도 마지막까지 살아남을 그들, 질긴 생명력의 상징, 그들이 바로 하오문이다.

대부분의 강호인들은 하오문을 멸시한다. 그러나 하오문

을 이 땅에서 없애겠다고 나선 무인은 지금까지 한 명도 없었다.

그 이유는 단순하다. 하오문은 세상 어디에나 있었으니까. 하오문과 적이 된 무인은 살면서 이런 걱정을 해야 할 것이다.

조금이라도 분위기가 이상한 점소이를 만나면 밥에 독이 들었을까 걱정해야 할 것이고, 기녀 끼고 편히 술 한잔 먹기는 영영 안녕이며, 가여운 마음에 던져 준 동전을 거지가 내력을 실어 되날리지나 않을까, 하다못해 똥 푸는 녀석의 똥통에 무엇이 들었을까를 걱정해야 할 것이기 때문이다.

하지만 여기 그런 걱정 따윈 조금도 하지 않는 사내가 있었다.

뒷골목 파락호들조차 돌아다니기를 꺼려하는 외진 골목에 위치한 하오문 난주 분타의 대문을 사정없이 걷어차는 이는 바로 백위였다.

쾅쾅쾅!

"을파야― 형님 왔다!"

대문이 벌컥 열리며 욕설이 터져 나왔다.

"어떤 덜 자란 자라새끼가 감히……."

픽―

거칠게 문을 연 사내는 갑자기 날아든 주먹에 얼굴을 감싸며 바닥을 뒹굴었다.

백위를 선두로 나머지 세 조장이 안으로 들어섰다.

허름한 외양에 비해 안은 매우 잘 꾸며져 있었다. 본채 건물을 향해 백위가 다시 소리쳤다.

"을파야!"

그 소란에 십여 명의 사내들이 병장기를 꼬나 들고 우르르 달려나왔다.

"웬 놈들이냐!"

거칠고 사나운 인상에 다부진 체격까지 한가락 할 법한 이들이었다.

"아기들아, 너희는 들어가고 을파 나오라고 해라."

백위가 가소롭다는 표정으로 말하자 사내들이 어이없다는 표정을 지었다. 심을파(沈乙巴)는 바로 이곳 난주 분타의 분타주였던 것이다.

"이 미친 새끼들, 여기가 어딘 줄 알고."

만만한 상대로 보였으면 벌써 칼과 주먹이 날아들었을 상황이었음에도 사내들은 그러지 못했다. 백위의 험악한 인상에 뒤에 늘어선 세 조장의 분위기 역시 왠지 만만치 않았던 것이다. 게다가 자신들의 분타주의 이름을 마치 키우던 개 부르듯 하고 있으니 조심스러울 수밖에 없었다.

백위가 사내들을 둘러보며 씩 웃더니 다시 그들이 늘어선 뒤쪽 건물을 향해 소리쳤다.

"을파야, 셋 만에 안 나오면 요 녀석들 다 죽여 버린다. 하나, 둘……."

과연 백위답게 거침없이 숫자를 세었다.

셋 소리와 동시에 문이 덜컹 열렸다.

"어휴, 젠장! 내가 못살아."

울상을 지으며 고개를 내민 것은 이곳의 분타주 심을파였다.

심을파가 시큰둥한 얼굴로 툭 내뱉었다.

"아직도 안 뒤지셨어?"

그 말에 백위가 장내가 쩌렁쩌렁 울리도록 껄껄거렸다.

"으하하하! 귀여운 네놈 두고 먼저 갈 순 없지 않느냐?"

둘의 오가는 대화에 하오문의 무인들이 깜짝 놀랐다. 자신의 분타주 심을파는 전혀 귀엽지도 않을뿐더러 결코 호락호락한 인물이 아니었다. 하오문은 비록 다른 문파에 비해 상대적으로 그 무공 수위는 낮았지만 뭐랄까 밑바닥 인생의 한이랄까, 독기랄까, 그런 것이 있었다. 칼로 푹푹 쑤셔도 씩 미소 지으며 옷자락을 붙잡는 느낌이랄까?

어쨌든 독하고 강단 좋은 심을파 역시 하오문의 전형적인 무인이었다. 그런 그가 지금 고양이 앞에 쥐 놀음을 하니 모두들 놀랄 수밖에 없었다. 더구나 상대는 그보다 나이도 훨씬 어려 보이지 않는가?

백위가 성큼성큼 그에게로 다가서려 하자, 사내들이 우르르 백위를 막아서며 뒤로 돌아보았다. 심을파가 한숨을 쉬며 모두 물러가란 손짓을 했다. 사내들이 못마땅한 기색으로 물러나자 백위 일행이 건물 안으로 들어갔다. 깨끗하게 청소된 복도를 지나 심을파의 방에 들어서던 백위가 주위를 돌아보며 감탄했다.

"이야, 우리 을파. 요즘 돈 많이 버나 보네."

하오문이라 무시해선 절대 안 되겠다는 생각이 절로 들 만큼, 방 안은 귀한 그림이며 도자기 등으로 아주 잘 꾸며져 있었다.

백위가 장식장 위에 일렬로 세워진 도자기들 중 하나를 주워 들자 심을파가 얼른 빼앗아 원래 자리에 놓았다.

"내가 여기로 옮긴 건 어떻게 알았지?"

"나 두고 어디 못 가지. 섭섭했어, 분타주로 승진했는데 연락도 없고 말야."

"얼어죽을, 연락은 무슨."

심을파가 가볍게 한숨을 내쉬었다. 육 년 전, 하오문에서 마교 쪽에 실수를 하는 바람에 몇 사람의 목숨을 내놓게 될 상황에 처했다. 을파 역시 그중 하나였다.

죽을 목숨이 된 자신을 백위가 한 번 눈감아주면서 시작된 악연이었다. 죽음 앞에서도 자존심 안 굽히고 악을 쓴 결과가 오히려 생명을 구하게 된 것이다. 그런 기백을 가진 사내를 백위는 무척 좋아했다.

어쨌든 백위 성격상 나이 많다고 형님 대접 받는 것은 꿈같은 일이었고, 그날 이후 둘은 친구 아닌 친구가 되었다.

"젠장! 오늘은 뭔 일이야?"

"보고 싶어서 왔지."

"헛소리는 집어치우시고."

"을파야, 사람 하나 찾아줘야겠다."

"누구?"

"연놈이 쌍으로 배수 짓을 한다는데. 여자는 만삭이고. 그쯤 하면 알겠지?"

심을파의 눈동자가 살짝 흔들렸다. 분명 아는 눈치였다.

"아, 안 돼. 몰라, 몰라."

"을파야—"

"걔네들은 안 돼. 그냥 나 죽여! 죽여!"

심을파가 나 잡아 드서 하며 머리부터 들이밀었다. 그러자 옆에 서 있던 검운의 주먹에서 으드득 뼈가 부딪히는 소리가 들렸다.

부웅—

그의 얼굴로 사정없이 날아들던 주먹이 코앞에서 멈췄다. 백위가 가까스로 검운의 팔목을 붙잡은 것이다. 간담이 서늘해진 심을파가 다리에 힘이 풀려 휘청거렸다.

"이해해라, 을파야. 이놈, 원래 개자식이라서."

"…오죽하겠어? 네놈 친군데."

말은 그러했지만 무섭게 자신을 노려보는 검운의 살기에 샐쭉해졌다. 그러고 보니 함께 온 셋도 그냥 병풍들이 아니었다. 허락도 구하지 않고 자신에게 주먹을 날린다는 것은 곧 백위와 같은 직급이거나 그 위란 소리. 탁자에 다리를 올리고 축 늘어져 졸고 있는 기생오라비 놈이나 미친놈처럼 히죽거리며 그림 구경하는 놈이나 보통 놈들이 아니었다. 어차피 백위 하나도 감당이 안 되는데 그런 놈들이 셋이나 더 왔으니 곱게 해결될 일이 아니었다.

"젠장— 그 아이들 죽이면 안 돼."

"왜? 너희 쪽 애야?"

"직속은 아니고, 한 다리 건너 아는 애들이야. 만수문이라고. 이 동네선 꽤 알아주는 곳이지. 네가 찾는 배수가 그쪽 문주 외조카야. 그러니까 우리 쪽에서 말 나간 거 알면 나 곤란해져."

만수문이란 말에 백위가 살짝 인상을 찌푸렸다. 그의 입장에서 깨끗이 쓸어버리고 싶었던 이름이 다시 등장한 것이다.

애써 웃으며 백위가 그를 달랬다.

"걱정 마. 비밀 꼭 지키고 곱게 돌려보낼 테니까."

"정말 그래야 해! 알지?"

"안다, 알아."

심을파가 문을 열고 나가 누군가를 불렀다. 사내 하나가 재빨리 달려왔다.

"지금 당장 정배 어디 있나 수배해."

"알겠습니다."

명을 받은 사내가 재빨리 밖으로 달려나갔다.

"기다려 봐. 곧 알아올 거야."

"흐흐, 고마워."

밉니 곱니 해도 그래도 손님이란 생각이 들었는지 심을파가 손수 차를 만들어 내왔다.

"근데 이 촌구석까지 뭔 일이야?"

예의상 물은 것이었다. 마교와 깊이 연관돼서 좋을 것이라곤 이 세상 하루라도 더 일찍 하직할 가능성이 많아질 정도뿐이었으니까.

과연 백위 역시 자세한 말은 하지 않았다.

"앞으로 이것저것 도움이 필요할지도 몰라."

그 말에 심을파가 몸서리를 쳤다.

"행여, 다신 오지 마."

두 사람의 티격태격을 보고 있자니 왠지 모를 우정이 느껴졌다.

문득 심을파의 음성이 진지해졌다.

"뭔 일로 왔는지 모르겠지만 그 모가지 조심해."

"왜?"

"요즘 난주 분위기 이상해. 이상한 애들이 많이 들어왔고."

"신경 꺼. 그거 우리니까."

"…그쪽 말고."

그를 돌아보는 네 조장의 눈빛이 반짝 빛나기 시작했다.

"우리 들어온 거 언제 알았어?"

"그럼 몰라? 백 명이나 떼거지로 들어왔는데."

과연 정보력이라면 강호의 다섯 손가락 안에 드는 하오문이었다. 문제는 하오문이 알면 정도맹과 사도맹 측에서도 이미 알고 있거나 곧 알게 된다는 사실이었다. 물론 미리 예측한 일이었지만 자신들이 생각한 것보단 훨씬 빠르게 정보가 이동하고 있었다.

"다른 애들 누구? 자세히 말해봐."

"몰라…… 제법 단단해 보이는 애들이 한 서른 명 들어온 것 같던데."

"언제?"

"모른다니깐. 너희 쪽 도착할 무렵인데, 정확히는 나도 몰라."

말은 모른다고 했지만 이미 모든 것을 다 말해준 것이나 다름없었다.

백위가 그를 보며 씩 웃었다.

"고마워."

"이번에는 꼭 뒈져."

백위의 입가에 미소가 지어졌다. 자신을 위하는 마음이 없었다면 결코 알려주지 않을 정보였다.

그때 앞서 명령을 받고 나갔던 사내가 뛰어들어 왔다. 일다경도 되지 않아 그들의 행방을 찾아내는 것은 과연 하오문이 아니라면 할 수 없는 일이었다.

"지금 명월루 이층 별실에 있답니다."

사내의 보고에 심을파가 덧붙였다.

"서쪽 변두리 골목에 기루가 열댓 개 있어. 그중 하나야. 가보면 찾기 쉬워."

"그럼 간다."

백위가 가볍게 손을 흔들어주곤 밖으로 나갔다. 나머지 셋은 일언반구 말도 없이 그 뒤를 따랐다.

그 무례한 모습에 사내가 인상을 찌푸렸다.

"괜찮으십니까?"

"괜찮아."

"저놈들 대체 뭐 하는 놈들입니까? 마음에 안 듭니다."

"넌 몰라도 돼."

"타주님!"

사내는 여차하면 애들 끌어 모아 뒤라도 밟을 기세였다. 그 불타오르는 충성의 대가는 무자비한 구타였다.

심을파가 사정없이 사내의 복부를 후려쳤다.

사내가 배를 부여 쥐고 쓰러지자 심을파가 손을 털며 돌아섰다.

"그런 말 있지? 잘못 건들면 죽는다. 근데 저자들은 말이야, 건들면 무조건 죽어. 쓸데없이 말 걸어도 죽고, 그냥 쳐다봐도 죽어. 알았냐? 뒤지고 싶으면 약을 처먹든지 산으로 기어올라가. 괜히 나까지 죽이지 말고."

第十六章

격돌

魔刀爭霸

명월루 별실은 때 이른 시간이었음에도 기녀들의 웃음소리로 흥청거리고 있었다.

희희낙락 기녀들의 품속에 파묻힌 오늘의 주인공은 정배였다.

"으하하하! 귀여운 것, 한 잔 더 따라보거라."

"호호, 공자님. 이번에는 제 잔을."

"아니, 제 잔을 받아주세요."

기녀들이 콧소리를 내며 서로 술을 따르려고 다투었다. 그녀들이 이토록 정성을 다하는 것은 돈 냄새를 제대로 맡았기 때문이었다. 그는 이미 기녀들에게 백 냥이란 거금을 뿌렸던 것이다.

"오늘 좋은 일이 있으셨나 봅니다."

"이년들아, 평소에도 이렇게 좀 해봐라. 얌체 같은 것들."

기녀들이 기분 좋게 입을 삐죽거렸다.

다시 정배가 품 안에서 무엇인가를 꺼내 음식상 위에 탁 하니 내려놨다.

"오늘 제일 이쁜 짓 하는 년이, 이 돈 먹는다."

기녀들이 환호성을 질렀다.

탁자 위에 내려진 것은 백 냥짜리 전표였던 것이다.

양옆에 앉은 기녀 둘이 경쟁이라도 하듯 정배 품에 안겨들었다.

'캬아― 이 맛이야.'

정배는 너무나 기분이 좋았다.

오늘의 대박 건수를 위해 평소 큰 건수가 있을 때 조를 이뤄 움직이는 뚱땡이까지 특별히 불렀다.

만삭의 여인으로 보이는 그녀는 사실 아이를 가진 산모가 아니었다. 어려서 약을 잘못 먹었다고 그녀는 끝내 우겼지만 그것은 살이 찐 것이었다. 특이하게 배에만 살이 쪘고, 옷차림과 분장에 조금만 신경을 쓰면 그녀는 여지없이 곧 아이를 낳을 것 같은 산모로 보이는 것이다.

그것이 병이든 뭐든 그녀는 배수로서 가장 훌륭한 조건과 실력을 지닌 여인이었다.

후려낸 돈이 무려 만 냥이었다.

재빨리 전표를 빼돌려 뚱땡이에게는 이천 냥이라 속였다.

설마 만 냥을 품 안에 넣어 다닐 리는 없을 거라 생각했는지 꽤나 의심 많은 그녀도 쉽게 속았다.

그녀에게 떼어준 오백 냥을 제하고 자그마치 구천오백 냥을 챙긴 것이다. 천오백 냥을 챙긴 걸로 속였으니 자신이 소속된 만수문에는 오백 냥만 상납하면 되는 것이다.

자신은 특별히 삼 할만 상납하면 되지만 원래라면 수입금의 칠 할을 상납해야 했다. 재수없이 붙잡혀 관에 넘겨지면 조직에서 뇌물을 써서 빼준다거나, 낭인들과 마찰이 일어나면 칼잡이를 지원해 주는 대가였다. 터무니없이 비싼 대가였지만 자신의 구역이 확실히 보장된다는 점 때문에 대부분의 배수들은 불만을 가지지 않았다.

어쨌든 구천 냥을 한 방에 벌어들인 정배는 콧노래와 어깨춤이 절로 나왔다.

"으하하하!"

오늘 같은 대박 날만 있다면 진정 살 만한 세상이리라.

하지만 아직까지 그에게 강호는 그리 호락호락하지 않았다.

드르륵.

문이 조용히 열리며 사내 넷이 안으로 들어섰다. 물론 그들은 흑풍대의 네 조장들이었다.

소란스럽던 실내가 순식간에 조용해졌다.

"뭐냐, 너희들?"

정배가 목소리를 깔며 위협적으로 노려보았다.

반면 비호는 매력적인 눈웃음을 지으며 미소를 지었다.

"자, 우리 어여쁜 누이들은 나가주시고."

평소라면 망설이지 않고 일어섰을 테지만 기녀들은 잠시 망설였다. 상 위에 놓인 백 냥의 전표가 그녀들을 끈질기게 붙잡았다.

눈치 빠른 비호가 한마디 던졌다.

"임자 있는 돈이야! 언니들 먹은 돈까지 다 토해낼래?"

더 이상 망설일 이유가 없었다. 기녀들이 우르르 밖으로 나갔다.

뒷골목 부류들 중에 가장 눈치 빠른 이들이 배수였다. 상대는 단순한 파락호들이 아니었다. 앞서 임자 있는 돈이란 비호의 말로 미루어 훔친 돈을 되찾으러 온 것이 틀림없었다. 그렇다면 삼류든 사류든 강호인이 틀림없었다.

'망할! 여길 어떻게 알고 왔지?'

정배의 눈알이 바쁘게 굴렀다. 상대들의 실력 가늠부터 튀려면 어디로 튀어야 할까에 대한 고민이었다.

순간 정배의 몸이 용수철 팅기듯 왼쪽 벽을 향해 몸을 날렸다.

쿠웅—

어깨로 벽을 부딪친 정배가 그대로 팅겨 나와 바닥을 굴렀다. 얇은 판자로 만들어진 벽이었으면 부수고 달아날 요량이었는데, 불행히도 벽은 나무가 아니었다. 아파할 틈도 없이 정배가 벌떡 일어나 무엇인가를 휘둘렀다.

"이런 시벌! 가까이 오면 죽어!"

어느새 그의 손에는 날카로운 단검이 들려 있었다. 그래도 만수문을 등에 업고 난주 뒷골목을 주름잡는 정배가 아니던 가? 거칠게 단검을 휘두르며 악을 썼다.

"나 만수문 정배야!"

순간 백위의 신형이 허공을 붕 날아 그대로 정배의 얼굴을 걷어찼다. 어찌나 빨랐는지 정배 입장에서는 '획, 퍽, 으악' 이 한 번에 일어났다.

바닥을 뒹굴며 정배가 비명도 흐느낌도 아닌 괴이한 소리를 내질렀다.

"으어어헉―"

거대한 쇠망치에 얻어맞은 기분이었다. 어찌나 아픈지 광대뼈가 부러졌을지도 모른다는 생각이 들었다.

"엄살 부리지 말고 일어나!"

퍽! 퍽!

백위의 발길질에 정배가 죽는 소릴 내질렀다.

비호가 둘 사이에 끼어들어 정배를 일으켜 앉혔다.

"애 잡네, 잡아."

비호가 정배의 헝클어진 머리카락을 다정하게 만져 주더니 품을 뒤지기 시작했다.

'안 돼!'

간만에 대박 건수였다. 그 돈이면 한 일 년은 주지육림(酒池肉林)에서 황제가 부럽지 않게 놀 수 있었다.

정배가 비호의 손목을 꽉 잡았다.

"왜? 손잡고 뭐 하자고? 춤이라도 추자고?"

비호가 손을 비틀자 반대로 정배의 손목이 잡혔다.

그 잡힌 손을 술상 위로 당겼다.

씩 웃는 비호의 얼굴을 보며 뭐 하자는 건가란 생각이 들 때.

퍽!

정배의 손등 위로 무엇인가 박혀들었다.

손을 뚫고 술상까지 박혀든 것은 자신이 휘둘러 댔던 단검이었다.

아픔보다는 자신의 손등에 구멍이 났다는 놀라움으로 목청이 터져라 비명을 지르려던 순간.

"으아아……."

타다닥!

비호가 그의 아혈을 제압했다. 죽도록 아픈데 비명조차 지르지 못하게 되자, 정배는 그야말로 혼절하기 직전이었다.

그사이 품 안에 고이 모셔둔 봉투가 비호 손으로 넘어갔다. 술상 위에 놓인 백 냥짜리 전표를 합쳐 액수를 세어본 비호가 입맛을 다셨다.

"육백 냥 비네."

비호의 눈이 싸늘해졌다.

"네 목숨, 얼마라고 생각해? 육백 냥 될까?"

정배가 고통을 참으며 침을 꿀꺽 삼켰다. 비호가 조용히 하라는 시늉을 한 후 아혈을 풀어주었다. 고통에 신음이 절로 흘러나왔지만 감히 고함을 지르진 못했다.

"억울해?"

"아, 아닙니다."

비호가 가볍게 그의 머리통을 때렸다.

"이제 어떻게 할 건데?"

"……."

잠시 정배가 눈알을 굴렸다.

"살, 살려만 주신다면 이곳을 영원히 뜨겠습니다."

"새끼, 또 거짓말하네. 너 이대로 살려놓으면 만수문으로 쪼르르 달려가서 일러바칠 거잖아. 길길이 날뛰며 복수하겠다고 설쳐 대겠지? 그래, 안 그래?"

"아, 아닙니다."

구천 냥이나 몰래 해먹은 정배 입장에선 그러고 싶어도 그럴 수 없었다.

비호가 기분 좋게 웃으며 말했다.

"네 꼴리는 대로 해. 가서 이르던지 여길 뜨던지. 대신 다시 내 눈에 띄면 죽는다."

그의 머리를 쓰다듬고는 비호가 자리에서 일어났다.

그때 잠자코 있던 검운이 나섰다.

"저놈 상판 보니까 나중에 또 봐야 할 것 같은데. 그냥 지금 죽여 버리지."

비호가 머리를 긁적이며 그를 돌아봤다.

"그럴까요?"

진지하게 그 말을 받아들이는 비호의 태도에 정배가 기겁했다.

'안 돼! 이 귀 얇은 놈아!'

뜻밖에 그를 살려준 것은 백위였다.

"안 돼!"

백위 역시 뒤끝없이 죽여 버리고 싶었지만, 미운 정이 제법 깊이 들어버린 심을파 생각에 그런 살심을 애써 참았다. 죽이지 않기로 약속을 했으니까.

백위가 손가락으로 정배의 이마를 튕겼다.

따악—

정배가 한 손을 상 위에 고정한 채 그대로 혼절했다. 다시 백위가 정배의 손목 혈도를 두드려 출혈을 막아주었다. 다시는 배수 짓을 하긴 어렵겠지만 목숨에는 아무 지장이 없을 것이다.

네 사람이 별실을 나왔다. 일층으로 내려가는 계단을 향해 그들이 복도를 걸었다.

"육백 냥 마저 찾아야 하는데. 망할 놈, 그새 많이도 썼네."

"할 수 없지. 그냥 가."

"뒤처리를 해야 하지 않을까?"

"돈 훔쳐서 기루부터 오는 머리통이야. 걱정 안 해도 돼."

"돈도 찾았는데 우리 딱 한 잔만 하고 갈까요?"

"아서라, 큰형님 쓰러지신다."

자연스럽게 이야기를 나누며 걸어가는 그들의 반대쪽에서 젊은 사내 하나가 이쪽을 향해 걸어왔다.

네 사람 사이를 사내가 지나쳤다. 사내의 가슴에는 붉은 꽃 잎이 자그맣게 새겨져 있었다. 검운의 발걸음이 딱 멈췄다. 덕분에 남은 세 조장은 두어 발짝 더 걸어간 후 멈춰 섰다.

검운을 돌아본 세 사람의 표정이 동시에 굳어졌다. 멈춰 선 검운의 기도가 심상치 않았다.

검운이 나지막이 말했다.

"거기 꽃무늬 정지."

사내가 순순히 멈춰 섰다.

"뒤로 돌아!"

검운의 명령에 사내가 미동도 않고 가만히 서 있었다. 비호를 비롯한 백위와 세영이 은밀히 내력을 끌어올렸다. 지금은 결코 소란을 만들 상황이 아니었다. 그럼에도 검운이 문제를 만든다는 것은 분명 이유가 있을 것이었다.

"왜 그래?"

백위가 검운에게 묻는 순간.

쇄애애애액―

사내가 벼락처럼 빠르게 돌아서며 무엇인가를 날렸다.

팍팍팍팍!

미리 대비하고 있던 조장들이 양옆으로 갈라지며 날아든 것을 피했다. 뒤쪽 벽에 박힌 그것은 독특한 모양의 암기였다.

암기를 던진 사내가 복도 끝으로 몸을 날렸다. 그가 막 모퉁이를 돌아서려는 순간, 어느새 검운이 바닥을 미끄러져 그의 발을 걸고 있었다.

사내가 날렵하게 몸을 날려 뛰어오르며 고함을 지르려 했다.

"비—"

아마도 비상이란 말을 하려던 그의 입이 어느새 돌진해 온 백위의 우람한 팔뚝에 목이 감기며 끊어졌다.

"끄윽."

사내의 입에서 나지막한 비명이 흘러나가던 그때.

덜컥, 덜컥, 덜컥.

그때 복도에 늘어선 방문 세 개가 연이어 열리며 사내들이 일제히 고개를 내밀었다.

"어— 취한다!"

복도를 걸어가는 두 사내의 모습이 그들의 눈에 들어왔다.

서로 어깨동무를 해서 부축하며 복도를 휘청이듯 걷고 있는 두 사람은 비호와 세영이었다.

등을 돌린 두 사람의 표정은 매우 심각했지만 입에서는 혀 꼬부라진 소리가 나오고 있었다.

"아, 한 잔 더 하자니깐."

"형님, 그만 갑시다. 마누라한테 맞아 죽겠소."

그들이 자연스럽게 복도 모퉁이를 돌아 사라졌다.

사내들이 서로를 돌아보며 별일 아니란 듯 눈짓을 나눈 후, 다시 문을 닫고 안으로 들어갔다. 그들은 대화검이 이끄는 화검단의 무인들이었는데, 대화검과 이화검, 삼화검이 이끄는 열 명의 무인들이 각기 세 방에 나누어 투숙하고 있었던 것이다.

비호와 세영이 복도 모퉁이를 돌자 백위가 사내의 입을 틀어막고 비명 소리가 흘러나가지 못하게 하고 있었고, 검운은 사내가 몸부림을 치지 못하도록 그와 몸을 밀착하고 있었다. 워낙 다급한 상황이라 미처 혈도를 제압할 시간조차 없었던 것이다.

두 사람의 내력에 사내는 꼼짝도 하지 못했고, 자신의 입을 틀어막은 백위의 손을 사력을 다해 깨물었지만 강철 같은 백위의 손은 피를 흘리면서도 꼼짝하지 않았다.

문이 닫히자 검운이 재빨리 그의 아혈부터 몇 개의 혈도를 제압했다.

사내가 스르륵 쓰러졌고, 그제야 백위가 손을 매만지며 인상을 썼다.

그들이 사내를 끌고 자신들이 나왔던 별실로 다시 들어갔다. 정배는 여전히 정신을 잃은 채 엎드려 있었다.

문을 닫으며 비호가 다급하게 물었다.

"이놈, 뭐요?"

검운의 표정이 조금 야릇해졌다.

"나도 몰라. 이놈이 지나가는데 마기가 반응했다."

그 말에 모두의 표정이 굳어졌다. 자신들은 느끼지 못했던 것이다. 아마도 사마의 경지에 이른 검운만이 반응한 모양이었다.

마기가 반응했다는 것은 결코 단순한 문제가 아니었다. 마기가 반응하는 경우는 두 가지였다. 마기와 상극인 기운을 만났을 때, 주로 소림의 불공 무공과 무당이나 화산의 도가 계통의 무공을 만났을 때 그러했다. 두 번째 경우는 비슷한 성질을 지닌 내공과 만났을 때였다. 사내는 분명 중도 도사도 아니니 그렇다면 마기를 지닌 이란 소리였다.

"이거 우리 편 잡은 것 아냐?"

백위의 걱정에 세영이 고개를 내저었다.

"난주에 우리가 모르는 다른 작전이 있을 리가 없잖아. 게다가 이 꽃무늬 표시는 처음 보는 건데."

비호가 방문을 살짝 열어 복도를 살피다 다시 문을 닫았다.

"아까 방 세 개 열렸죠?"

"확실해."

백위의 확신에 비호가 턱을 매만지며 계산을 했다.

"한 방에 한 놈씩 있을 리는 없고. 적게 잡아 다섯이면 모두 열다섯. 열이면 서른, 절대 우리 쪽은 아니겠군요. 한둘도 아니고 이런 대규모 인원이 우리 몰래 움직였을 리는 없으니까."

"혹시 을파가 말한 그놈들인가? 일단 깨워서 족쳐 보자고."

"여기선 곤란한데."

제대로 고문을 해서 무엇인가 얻어내기에 이곳은 적합하지 않았다. 게다가 그들이 이자의 실종을 알아내는 것은 시간문제.

"시간 없다. 일단 깨워."

검운의 지시에 백위가 혈도를 두드렸다.

곧바로 사내가 정신을 차렸고 네 사람을 돌아보며 인상을 굳혔다.

"너, 우리 알지?"

대뜸 검운이 그에게 물었다.

사내의 눈빛이 찰나간 흔들렸고 이내 고개를 가로저었다.

검운이 세 조장을 돌아보며 말했다.

"이 자식, 우릴 아는데?"

세 조장 역시 묵묵히 고개를 끄덕였다. 앞서 두말 않고 자신들에게 암기를 던진 행위나 지금의 반응으로 봐서 분명 자신들을 알고 있는 자였다.

검운이 단검을 뽑아 그의 목에 가져다 댔다.

"소리치면 그전에 죽는다. 행여 시도도 하지 마."

사내가 묵묵히 고개를 끄덕였다.

"호야, 아혈 풀어."

비호가 가볍게 혈도를 치자 아혈이 풀렸다.

"너 누구냐?"

사내가 말없이 검운을 응시했다. 그의 눈빛을 보는 순간 검운은 느낄 수 있었다. 결코 고분고분 실토하지 않으리란 것을.

사내의 입가가 살짝 말려 올라가며 비웃음을 지었다.

검운이 나지막이 경고했다.

"하지 마!"

검운을 비웃는 사내의 눈빛에는 죽음을 각오한 자들만이 보일 수 있는 도발이 담겨 있었다.

사내의 입이 벌어지며 소리를 지르려는 순간.

슥―

검운의 단검이 사내의 목을 그었다. 사내는 그대로 절명해 쓰러졌다.

조장들의 표정이 완전히 굳어졌다.

검운이 단검에 묻은 피를 털어내며 담담히 말했다.

"짧은 시간의 고문에 입을 열 애송이가 아냐. 우리같이 조직에서 제대로 훈련받은 자다. 그리고 이놈들의 목표는…… 우리인 것 같다."

모두들 그 의견에 수긍했다. 앞서 사내의 행동이나, 자신들이 도착한 시기에 정체불명의 강호인들이 수십 명이나 이곳에 도착했다는 것은 분명 우연으로 보기에는 무리가 있었다.

비호가 싸늘한 미소를 지었다.

"감히 우릴 잡수시겠다 이 말이지?"

"방 하나씩 맡아 조져 버리자."

성급하게 살기를 돋우는 백위를 세영이 말렸다.

"안 돼. 지금은 무기도 제대로 챙겨오지 않은 상태인데, 뭐가 튀어나올 줄 알고."

검운 역시 세영의 의견에 동의했다. 그가 비호에게 말했다.

"호야, 네가 우리 무기랑 애들 좀 데려와야겠다. 우리 조랑 너네 조 두 개 조만 데려와. 나머지 조는 아가씨를 지켜야 할 일이 있을지 모르니까 대기시키고. 그리고 형님한텐 어서 대주님 찾으라 전하고. 시간없다. 이놈 사라진 것 눈치 채기 전에 대주님 허가를 받아야 해."

"알겠습니다."

비호가 망설이지 않고 창밖으로 바람처럼 몸을 날렸다.

"흑풍대의 주력 무기는 비격탄이라 불리는 연발쇠뇌다."

대화검의 방에 서른 명이란 인원이 빽빽이 하나의 탁자 주위에 빙 둘러서 있었다.

"위력이 보통 쇠뇌에 비할 바가 아니라 함부로 쳐내려 했다가는 손목이 부러지거나 삐게 된다. 비스듬히 흘러서 쳐내야 한다."

대화검이 손수 검을 휘둘러 화살을 쳐내는 요령을 직접 보여주었고 모두들 열중하고 있었다. 단 한 사람, 셋째 삼화검만이 고개를 숙인 채 딴생각에 잠겨 있었다.

대화검이 못 본 척 설명을 이어나갔다.

"인원은 일백, 전 오 개 조로 이뤄져 있으며 조장은 물론 잔챙이들까지 모두 패마의 경지에 이른 자들이다. 어쩌면 한둘 정도는 사마의 경지에 도달한 자들도 있을 테고."

놀랍게도 대화검은 흑풍대의 전력에 대해 정확히 알고 있었다.

"따라서 너희의 실력과 동급, 한 수 위거나 혹은 아래인 자들이 무려 백 명이나 된다는 말이다."

그가 방 한옆에 놓인 상자를 탁자 위로 올렸다.

상자를 열자 서른 개의 작은 목곽이 빼곡히 들어차 있었다.

무인들이 조심스럽게 그것을 하나씩 받아 품 안에 간직했다.

대화검이 자신의 목곽을 열자 놀랍게도 그 안에는 마교에서 사용하는 비격뢰가 들어 있었다. 비격뢰를 손에 들며 대화검이 자신만만한 미소를 지었다.

"걱정할 필요는 없다. 어차피 이번 싸움은 머릿수 싸움이 아니다. 문제는 선공을 누가 쥐느냐! 기습당하는 쪽은 무조건 전멸이다. 그런 점에 있어 우린 유리한 위치에 있다고 볼 수 있지. 우린 저들을 알고 있지만 상대는 우릴 모르고 있으니까."

화검단 무인들의 눈빛에 전의가 불타오르기 시작했다.

대화검이 모두를 둘러보며 힘차게 물었다.

"우리가 누구냐?"

"개화필살 화검무적(開花必殺 花劍無敵), 화검단입니다."

나직하지만 힘찬 대답이었다.

"이번 싸움, 반드시 우리가 이긴다. 이만 해산."

사내들이 방을 나섰다. 묵묵히 걸어가는 삼화검을 대화검이 불렀다.

"막내는 나 좀 보자."

회의 내내 시무룩해 있던 그였다.

"바람이나 좀 쐴까?"

대화검이 그를 데리고 명월루의 옥상으로 올라갔다.

이제 해가 지기 시작한 기루 골목은 하나둘씩 찾아든 손님들로 점차 활기를 찾고 있었다. 두 사람은 잠시 그 모습을 말 없이 지켜보았다.

대화검이 뭐라 묻지도 않았음에도 삼화검은 그가 왜 자신을 불렀는지 알고 있다는 듯 힘없이 말했다.

"귀령은 제 친구였습니다."

"그래서 네가 선택한 것이 고작 슬픔에 잠기는 것이냐? 그를 위해서? 아니면 너를 위해서?"

따끔한 질책이 담긴 말이었지만 대화검의 어조는 매우 부드러웠다.

잠시 삼화검은 아무 말도 하지 않았다.

"이번 일 때문만은 아닙니다. 어차피 언젠가 한 번은 죽을 목숨이니까요. 하지만……."

잠시 감정이 북받치는 듯 삼화검은 말을 잇지 못했다.

이윽고 그가 힘없이 물었다.

"저희는 도대체 뭡니까?"

"……!"

"저희는 누굽니까? 무엇을 위해 싸우고 죽는 겁니까?"

대화검은 침묵만을 지킬 뿐이었다. 아마도 이번 귀령의 죽음으로 막내는 죽음에 대해 고민을 하기 시작했다고 생각했다. 그것은 곧 명분의 문제.

갑자기 건물 아래가 시끄러워졌다. 호객하는 기녀들의 손길을 뿌리치지 못하고 이십여 명의 장정들이 기루 안으로 끌려들어오고 있었다.

잠시 멍하니 그 모습을 바라보던 대화검의 시선이 다시 저 멀리 지는 해를 바라보았다. 오늘따라 유난히 석양이 아름다웠다.

"곧 우리 자리를 되찾게 될 것이다."

"이 강호에… 우리 자리가 있긴 한 겁니까?"

"있다."

"형님!"

"그들의 자리가 바로 우리 자리다. 우린 이제 우리 이름을 되찾는다."

지는 해를 바라보며 그들은 한참을 말없이 그렇게 서 있었다.

두 사람이 대화를 나누던 그 시각, 명월루의 주인장 노백(老伯)은 뜻하지 않은 손님에 입이 헤벌쭉 벌어졌다. 단체 손님이 들이닥친 것이다.

땀 냄새에 흙먼지가 묻은 옷차림으로 봐선 틀림없이 공사장 인부들이 분명했다. 마지막에 들어서는 두 사내는 커다란 짐을 나눠 들고 있는 것으로 봐서 연장까지 챙겨 들고 회포를 풀러 온 모양이었다.

물론 그들은 비호가 데려온 흑풍 삼조였다. 비호의 오조는 흩어져 이곳 명월루 주변에 잠복하고 있었다.

'송가장에 큰 공사가 있다고 했지?'

노백이 흐뭇하게 미소를 지으며 그들을 맞이했다.

"어서들 오시게."

"큰 방으로 하나 내주쇼. 우리가 다 들어갈 만한 큰 방 있소?"

목청을 높이는 그는 삼조의 엽평이었다. 나이로 보나 외모로 보나 비호보단 그가 이런 상황에서는 더 어울렸기에 그가 나선 것이다. 비호는 얌전히 삼조원들 사이에 섞여 있었다.

"그걸 말이라고 하나. 매월아, 뭐 하냐? 어서 손님들 삼층 특실로 모셔라."

"얼렁뚱땅 박색을 섞어 넣으면 바로 일어날 거요."

"걱정 마시게. 최고의 애들만 넣어드릴 테니."

노백은 다년간의 경험으로 알고 있었다. 기루에서 돈을 가장 잘 쓰는 부류가 바로 이런 노동을 하는 이들이란 것을. 평소 기루를 자주 찾지 못하는 그들은 한 번 돈을 쓰면 그야말로 물 쓰듯 썼다.

여인의 안내를 받으며 그들이 시끌벅적 우르르 삼층으로 올라갔다. 비호만이 무리에서 빠져 이층 복도로 사라졌다.

방으로 그들을 안내한 여인이 활짝 웃으며 말했다.

"잠시만 기다리시면 곧 상이 차려질 것입니다."

"얼마나 걸리려나? 술부터 먼저 주고, 여자애들도 빨리 부르고."

"호호, 성미도 급하셔라. 애들 화장할 시간은 주셔야지요."

"얼굴보고 잡아먹나? 어서 불러주게."

"호호, 여긴 푸줏간이 아니랍니다."

여인이 웃으며 사라졌다.

그녀가 사라지자 엽평의 표정이 진지해졌다.

"서둘러."

조원 하나가 밖을 살피는 동안 남은 조원들이 황급히 짐을 풀었다. 짐 안에는 비격탄을 비롯한 무기가 들어 있었고, 다른 짐 안에는 흑의무복이 들어 있었다.

그들이 무장을 시작했다. 흑의무복으로 갈아입은 후 수호갑을 착용했다. 비격탄과 도검을 착용했고 허리춤에 유엽비도가 나란히 꽂힌 허리띠를 착용했다.

"조심해서 다뤄."

엽평이 내미는 탄창은 폭살시의 탄창이었다. 근래 폭살시를 사용할 일이 없었던 그들은 매우 긴장한 표정이었다.

그때 비호가 이층 별실에 있던 세 조장들을 데리고 방 안으로 들어왔다.

"어떤 놈들입니까?"

엽평이 검운이 들어서기가 무섭게 물었다.

"모른다."

엽평을 비롯한 삼조원들의 표정이 조금 굳어졌다. 싸움에서 가장 피해야 할 것은 모르는 상대와의 싸움이었다.

검운과 백위가 각자 창을 조립하고 철봉을 휘어 활로 만드는 사이 쌍검을 허리에 찬 비호가 한옆 장식장 위에 놓인 종이와 먹을 가져왔다.

그가 명월루와 주변 길을 대충 그렸다.

"아무래도 이목이 있으니까 빠져나간 놈들은 뒤쪽으로 튈 겁니다. 저희 조가 창가와 이쪽 길, 이쪽 길을 맡고 있습니다."

그의 설명에 세 조장이 고개를 끄덕였다.

모든 준비는 끝이 났다.

"대주님은?"

"지금 큰형님이 찾고 있을 거요."

"이거 시간이 없는데."

아무래도 검운은 앞서 죽인 시체가 걱정되는 모양이었다. 지금쯤이면 그들도 그의 부재를 눈치 챌 시간이 된 것이다.

"그냥 밀어버려도 될까요?"

엽평은 조금 걱정스런 기색이었다. 아무래도 상대를 정확히 알지 못한 작전이었기에 그러하리라.

검운의 마음은 이미 한쪽으로 기울고 있었다. 죽어가던 사내의 눈빛이 자꾸만 떠올랐다. 분명 그 눈빛은 자신들에 대한 적대감으로 가득 차 있었다. 이번 기회를 놓친다면? 다음은 반대의 경우가 될지도 모를 일이었다. 어차피 죽고 죽이는 강호, 먼저 죽이지 못하면 내가 당하게 되리라.

검운이 단호하게 말했다.

"선 처리, 후 보고한다. 이번 일은 내가 책임지지."

그러자 세영의 미소가 짙어졌다.

"그 정도로는 안 될 것 같은데. 문제 생기면 나도 함께 지지."

"어이, 이놈들아, 나 빼고 뭐 하는 짓이야!"

백위마저 동참하자 비호가 울상을 지었다.

"이거 마지막에 하니까 제일 의리없는 놈 같잖아요!"

그들의 대화에 삼조원들이 미소를 지으며 복면을 착용했다.

그때 밖을 감시하던 조원이 나지막이 말했다.

"여자들과 술상이 옵니다."

조원들이 문 좌우로 쫙 갈라졌다.

스르륵.

문이 열리며 술과 안주를 든 여인들이 먼저 들어왔고 십여 명의 기녀들이 뒤따라 들어왔다.

삼조원들이 재빨리 달려들어 순식간에 그들의 수혈을 제압해 모두 쓰러뜨렸다. 한옆으로 그들을 나란히 누여 놓았다.

검운이 삼조원들을 보며 힘차게 말했다.

"시작한다. 모두 조심해."

그들이 밖으로 달려나갔다.

가장 앞서 내려간 비호가 이층 복도를 정찰한 후 조원들에게 신호를 보냈다.

사사삭―

그들이 비격탄을 들고 세 개의 방 앞에 인원들이 나눠 섰다. 각 조장들이 방 하나씩을 맡았다. 검운의 손가락이 하나씩 펼쳐졌다.

하나, 둘, 셋. 세 개의 문이 동시에 부서졌다.

꽈작.

쉭쉭쉭쉭쉭쉭!

비격탄이 일제히 발사되었다.

"으아아악!"

비명 소리가 연이어 터져 나왔지만 비격탄은 멈추지 않았다.

쉭쉭쉭쉭쉭쉭!

"큭!"

화검단의 무인들은 그 기습 공격에 속수무책이었다. 제대로 칼질 한 번 해보지 못하고 그대로 꼬꾸라졌다. 대화검이 말한 화살을 비껴 흘려내란 요령은 함께 맞싸울 때의 일이었다. 검조차 제대로 뽑지 못한 상태로 그들은 연이어 쓰러졌다.

꽈직.

가까스로 화살을 피한 사내들이 창문을 부수며 몸을 날렸다.

쉭쉭쉭쉭쉭!

그들을 향해 후원에 잠복해 있던 오조원들의 비격탄이 쏟아졌다.

"크아아악!"

그들은 미처 땅을 밟기도 전에 고슴도치가 되어 바닥으로 추락했다.

철컥철컥.

비격탄의 화살이 모두 쏟아져 나왔을 때 이층 복도는 후끈한 피 내음으로 가득했다.

"공격 중지."

일방적인 학살이었다. 방마다 사내들의 시체가 고슴도치가 되어 쓰러져 있었다.

"다 정리되었습니다. 저희 쪽 희생자는 없습니다."

엽평의 보고에 검운이 일단 안도했다.

"화살 회수하고 시체 확인해서 신원 파악하도록."

"알겠습니다."

그때였다. 단말마의 비명을 내지르며 삼조원 하나가 방에서 튕겨져 나왔다. 이미 가슴에서 기다란 피를 뿜어내고 있었다.

뒤이어 십여 발의 화살이 박힌 탁자를 방패 삼아 누군가 밖으로 튀어나왔다. 탁자 뒤로 화살을 피한 이화검이었다.

쉬이익!

아래층 계단 쪽으로 몸을 날리며 그가 필사적으로 검기를 뿌려댔다.

"피해!"

검운이 창을 날리며 소리쳤지만, 다시 두 명의 조원들이 쓰러졌다. 좁은 복도였기에 일어난 피해였다.

검운이 조원들 위로 뛰어오르며 들고 있던 창에 내력을 실어 날렸다.

쐐애애애액!

검운의 창이 빛처럼 빠르게 이화검이 몸을 날리는 앞쪽으로 날아갔다.

이화검이 순식간에 몸을 회전하며 잠깐 멈춰 섰다.

꽝!

아슬아슬하게 창을 피해냈지만 창이 그의 옷자락을 뚫으며 벽에 박혔다.

찌이익—

옷자락을 찢으며 다시 몸을 날리려던 그 순간.

퍼어억—

그의 복부에 무엇인가 박혔다. 백위의 철궁에서 날아간 화살이었다. 벽에 대롱대롱 매달린 채 이화검이 마지막 힘을 다해 검기를 일으키려는 순간.

퍽 소리와 함께 그의 이마에 구멍이 뚫어졌다. 세영이 발출한 암기가 정확히 적중한 것이다. 벽에 기댄 몸이 반쯤 허물어지면서 그의 목이 축 늘어졌다.

"젠장—"

검운이 입술을 깨물었다. 그의 조원 하나가 죽고 둘이 크게 다친 것이다. 조금만 주의를 했어도 입지 않았을 피해였다.

그가 벽에 박힌 창을 신경질적으로 뽑아 들던 그때였다.

콰아아악—

삼층 계단에서 엄청난 기운이 쏟아져 내렸다.

미처 창을 뽑지 못한 채 검운이 날아드는 기운을 향해 주먹을 내질렀다.

꽈아앙—

두 기운이 부딪치는 순간, 검운의 신형이 무기력하게 뒤로 팅겨져 날아갔다.

벌떡 일어서던 검운이 울컥 피를 토해내며 그대로 쓰러졌다.

낭패한 얼굴로 그곳으로 장력을 날리며 뛰어내려 온 사람은 대화검과 삼화검이었다.

방 밖으로 튀어 나온 몇 구의 시체들은 분명 자신들의 수하인 화검단의 무인들이었다. 그의 얼굴에 참담함이 가득했다. 잠시의 자리 비움이었다. 그 미약한 틈이 갈라져 지진이 되고 해일이 된 것이다.

"이놈들—"

그의 내공이 실린 목소리에 복도가 진동했다.

조장들의 표정이 굳어졌다.

문제는 상대의 무공이 아니었다. 이미 일격을 당한 검운이 바닥에 쓰러져 있었고, 자신들보다는 상대와 더 가까운 상태였다.

철컹철컹.

삼조원들이 재빨리 탄창을 갈아 끼웠다.

이십여 개의 비격탄이 일제히 그들에게 겨눠졌다. 탄창을 가는 사이 삼화검이 쓰러진 검운의 옆으로 이동했다. 자연스럽게 그의 검이 검운의 목에 겨눠졌다.

피릿—

검운의 목에서 피가 튀어 올랐다. 경고의 의미였다.

세 조장의 눈에서 불꽃이 일었는데, 특히 검운과 가까운 세영의 눈빛은 이글이글 타오르기 시작했다.

대화검은 장내의 상황을 전혀 개의치 않았다. 그가 벽에 기댄 채 죽어 있는 이화검의 얼굴을 쓰다듬었다.

"둘째야… 미안하다."

그의 눈가가 파르르 떨렸다.

돌아서는 그의 얼굴에는 아무런 표정이 없었다. 분노가 극도로 치밀자 오히려 그의 목소리는 차분해졌다.

"흑풍대."

수하들이 모두 죽고 이화검마저 죽은 상황에 대화검은 후일을 도모하고픈 마음이 사라진 후였다.

"이놈들! 갈가리 찢어 죽인다!"

우우웅―

대화검의 검끝에 내력이 모여들기 시작했다. 검끝에 푸른 빛이 일렁거리기 시작했다. 검강이었다.

"쫘! 쫘!"

비호가 삼조원들을 향해 소리쳤다. 검강이 휘몰아치면 살아남기 힘들었다. 그나마 피해를 줄이는 방법은 그것뿐이었다.

그러나 삼조원들은 망설이고 있었다.

자신의 조장을 겨눈 삼화검의 검에 모두의 시선이 고정되었다.

"시팔! 그래, 다 죽자."

비호가 쌍검을 뽑아 들며 내력을 극으로 끌어올렸다.

'검강, 그까짓 것 내가 막는다!'

어쩔 수 없었다. 활을 사용하는 백위나 암기를 사용하는 세영은 어차피 무공 특성상 검강을 막아내기가 어려웠다. 자신이 어떻게 해서든 검강을 막는 순간, 그들이 대화검을 합공하는 수밖에 없었다.

그러나 검기로 검강을 막을 수 없다. 검기의 고수가 운이 좋아 검강의 고수를 죽일 수 있을진 몰라도 작정하고 날린 검강을 막아낼 수는 없었다.

일촉즉발의 상황에서 들려온 목소리.

"쒸!"

검운의 목소리였다. 어느새 검운이 자신을 겨누고 있던 검을 맨손으로 움켜쥐고 있었다. 삼화검이 검을 비틀자 검운의 손에서 피가 튀었다. 검운이 필사적으로 소리쳤다.

"쒸!"

쉭쉭쉭쉭쉭쉭쉭!

복도를 가득 메우며 화살이 날아들었다. 삼화검의 무공으로선 모두 막아낼 수 없었다.

검을 놓으며 삼화검이 삼층 계단 쪽으로 몸을 날려 피했다.

뒤쪽에 선 대화검의 검이 바람개비처럼 회전하기 시작했다.

팅팅팅팅팅!

대화검이 자신에게 날아든 화살을 모두 팅겨냈다.

쿠당탕!

그 틈을 타서 검운이 몸을 굴려 일층 계단으로 굴러 떨어졌다.

순간, 비호가 재빨리 탄창을 바꿔 꼈다.

우우웅—

대화검의 검이 진동하기 시작했다.

화살을 모두 튕겨낸 대화검의 검에서 다시 검강이 발출되려는 순간, 동시에 비호의 비격탄이 허공을 갈랐다.

"이거나 먹어!"

쉬리리링!

일반 화살과 분명 다른 바람 소리를 내는 그것은 폭살시였다. 무려 세 발이나 연이어 날아든 것이다.

방문 옆에 있던 조원들은 양쪽 방 안으로 뛰어들었고 뒤쪽의 조원들도 뒤로 몸을 날렸다.

꽈아앙!

귀를 찢는 폭음과 함께 대화검이 서 있던 한쪽 벽면이 날아갔고 파편이 복도를 휩쓸었다.

곧이어 이층이 무너져 내리며 그곳은 곧 아수라장이 되었다.

第十七章

귀면

魔刀
霸爭

그 시각 비설은 땅거미가 지기 시작한 난주 거리를 하염
없이 헤매고 있었다. 그녀와 한 걸음 떨어져 진명과 무옥이 뒤
따랐고 다시 그 뒤를 유월이 따랐다.

무작정 송가장을 뛰쳐나온 그녀였다.

보란 듯이 배수 놈을 찾고 큰소리를 치고 싶었지만, 도대체
그들을 어디서 찾는단 말인가?

막막함에 서운함이 더해져 그야말로 의기소침해진 비설이
었다.

비설이 힐끔 뒤를 돌아봤지만 유월의 얼굴은 죽립에 가려
보이지 않았다.

엄밀히 따지면 유월이 잘못한 것은 없었다.

어차피 모든 일은 자신의 몫이었고, 오히려 참견하지 않는 것을 고마워해야 할 일이었다.

그러나 사람의 마음이란 것이 어디 그러한가?

'나쁜 사람 같으니라고.'

요즘 유월과 처음 만났을 때에 비해 많이 친해졌다고 생각하던 차라 더 배신감이 들었는지도 모를 일이었다.

배도 고프고 다리도 아프고 생각할수록 화만 나는 비설이었다.

길 건너 태백루에서 맛있는 냄새가 흘러나오고 있었다.

그녀가 면사를 벗어서 바닥에 던져 버렸다. 나름의 분노 폭발이었지만 누가 봐도 유치한 짓이었다. 거기에 한술 더 떠 아이처럼 삐쳐 바닥에 쪼그리고 앉았다.

진명과 무옥은 서로를 돌아보며 난감한 표정을 지었다.

유월이 천천히 다가가 바닥에 떨어진 면사를 주워 먼지를 털었다. 그리고는 가만히 비설에게 내밀었지만 그녀는 고개를 돌려 외면했다.

유월이 그녀 앞에 쪼그리고 앉아 직접 그녀의 얼굴에 면사를 씌웠다. 그녀는 유월의 손길을 뿌리치지는 않았다. 잔뜩 골이 난 표정으로 유월을 원망스럽게 바라보는 그녀에게 유월이 말했다.

"배 안 고프냐?"

다정하고 따스한 목소리에 비설은 울컥 마음이 격동했다. 서러움이 북받쳐 오르면서 자연스레 눈물이 맺혔다.

유월이 그녀의 머리를 다정하게 쓰다듬었다.

"미안하다."

진심이었다. 곱디곱게만 자라온 그녀였다. 배수 따윈 막아 줬어야 했을지도 모른다는 생각이 들었다. 이깟 일보다 훨씬 더 어려운 일들이 그녀를 기다리고 있을 테니까.

그녀의 눈에서 한줄기 눈물이 하얀 볼을 타고 흘러내리며 면사를 적셨다.

"…배고파요."

그녀의 말에 유월이 먼저 일어나 손을 내밀었다. 그녀가 조금 민망한 표정으로 그 손을 잡고 자리에서 일어났다.

무옥이 우울한 분위기를 완전히 바꾸려는 듯 활기차게 말했다.

"저기 가서 우리 맛있는 거 사 먹어요! 제가 살게요!"

"하하, 네 밥 얻어먹는 게 얼마 만이냐?"

"호호, 아마도 네가 마지막 밥을 산 이후 일곱 번째지?"

"커억."

분위기 띄우는 데 동참했다가 본전도 못 찾고 만 진명이었다.

"치사하게 그걸 다 기억하냐?"

"오죽했으면 기억할까?"

"흥!"

"흥흥!"

덕분에 분위기는 밝아졌고 비설이 멋쩍게 웃었다.

무옥이 그녀를 놀렸다.

"울다가 웃으면… 어떻게 되는지 알지?"

"헤헤헤."

비설이 더욱 환하게 웃었다.

네 사람이 나란히 태백루로 들어섰다. 자리를 잡고 앉자 점소이 달식이 달려왔다.

"무엇을 드릴깝쇼?"

진명이 우렁차게 소리쳤다.

"이 집에서 제일 비싸고 맛있는 걸로……."

그러자 무옥이 그의 옆구리를 쿡 쑤셨다.

"너 이럴래!"

"어차피 일곱 번이나 연달아 얻어먹는 염치없는 놈이 뭔 눈치를 보겠어?"

"나쁜 놈!"

"고마워."

그때 유월이 나지막이 말했다.

"오늘 식사는 내가 사마."

"아니에요. 그냥 장난이었어요. 제가 살게요. 야, 명아, 빨리 제일 비싸고 맛있는 걸로 시켜."

무옥이 당황해서 진명을 재촉했다.

"아니다. 오늘은 내가 살 테니 먹고 싶은 것 마음껏 먹도록 해라."

무옥의 얼굴이 살짝 붉어졌다.

유월이 달식에게 몇 가지 안주를 시켰다.

돌아서려는 달식을 비설이 불러 세웠다.

"여기 술도 한 병 주세요."

비설이 유월을 보며 씩 웃었다.

"가볍게 한 잔, 괜찮죠?"

한잔하고 싶은 모양이었다. 유월이 고개를 끄덕였다.

"명아, 옥아. 너희는 술 얼마나 해?"

비설이 주량을 묻자 진명이 심술궂게 선수를 쳤다.

"옥이야 말술이지, 말술."

유월 앞에서 요조숙녀처럼 잘 보이고 싶었던 무옥이 아니던
가? 그녀가 다시 당황해서 손사래를 쳤다.

"아니에요. 저 술 잘 못 마셔요."

진명에게 있어 유월은 연적이었다.

'너무 강력한 경쟁자이긴 하지만…… 그래도 지지 않아.'

절로 술 생각이 간절해진 진명이었다.

그냥 당하고만 있을 무옥이 아니었다. 그녀가 진명의 발을
사정없이 밟았다.

"아얏!"

진명이 비명을 지르자 유월과 비설이 뭔 일이냐란 얼굴로
그를 쳐다보았다. 물론 그 옆에선 무옥이 눈을 가늘게 뜨고 미
소를 짓고 있었다.

"하하하, 아무것도 아닙니다. 모기가 갑자기 무는 바람에."

그 말도 안 되는 변명에 비설이 대충 어떤 상황인지 알겠다

는 얼굴로 말했다.

"헤헤, 모기는 본래 암컷이 피를 빤다지."

그러자 무옥이 모른 척 한마디 거들었다.

"심보가 고약한 사람들을 잘 문다는 말이 있지요."

비설이 까르르 웃었고 진명도 머쓱하게 머리를 긁적였다.

웃음기 가득한 얼굴로 비설이 넌지시 말했다.

"이런 말 하면 누가 기분이 나쁠지 몰라도…… 너희 둘 은근히 잘 어울려."

그러자 두 사람이 동시에 소리쳤다.

"기분 나빠!"

하지만 내심 기분 좋은 진명이었다.

그사이 요리가 하나둘씩 나왔다. 음식을 먹기 전에 입맛을 돋워주는 량채(涼菜)의 일종인 당초황과(糖醋黃瓜)가 먼저 나왔고 어향육사(魚香肉絲)와 매채구육(梅菜拘肉)이 연이어 나왔다.

"와, 맛있겠다. 잘 먹겠습니다!"

비설이 마치 그릇이라도 씹어 삼킬 듯 허겁지겁 젓가락질을 하기 시작했다. 진명과 무옥은 유월이 젓가락을 들어 음식을 한 점 먹자 그제야 젓가락질을 하기 시작했다.

그 모습에 음식을 먹던 비설이 눈을 동그랗게 뜨며 말했다.

"앗, 나 너무 예의없었나 보다."

그러자 무옥이 차분하게 말했다.

"네가 만약 그런 예의와 격식까지 다 차리면……."

무옥이 잠시 말을 망설였다.

"해도 돼?"

"당연. 내 성격 몰라? 괜찮아. 해."

"…너무 재수없을 것 같아. 착하지, 예쁘지, 몸매 좋지, 집안 좋지, 거기에 예의까지 바르다고? 맙소사."

"헤헤헤— 기뻐해야 하는 거 맞지? 나 너무 푼수 같아."

무옥은 농담처럼 말했지만 내심 그런 생각을 하고 있었다.

'그렇게까지 완벽해지면 난 널 어떻게 이기겠어? 라고.

유월과 자신만 해도 너무나 격차가 크다고 생각하는 그녀였다. 거기에 비설이라면. 자격지심을 안 가지려고 해도 안 가질 수 없는 상대들이었다.'

"앗, 명이, 파 골라내지 마."

"삶은 파 너무 싫어!"

"편식쟁이."

"파는 나도 싫어."

"넌 괜찮아. 사람이 너무 완벽하면 못써."

"그럼 난?"

"사실 너도 괜찮아. 결점이 너무 많아서 이깟 건 표도 안 나니까."

세 청춘들의 오가는 말들을 듣고 있자니 괜히 기분이 좋아지는 유월이었다. 자신이 스무 살 때는 상상도 하지 못했던 모습이었다.

…기분 좋은 만찬은 거기까지였다.

유월의 표정이 서서히 굳어졌다.

자신의 뒤쪽으로 다가오는 강대한 기운.

"합석해도 될까?"

목소리만으로 상대가 누군지 알 수 있었다. 유월이 스윽 돌아보자 화의인이 마치 오랜만에 만난 친구의 얼굴로 미소를 지으며 서 있었다.

비설 등이 눈을 동그랗게 뜨고 유월과 화의인을 번갈아 바라보았다. 연막 속에서의 싸움이었기에 그들은 화의인의 얼굴을 알아보지 못했다.

유월의 대답도 듣지 않고 화의인이 자리에 앉으려고 하자, 무옥이 재빨리 일어났다.

"이리로 앉으시지요."

원래 화의인이 끼어 앉으려던 자리는 무옥과 비설 사이였다. 하지만 그녀가 자리를 내어줌으로써 무옥과 진명 사이에 화의인을 앉힌 것이다.

적이든, 친구든 비설과 조금이라도 떨어뜨려 놓는 게 좋을 것이란 생각이었는데, 화의인의 무공의 경지를 생각해 보면 사실 의미없는 방어였다.

화의인이 무옥이 앉아 있던 자리에 앉자 세 사람은 유월의 눈치만 살폈다.

유월의 마음이 착잡해졌다. 생각지도 못한 만남이었고 만약 싸움이 붙는다면 이길 수 없는 싸움이었다. 자신이 져서 죽게 되는 패배가 아니었다. 여기서 싸움이 나면 비설이 반드시 죽게 될 것이기에 지는 싸움인 것이다.

…그래서 언제나 지키는 쪽이 고달픈 법이다.

유월이 담담하게 말했다.

"먼저들 돌아가거라."

그 말에 세 사람은 깜짝 놀랐다. 하산 이후 단 한순간도 비설에게서 떨어진 적이 없던 유월이었다.

가장 먼저 비설이 깨달았다.

'오라버니가 날 지켜줄 수 없을지도 모를 고수다!'

그 순간 그녀의 마음속에 서열록이 떠올랐다.

유월보다 강한 사내는 모두 여섯. 그중 아버지를 제외한다면 다섯. 검성은 백 세가 넘은 노인이었으니까 넷.

'파천황, 귀도, 비검, 귀면. 네 사람 중 하나다.'

비설이 자신도 모르게 몸을 바르르 떨었다. 유월조차 자신을 떼어놓으려 하는 정체불명의 고수.

'도대체 누구지?'

화의인이 일행이 먹던 어향육사를 한 점 집어 먹었다.

"식어서 제 맛이 안 나는군."

그가 인상을 쓰자 유월이 점소이를 불러 술과 안주를 새로 시켰다.

그리고는 자리에서 일어나 그곳에서 조금 떨어진 자리로 걸어갔다.

"여기서 들지."

화의인이 피식 웃었다.

"두렵나?"

화의인이 비설에게 손을 내밀었다. 유월이 반사적으로 어깨 위 나락도를 움켜쥐며 나직이 말했다.

"꿈도 꾸지 마."

화의인의 한쪽 눈이 작게 일그러졌다. 분노한 것인지 비웃는 것인지 알 수 없었다.

화의인의 손가락이 서서히 허공을 가로질렀다. 그의 손가락 너머 잔뜩 긴장한 비설의 모습이 보였다.

"두렵겠지. 손가락질 한 번이면 저 아이는 산산조각이 날 테니까."

비설이 두려운 눈빛으로 화의인과 유월을 번갈아 바라보았다.

유월이 고개를 끄덕여 그녀를 안심시켰다.

그때 무옥과 진명이 벌떡 일어났다.

진명이 비설이 앉은 의자를 뒤로 잡아끌자 무옥이 그 앞을 막아섰다.

몸으로라도 막겠다는 그 의지에 화의인이 오호란 표정을 짓고는 이내 피식 웃었다.

"젊다는 건 언제나 좋은 거지."

흥미를 잃었다는 듯 그가 자리에서 일어났다.

화의인이 유월이 안내한 자리로 옮겼다.

유월이 비설을 등지고 앉아 화의인을 마주 보았다. 그나마 가장 비설을 지키기 쉬운 자리였다.

진명과 무옥도 다시 제자리에 앉았지만 두 사람은 긴장을 풀지 않았다. 자신들의 눈에 화의인이 어떻게 보이는지는 중요하지 않았다. 유월의 긴장이 지금 상황의 급박함을 다 말해주고 있었으니까.

　화의인은 여전히 여유로웠다.

　"어린 여자애를 인질로 써서 얻은 승리 따위는 오히려 해가 될 뿐이지. 걱정 말게. 저 아이를 죽이려고 했으면 벌써 죽였지. 자네도 알지 않나?"

　유월은 그러리라 확신했다. 그랬기에 화의인을 노려보는 눈빛에 더욱 힘이 들어갔다.

　"과연 그럴 수 있었을까?"

　기세 싸움이었다. 두 사람 주변의 공기가 차가워지기 시작했다. 칼날 같은 긴장감이 두 개의 기운을 이루며 두 사람을 맴돌자, 놀랍게도 그들의 대화 소리가 서서히 들리지 않았다.

　"자네 말이 맞네. 자네가 있는 한 쉽게 죽이진 못하지."

　그렇지만 화의인 역시 완전히 인정하기 싫은 모양이었다.

　"하지만 꼭 죽이려면 못 죽일 것도 없지."

　유월이 인정한다는 듯 고개를 끄덕이자 그제야 화의인이 아이처럼 맑게 웃었다.

　"역시 자넨 멋진 친구야. 쥐뿔 실력도 없이 큰소리만 치는 것들과는 차원이 다르지. 하하하!"

　비설과 무옥이 서로를 돌아보며 고개를 갸웃했다. 화의인이 호탕하게 웃고 있는 것 같았는데 웃음소리가 들리지 않았던 것이다. 마치 무성극(無聲劇)을 보고 있는 것만 같았다.

두 사람은 완전히 그들만의 세상 속에 빠져든 것이다.

그때 달식이 술과 안주를 가지고 왔다.

그들이 앉은 탁자에 다가선 달식이 흠칫 몸을 떨었다. 이상한 한기가 온몸을 감싸며 소름을 돋게 만든 것이다.

자연 그의 움직임이 조심스러워졌다.

그가 탁자 위에 술과 안주를 내려놓는 사이 유월이 무슨 생각에서인지 죽립을 벗었다. 사람이 많은 곳에서 유월이 처음으로 얼굴을 드러냈다. 힐끔 유월을 쳐다봤던 달식이 흠칫 놀라 시선을 돌렸다. 무서운 눈빛에 무서운 상처였다.

"자네도 벗지?"

"좋겠지."

화의인의 손이 스윽 얼굴을 스치자 어느새 인피면구가 벗겨졌다.

그가 그 껍데기를 달식의 빈 쟁반 위로 툭 던졌다. 그것이 무엇인가 싶어 유심히 살피던 달식이 기겁을 하며 달아났다.

"으하하하!"

그 모습이 즐거운지 화의인이 웃음을 터뜨렸다.

면구를 벗은 화의인의 얼굴은 매우 준수했다. 비록 눈가의 감출 수 없는 주름이 그의 나이를 드러냈지만 깔끔한 인상에 이목구비가 뚜렷했다. 너무나 준수해서 이렇게 잘생긴 사람이 왜 인피면구 따윌 쓰고 다니는지 궁금할 정도였다. 지금의 얼굴조차 가짜란 생각이 들 정도였다.

얼굴을 마주한 두 사람은 전혀 주위를 신경 쓰지 않았다.

유월이 등에 매인 나락도를 뽑아 천천히 감긴 천을 풀어 탁자 귀퉁이에 올려놓았다.

"봐도 될까?"

화의인의 말에 유월이 묵묵히 고개를 끄덕였다.

화의인이 나락도를 들어 이리저리 살펴보며 감탄했다.

"나락도, 좋은 칼이지. 신교의 십대마병 중 하나지? 운성이 그자가, 아, 미안하네. 자네 교주가 가진 천마검에야 비교가 안 되겠지만 능히 강호십대병기에 오를 만하지. 멍청한 정파 놈들 같으니라구. 검 이름이 복마(伏魔)란 이유만으로 복마검을 십대병기에 올려놓질 않았나. 뭐, 마기를 조금 억누르긴 해도 복마검 따윈 이 칼의 일도에 동강이 날 건데 말이야."

그가 나락도를 다시 원 자리에 내려놓았다.

화의인이 도의 손잡이를 자신 쪽으로 향하게 놓자 유월이 피식 웃었다.

유월이 칼의 방향을 바꾸러 손을 스윽 내밀자 화의인이 나락도를 슬쩍 잡았다.

우우웅─

그들이 동시에 도에 손을 대자 나락도가 가볍게 울었다.

절대고수들의 시선이 허공을 장악했다.

서로의 속내를 알 수 없는 무심의 극치.

그 긴장을 푼 것은 화의인이었다. 그가 직접 칼의 방향을 바꾸어 원래대로 놓으며 씩 웃었다.

"솔직히 말해보게…… 나 무섭지?"

유월이 고개를 가로젓자 화의인이 조금 민망한 표정을 지었다.

"하긴. 자네쯤 되면 생사 따윈 문제가 아니겠지."

다시 화의인이 조금 억울한 듯 말했다.

"그래도 얘들은 걱정되지?"

양보하기 싫어하는 그의 집요함에 유월이 솔직하게 고개를 끄덕였다.

비설 등은 여전히 이쪽에서 시선을 떼지 못하고 있었다. 유월의 어깨 너머 비설을 향해 화의인이 씩 웃자, 비설이 황급히 고개를 숙여 외면했다.

유월보다 강할지도 모른다는 생각이 든 이후, 그녀는 화의인이 너무나 두렵게 느껴졌다.

"걱정 말게. 아까도 말했지만 나 정도 되면 인질 따윈 필요 없으니까. 안심해, 꼭 자네부터 죽일 테니까. 자, 한잔하세나."

화의인이 싱긋 웃으며 유월에게 술을 따랐다.

술병을 건네받아 이번에는 유월이 그의 잔을 채워주었다.

멀리서 보면 그야말로 친근한 친우의 술자리였다.

"근데 자네 몇 살인가?"

"서른둘."

"근데 왜 꼬박꼬박 반말인가? 나보다 나이도 어리면서."

"그럼 반말해."

"하하하. 자넨 역시 재밌는 친구야. 이러니 미워할 수가 없다니까."

화의인은 뭐가 그리 기꺼운지 연신 싱글벙글이었다.

"자넨 괜찮아! 얼마든지 반말해. 자네도 매번 느끼겠지만 병아리 눈물만 한 실력으로 큰소리치는 자들이 어디 한둘인가?"

유월이 단숨에 술을 들이켰다. 화의인이 다시 잔을 채워주며 말했다.

"오, 자네 술 좀 하는군. 난 영 술과는 궁합이 안 맞더라고."

화의인의 경지라면 수백 동이의 술을 마신다고 취하지 않을 것이다. 내력으로 주기(酒氣)를 모두 발출해 버릴 수 있으니까. 하지만 그는 그런 것을 즐기지 않는 모양이었다.

"이 집 닭요리가 꽤 괜찮더군. 다음엔 그걸 한번 먹어보게. 참, 자네 구화마도식 칠초식까지 다 익혔나?"

유월의 상처가 꿈틀거렸다. 상대는 자신에 대해 모르는 것이 없었다.

속여서 득을 보는 상대가 있는가 하면 해가 되는 상대가 있다. 적어도 유월이 느낀 화의인은 후자에 속해 있었다.

유월이 정직하게 고개를 끄덕였다.

"오, 과연 그랬군."

화의인은 놀랍고도 기쁜 얼굴이었다.

"마지막 초식도 자유롭게 쓸 수 있나?"

"아직 그만한 상대를 만나지 못했지."

"음, 그랬겠지."

화의인은 분명 흥분하고 있었다. 뭐랄까, 그 칠초식을 자신이 상대해 볼 수 있다는 무인의 쾌감 같은 것이랄까. 어쨌든 그는 자신의 감정을 그다지 숨기지 않았다. 그만큼 자신이 있기 때문이리라.

문득 화의인이 물었다.

"근데 자넨 내가 누군지 아나?"

"몰라."

"그런데 왜 묻지 않나?"

"궁금하지 않으니까."

"하하하. 자넬 내려 보내면서 우리에 대해 말해주지 않았단 말이지? 비운성 그자는 역시 개자식이야. 아, 미안, 미안. 그런데 정말 아무 말도 안 해줬나? 사도빈 그 여우새끼도?"

들으면 들을수록 마교에 대해서는 모르는 것이 없는 그였다. 틀림없이 마교 내 높은 위치에 세작이 잠입해 있을지도 모른다는 생각이 들었다.

유월은 사도빈을 통해 이번 하산에 모종의 암중 세력이 자신들을 노릴지도 모른다는 경고를 들었다. 자신보다 무공이 더 강한 상대일 수 있다는 것도 말해주었다.

그러나 사도빈은 그들이 누군지, 왜 비설을 노리는지는 말해주지 않았다. 그때는 알 필요가 없다고 생각해서 굳이 묻지 않았다. 하지만 화의인의 극강의 무공을 경험한 후, 그는 내심 화의인의 정체가 궁금했다. 또 이러한 상대에 대해 자세히 설명해 주지 않은 까닭도 궁금했다.

그때였다. 객잔 입구가 부서지도록 문이 세차게 열리며 누군가 구르듯 달려 들어왔다.

온몸이 시커멓게 그을린 그는 대화검이었다.

"…당했습니다."

대화검이 면목없다는 듯 고개를 푹 숙였다.

"곧 놈들이 들이닥칠 겁니다."

낭패한 그의 몰골에 화의인의 얼굴에서 웃음기가 사라졌다.

"호부(虎父)에 견자(犬子) 없다더니 과연 자네 아이들, 제법이군."

그때 유월은 느꼈다. 건조해진 그의 목소리에 진득한 분노가 담겨 있다는 것을.

'이 싸움, 피할 수 없다.'

일순간 긴장감이 고조되던 그때, 또 다른 누군가가 들어섰다. 유월을 찾아 나선 진패였다.

"대주님!"

급히 유월을 부르던 진패가 옆에 선 대화검과 눈이 마주쳤다.

순간 네 사람의 시선이 빠르게 얽혔다.

가장 먼저 반응을 보인 것은 진패였다. 본능적인 반응이었다.

그가 사정없이 대화검의 옆구리에 주먹을 찔러 넣었다.

파아앙!

대화검이 몸을 비틀어 피하며 검을 뽑아 휘둘렀다.

쉬이익—

진패가 바닥을 박차고 날아올라 검을 피하며 연이어 발길질을 날렸다.

싸움이 났다며 태백루의 주인장 맹달이 다급하게 고함을 지르는 순간, 유월이 번개처럼 나락도를 들어 화의인을 향해 내리찍었다.

쉬이이잉—

그러나 화의인의 동작은 그보다 더 빨랐다.

그의 손이 유월의 팔목을 잡았다. 다시 유월의 왼 주먹이 그의 명치를 향해 날아갔다.

꽈악.

화의인이 그의 왼 손목을 오른손으로 움켜쥐었다.

우우우웅—

두 사람의 내력이 요동치기 시작했다.

유월이 비설을 돌아보며 소리쳤다.

"달려!"

당황해서 엉거주춤 서 있던 비설의 손을 무옥이 잡아끌며 진명과 함께 밖으로 뛰어나가기 시작했다.

"끄응!"

유월의 입에서 신음성이 터져 나왔다.

화의인의 내력은 한마디로 상상초월이었다. 유월의 양팔 팔뚝에 힘줄이 불끈 솟아올랐다. 두 사람의 내력이 휘몰아치자 주위 공기가 돌풍으로 바뀌어 휘몰아쳤다. 근처에 있던 탁자가 부서지며 사방으로 튕겨 나갔고, 멀리서 손님들이 비명을 지르며 이층으로 달아나기 시작했다.

두 사람이 얽힌 채 벽으로 돌진했다.

꽈아앙!

한쪽 벽에 구멍이 뚫어지며 두 사람이 태백루 밖으로 튕겨 나갔다.

유월은 분명 내력에서 한 끗 밀리고 있었다.

파앙! 팡!

화의인을 떨쳐 내려고 유월의 발길질이 이어졌다.

그러나 화의인은 유월의 손목을 놓지 않은 채 그 공격을 피해내고 있었다.

두 사람이 얽힌 채 몇 차례 회전했다.

파파파파!

주위 공기가 돌풍처럼 휘몰아치며 바닥의 돌과 흙먼지가 튀어 올랐다.

가공할 위력의 주먹질과 발길질이 서로의 호신강기를 두드리던 그때.

무엇인가에 충격을 받은 듯 화의인의 신형이 딱 멈췄다. 동시에 그의 몸을 보호하던 호신강기가 잠시 끊어졌다. 그것은 찰나의 일이었지만 두 사람의 싸움에서 충분히 생사를 가르기에 충분한 허점이었다.

그 틈을 놓치지 않고 화의인의 손길을 뿌리친 유월의 매서운 주먹이 그의 명치를 향해 날아들었다. 가슴이 박살날 수도 있는 위기의 순간이었건만 화의인은 여전히 넋이 나간 듯 방어를 하지 않았다.

유월의 주먹이 화의인의 명치 한 치 앞에서 멈췄다.

신나게 연주를 하던 악기의 현이 끊어져 잔치의 흥이 깨어져 버린 것처럼 그렇게 두 사람이 싸움을 멈췄다.

"왜 방어를 하지 않았지?"

유월이 나지막이 묻자 그제야 화의인이 정신을 차렸다.

자신을 바라보는 화의인의 눈동자가 흔들리고 있다는 것을 유월은 깨달았다.

걱정이었을까? 아니면 착각이었을까?

어느새 화의인은 원래의 모습을 되찾았다.

"그럼 자네는 왜 공격을 멈췄나?"

유월은 대답을 하지 않았다. 왠지 이대로 죽여 버리고 싶진 않다는 본능에 따랐을 뿐이었다. 하지만 이때까지도 유월은 모르고 있었다. 화의인이 앞서 충격을 받고 공수를 멈춘 이유는 싸우는 도중 자신의 풀어진 옷 사이로 오색혈수인의 상처를 보았기 때문이란 것을.

그러한 사실을 감춘 채 화의인이 껄껄거리며 웃음을 터뜨렸다.

"하하하, 역시 자네는 멋진 친구라니까."

예의 그 쾌활함을 되찾은 화의인이 대수롭지 않게 말했다.

"자, 그럼 애들 싸움은 애들에게 맡겨놓고 우린 산책이나 좀

할까?'

화의인이 마치 당연히 유월이 자신의 뜻에 따르리라 확신을
하듯 두말없이 돌아섰다.

그 와중에도 대화검과 진패는 객잔을 넘나들며 혈투를 벌이
고 있었다.

그리고 그들 너머 길 끝으로 비설이 진명, 무옥과 함께 달려
가고 있는 모습이 보였다.

화의인의 말을 무시하고 대화검을 죽인 뒤 비설의 뒤를 따
라가야 하는 것이 마땅했음에도 유월은 망설이고 있었다.

비록 어떤 이유인지 방금 전 싸움에서 자신에게 큰 허점을
드러냈지만 화의인은 분명 자신보다 고수였다. 그런 그가 싸
움을 멈췄고 자신의 수하를 버리고 돌아섰다. 얼마든지 비설
을 죽일 수 있었음에도 그는 그러지 않았다.

결국… 따라가야만 했다. 설령 자신이 대화검을 죽이고 비
설의 뒤를 따라간다 해도 그는 막지 않을 것이다. 하지만 다음
에 만났을 때 그는 반드시 비설을 죽일 것이다.

그것은 곧 고수들 사이의 무언의 법칙.

유월은 화의인을 향해 돌아섰다.

"멈— 춰!"

저 멀리 걸어가던 화의인이 발걸음을 멈췄다. 그가 뒤로 돌
아보며 씩 웃었다. 그리고는 허공을 횡 하니 날아 경공으로 달
려가기 시작했다.

대화검에게 서서히 밀리기 시작한 진패를 뒤로하고 유월이

화의인의 뒤를 쫓아 몸을 날렸다.

…위태롭게 달려가는 비설에게서 유월은 순식간에 멀어졌다.

난주의 밤하늘에 두 개의 물수제비가 만들어지고 있었다.

커다란 포물선을 그리며 날아가는 두 사람은 유월과 화의인이었다.

건물의 지붕 사이를 화의인은 한 번 도약으로 삼십 장씩 날아갔다.

유월은 정확히 그가 도약한 지붕을 똑같이 디디며 뒤따르고 있었다.

아무도 그 모습에 감탄하는 이는 없을 것이다. 그 모습을 본다 해도 눈 깜박할 새 사라져 버려 자신이 헛것을 보았다고 생각할 것이기 때문이었다.

유월이 당연히 자신을 뒤따르고 있다는 것을 확신한다는 듯 화의인은 고개 한 번 돌리지 않았다.

얼마나 그렇게 달렸을까? 화의인이 강가에 펼쳐진 갈대 숲 쪽으로 방향을 바꾸었다.

그가 바람에 하늘거리는 갈대 위로 사뿐히 올라섰다.

"여기가 좋겠군."

유월이 그와 오 장쯤 떨어진 갈대 위에 올라섰다.

그렇게 마주 선 것만으로도 두 사람의 싸움은 이미 시작되었다. 흔들리는 갈대 위에 서 있는 것만 해도 상당한 내력이 소모되는 일이었으니까.

"누군가와 한바탕 생사투를 벌일 때 가장 좋은 관객이 누군지 아나?"

유월이 고개를 가로젓자 화의인이 고개를 들어 하늘을 올려다보았다.

"바로 저 친구지."

휘영청 떠오른 만월이 그의 눈에 한가득 들어왔다.

"저 위에서 내려다보면 우리가 개미처럼 보이겠지? 내려다보면 아무것도 아닌 것에 울고 웃고 싸우고 죽이고. 참 가소로워 보일 거야. 하지만 저 친군 언제나 우릴 지켜봐 준다네. 시시콜콜 참견하지도 않지만 결코 외면하지도 않지. 그래서 나는 저 친구를 참 좋아하네."

"당신 누구지?"

유월의 목소리는 평소와는 달리 긴장되어 있었다.

여전히 달에 시선을 빼앗긴 화의인이 피식 웃었다.

"이제야 궁금해졌나?"

묵묵히 그 밝음을 응시하던 화의인이 이윽고 유월을 바라보았다.

"…그럼 자넨 누군가?"

의외의 물음이었다. 몰라서 묻는 것이 아니리라. 대답할 필요를 느끼지 못했지만 그의 물음은 너무나 진지했다.

"유월. 천마신교 흑풍대 대주."

"확실한가?"

화의인의 눈빛이 기이한 빛을 내기 시작했다.

"어떻게 확신하지? 네가 흑풍대주란 것을? 너는 네가 흑풍대주란 것을 진정 확신하나?"

말장난처럼 느껴지는 그의 말에는 어떤 진심이 느껴지고 있었다. 앞서 풍마가 죽을 때 남긴 그 야릇한 여운처럼.

"정식으로 내 소개를 하지."

드디어 화의인의 정체가 밝혀지는 순간이었다.

"난 천마신교의 귀면이네."

그가 바로 서열 육위에 자리한 귀면이었던 것이다. 문제는 그것이 아니었다. 그의 입에서 천마신교란 말이 나온 것이다.

유월의 상처가 살짝 일그러졌다.

"헛소리!"

단언하듯 내뱉은 말이었지만 유월의 마음은 격동하고 있었다. 지금까지 본 화의인의 성격으로 볼 때, 이런 상황에서 그는 거짓말을 할 사람이 아니었다.

"그래, 미친 소리 같겠지. 하지만 난 분명히 천마신교 소속이 맞네. 자네 아이들이 죽인 내 수하들도 모두 천마신교 소속이라네."

유월의 멍한 표정을 보며 귀면이 갑자기 키득거렸다.

"하하하, 농담이네. 자네가 어떻게 나오나 궁금해서 장난쳐 본 거야. 자네 꽤 잘 속는 유형이군."

유월이 미간을 좁히며 나락도를 그에게 겨눴다.

"나를 이곳까지 끌어낸 이유는?"

"한판 제대로 붙자는 거지. 우리 애들이 다 밀렸으니 이렇게 일 대 일로 붙는 것이 내게 이롭지 않겠나? 자네가 무인답게 비무하자고는 않을 것 아닌가? 흑풍대 애들 앞세워 달려들면…… 암, 내가 불리하지."

귀면이 생각도 하기 싫다는 듯 고개를 내저었다. 여전히 진실이 느껴지지 않는 말이었다.

"그래서 잔머리 굴린 거네. 이제 자네를 죽이고 네 아이들 다 죽이러 갈 것이네."

"단지 그 이유뿐인가?"

"다른 이유가 있을 리 없잖아."

활짝 웃던 그의 미소가 순간 희미해진다는 착각이 드는 순간.

따— 앙!

경쾌한 격타음과 함께 두 사람 사이의 거리가 십여 장으로 멀어졌다.

순식간에 귀면이 돌진해 유월에게 주먹을 날렸던 것이다. 주먹과 쇠가 맞부딪쳤는데 쇳소리가 났다.

유월은 그 주먹을 나락도의 도신으로 막았는데 왼손으로 도의 뒷면을 받치지 않았으면 오른 손목이 부러졌을 정도의 강력한 위력이었다.

갈대 사이로 고개를 쑥 내민 귀면이 조금 멋쩍은 미소를 지었다.

"하하, 역시 안 통하는군."

그 순간.

쐐애애애액!

따앙!

나락도에 튕겨 나간 비도가 무서운 속도로 날아가 그들의 시야에서 사라졌다. 갈대에 몸을 가렸던 귀면이 손목의 탄력만으로 비도를 날렸던 것이다. 그럼에도 그 위력은 유월의 팔목을 욱신거리게 만들 정도였다.

"아, 미안하네. 손이 미끄러졌네."

유월이 피식 웃었다. 상대를 죽이고자 마음을 먹었을 때 그가 짓는 그 특유의 미소였다.

번쩍!

나락도가 빛을 일으키며 허공을 갈랐다.

"어이쿠!"

귀면이 서 있던 자리부터 그 뒤쪽 갈대가 깨끗이 사라졌다.

원래 서 있던 곳의 몇 걸음 옆에서 귀면이 가슴이 철렁 내려앉았다는 시늉을 했다.

유월이 앞서 귀면의 말을 그대로 돌려주었다.

"미안. 손에 땀이 나서."

귀면이 재밌다는 듯 껄껄거렸다.

내공이나 실전 경험으로 볼 때 귀면은 분명 유월보다 한 수 위의 실력을 지녔다. 하지만 고수들의 싸움은 그야말로 한순간 선택과 실수로 승패가 나는 것. 방심하면 그대로 죽는다는 것을 귀면도, 유월도 알고 있었다.

두 사람이 갈대에 얼굴만 내놓은 채 원을 그리며 돌았다.

귀면의 목소리가 밤바람을 타고 나지막이 울려 퍼졌다.

"대단해. 자네 교주조차 구화마도식을 이렇게 자유롭게 사용할 순 없을 것이야. 근데 이상하지? 운성이 그자는 어떻게 자네의 천부적인 재능을 알았을까? 자넨 흑풍대 일개 조원이었지 않나?"

귀면의 한마디 한마디는 유월의 마음을 흔들 만한 것들이었다.

"…단지 운이 좋아서였을까?"

싸움을 앞두고 자신의 마음을 뒤흔들기 위한 계략에 불과할까?

나락도를 움켜쥔 유월의 손등에 굵은 힘줄이 솟아났다. 모든 내력이 나락도에 집중되고 있었다.

우우우우우웅!

주인의 절박한 마음을 느꼈는지 나락도가 길게 울었다.

사사사사삭—

귀면이 갈대를 가르며 쇄도해 왔다.

땅, 따앙! 따다당!

연이어 쇳소리가 울렸다. 근육이 끊어질 것 같은 고통을 참으며 유월이 힘차게 나락도를 회전시켰다.

후우우우웅!

나락도가 돌풍을 일으키며 도기를 사방으로 뿌려댔다.

파파파파파!

갈대가 갈가리 가루가 되어 날았고 귀면의 신형이 귀신처럼 날았다.

귀면의 손에서 붉은 강기가 폭사되었다.

쐐애애애액!

콰콰콰콰콰!

날아들던 붉은 강기가 나락도의 돌풍에 휘말려 사방으로 흩어졌다.

"으하하하. 과연 대단하구나."

귀면은 너무나 흡족해 기쁨을 감추지 못했다. 피가 끓고 온몸의 투지가 폭발한 싸움이었다.

나락도가 현란하게 춤을 추기 시작했다.

쉬이이이익!

도에서 뻗어나간 도기가 귀면의 목을 스치고 지나갔다. 갈대가 잘라지며 허공으로 흩뿌려졌다. 어지럽고 거친 싸움이었다.

내력이 집중된 귀면의 손목이 비틀렸다.

꾸아악.

단지 손목을 비튼 동작을 했을 뿐인데 그의 전방의 공간이 구겨지면서 뒤틀렸다.

날아들던 도기가 허공에서 허무하게 소멸되었다.

귀면의 손이 향하는 모든 공간이 일그러졌다.

쫘악. 꾸아악.

픽! 파파파파팍!

갈대며 나무며 돌이 모두 으깨어지며 사방으로 튀었다.

유월이 진기를 끌어올리며 정신없이 몸을 날렸다. 끝없이 이어지던 파공음이 이질적으로 바뀌었다.

기이이이잉—

미처 피하지 못한 귀면의 공격에 유월의 호신강기가 찢어지는 소리였다.

퍽!

유월의 왼쪽 팔뚝 혈관이 터져 나갔다.

온몸을 옥죄어오는 거대한 압력에 대항하며 유월이 몸을 비틀어 그 공간에서 벗어났다. 물러서며 본능적으로 왼쪽 어깨를 두드려 출혈을 막았다.

그 순간.

퍽!

어느새 날아든 귀면의 무릎이 그대로 유월의 복부에 박혔다.

유월이 허공을 붕 날아 바닥에 뒹굴었다.

울컥.

피가 솟구쳐 올라오는 것을 유월이 억지로 삼켰다.

귀면의 실력은 과연 유월보다 한 수 위였다. 초식의 정묘함은 물론 속도나 내공까지 모든 면에서 앞서고 있었다.

쓰러진 유월이 갈대를 움켜쥐자, 오래전 그날이 떠올랐다.

동생을 업고 갈대 숲을 가로질러 가던 그날.

"우린 죽게 되겠지?"

동생의 서글픈 미소가 떠오르는 순간, 유월이 벌떡 자리에서 일어났다.

짝짝짝!

귀면이 장하다는 얼굴로 여유롭게 박수를 치고 있었다.

유월은 확실히 깨달았다.

'이대론 절대 이길 수 없다.'

그렇다면 방법은 단 하나뿐이었다. 문제는 실패하면 끝이라는 것뿐.

"잠깐."

유월이 손을 들어 잠시 쉬자는 신호를 보냈다.

그리고 놀랍게도 선 채로 호흡을 가다듬으며 운기조식을 하기 시작했다. 앞서 서슴없이 기습 공격을 가하던 귀면을 생각하자면 그야말로 자살 행위에 가까운 짓이었지만, 유월은 그가 공격을 하지 않으리라 확신했다.

내력이 일주천하자 방금 전 공격에 뒤엉켰던 기혈이 다시 안정되었다. 유월이 눈을 번쩍 떴다.

과연 귀면은 공격 대신 만족스런 미소를 짓고 있었다.

"진작 그랬어야지. 이제 진짜로 해볼까?"

그는 오직 지금 이 순간을 기다린 듯 보였다.

귀면이 두 팔을 앞으로 모아 독특한 수결을 만들었다.

"내가 왜 귀면이라 불리는 줄 아나? 예감했겠지만 여러 개의 얼굴을 가졌다 해서 그렇게 불리네. 이제 내 진짜 얼굴을 보여주지."

괴이한 기운이 귀면의 주위로 퍼져 나가기 시작했다.

절규. 울부짖음. 분명 그것은 비명 소리였다.

이히히히히.

그와 함께 들려오는 귀신 소리.

귀면 주위로 흐릿한 형체가 보이기 시작했다.

수많은 원귀들이 귀면의 주위를 맴돌며 괴성을 울리고 있었다.

귀면의 눈이 길게 찢어지며 서서히 섬뜩한 모습으로 변하기 시작했다.

마귀(魔鬼).

귀신들 사이에 우뚝 선 그의 얼굴은 마귀의 모습이었다.

악귀를 잡아먹는 마귀.

보는 것만으로도 숨이 막혀오는 무시무시한 얼굴이 자신을 노려보고 있었지만, 유월은 두려워하지 않았다.

상대가 마귀라면 자신도 마귀였다.

'내가 잡아먹는다!'

유월이 구화마도식의 전 칠초식을 마음속으로 그렸다. 수천 수만 번을 반복해 휘둘렀던 초식이었다.

유월의 마음속에 천마의 음성이 떠올랐다.

"구화마도식의 마지막 초식은 독립해서 사용할 수 없다. 일초부터 칠초까지 연속해서 사용해야 한다. 구화마도식 전(前) 칠초식의 정수는 바로 이 칠초연격술(七招連擊術)에 있다."

유월의 몸이 서서히 허공으로 떠오르기 시작했다. 지금까지단 한 번도 사용해 본 적이 없는 연격술이었다. 자신의 내공으로는 그것을 성공한다는 보장도 없었고, 성공한다 하더라도몸 안의 모든 내력이 고갈되어 버릴 것이기 때문이었다.

죽이지 못하면 죽는다.

키히히히!

유월의 기도가 완전히 달라지자 귀면의 주위에 달라붙은 원귀들이 위기를 느꼈는지 아우성을 치기 시작했다. 귀면의 몸이 파란 빛을 띠기 시작했다. 호신강기가 극한으로 끌어올려진 것이다. 허공에 뜬 유월을 바라보는 귀면의 찢어진 눈이 웃고 있었다. 왠지 서글픔 가득한 눈빛이었다.

허공에 뜬 유월이 나지막이 읊조리기 시작했다.

"마도는 바람에서 시작하니……."

위이이이잉!

서늘한 바람 소리가 일며 제일초식 풍격세가 발출되었다.

살아 있는 모든 것을 찢어발기는 죽음의 바람이었다.

쐐애애애앵!

바람이 귀면의 몸을 휘몰아치며 기이한 소리를 내기 시작했다. 그의 옷이 찢겨 나가며 펄럭거리기 시작했다. 하지만 귀면은 여전히 웃고 있었다. 마치 한여름 찜통더위 속에 불어온 한 줄기 찬바람을 대하는 행복한 표정으로.

"바람은 뇌성벼락을 부른다."

제이초식 뇌격세가 이어졌다.

번쩍!

그대로 귀면의 몸에 벼락이 내리꽂혔다.

앞서의 뇌격세는 귀면의 팔뚝에 상처를 남겼지만, 호신강기를 극한으로 끌어올린 귀면의 몸에는 상처를 남기지 못했다.

이히히히히히!

등줄기를 오싹하게 만드는 귀신 울음소리가 점차 커지기 시작하며 잿빛 안개가 소용돌이치면서 그의 주위를 휘감았다.

유월의 나락도가 하늘을 향했다.

"혈우에 중원이 잠기고……."

제삼초식 혈격세(血擊勢)였다.

나락도의 끝에서 수백 가닥의 강기가 발출되어 하늘로 날아오르는가 싶더니, 이내 호선을 그리며 땅으로 쏟아져 내렸다.

쏴아아아아!

사람이 쏟아지는 비를 피할 수는 없는 법.

퍽퍽퍽퍽퍽!

귀면의 몸이 크게 휘청거렸고 그의 표정이 최초로 일그러졌다.

주위에 깊이를 알 수 없는 수백 개의 구덩이가 생겨났다.

다시 유월의 도가 큰 원을 그리며 회전해서 땅바닥을 훑었다.

"파도는 모든 것을 파괴한다."

제사초식 파격세(波擊勢)!

무형의 강기가 공간을 찢어발겼다.

콰콰콰콰콰!

땅이 헤집어지고 지축이 흔들렸다.

귀면의 얼굴이 고통으로 일그러졌다. 귀신이 미친 듯이 날뛰기 시작했다. 그러나 그는 쓰러지지 않았다.

유월은 아예 귀면 쪽은 쳐다보지도 않고 있었다.

자신만의 세상, 그 벅찬 도무(刀舞)의 황홀경.

나락도에서 붉은 광채가 쏟아져 나왔다.

오초식 용격세(龍擊勢)가 발출된 것이다.

"바다에서 붉은 용이 승천해……."

광채는 곧 한 마리의 용으로 변해 귀면을 휘감기 시작했다.

이히히히히히히!

귀신들이 용을 할퀴며 사방을 날았다. 용이 귀신들을 잡아먹으며 울부짖었다.

"용이 태양을 삼키면……."

제육초식 일격세(日擊勢)였다.

이제 귀면의 몸도, 용도, 귀신들도 모두 붉게 타오르기 시작했다.

"으아아아아압!"

귀면이 비명과도 같은 기다란 기합을 외치며 주먹 쥔 양손을 좌우로 활짝 펼쳤다. 그의 얼굴에 오욕칠정(五慾七情)의 인간의 모든 감정이 이어졌다. 분노 속에서 환희가 솟구쳐 올랐고 슬픔 속에서 즐거움이 폭발했다. 이기겠다는 욕심은 상대를 향한 미움으로, 다시 상대에 대한 애정으로 바뀌었다.

이윽고 구화마도식의 마지막 초식이 펼쳐졌다. 검은 눈동자가 사라지며 유월의 눈에서 하얀빛이 폭사되어 나오기 시작했다.

"마도가 모든 것을 멸하리라."

나락도가 천천히 귀면을 향했다.

그렇게 마지막 칠초식 마격세(魔擊勢)가 발출되었다.

빛도, 소음도 없었다.

귀면을 중심으로 거대한 빛의 구(球)가 커지기 시작했다.

시간이 멈춘 듯한 고요한 적막.

그 순간.

스스스스.

구 안의 모든 것이 소멸되기 시작했다. 귀면 주위를 맴돌던 귀신들도, 날아다니던 나비도, 짓이겨진 갈대도, 바닥의 자갈도, 거칠게 헤집어진 땅도, 모두 가루가 되어 사라졌다.

완전한 소멸.

오직 남은 것은 반경 오십 장의 거대한 웅덩이였다.

…그리고 유월은 볼 수 있었다.

웅덩이 한가운데 벌거벗은 채 홀로 서 있는 귀면의 모습을.

하늘에서 내려다본 그는 작은 개미처럼 느껴졌다.

하지만 그는 분명 처음 그 자리에 우뚝 서 있었다.

'…죽이지 못했다.'

갑자기 피곤이 몰려들었다. 태엽이 모두 풀린 철제 인형처럼 유월의 신형이 딱 멈추더니 이내 힘없이 추락했다.

꽈당.

땅바닥에서 뜨거운 열기가 느껴졌다.

절로 눈이 감겼다. 삼십이 년간 살아오면서 쌓였던 모든 피로가 한꺼번에 몰려드는 기분이었다.

내력은 완전히 고갈되었고 손가락 하나 까닥할 힘도 없었다.

"으으으."

귀면의 신음 소리가 들려왔다.

유월이 감기는 눈을 억지로 떴다.

저벅…… 저벅…….

귀면이 자신을 향해 다가오고 있었다.

"…정말 대단해."

그의 목소리에는 생기가 없었고 귀기 가득했던 그의 눈빛은 흐릿하게 빛을 잃고 있었다.

회광반조, 그는 마지막 힘을 내고 있었다.

"…아!"

유월이 짤막하게 탄식했다.

자신은 누웠고 그는 서 있었지만 먼저 죽는 이는 바로 그란 것을.

그도 결국은 인간이었던 것이다.

귀면이 자신을 내려다보며 희미하게 웃었다.

유월은 전혀 기쁘지 않았다.

상대를 죽이고도 미안한 감정이 든 것은 처음이었다.

그에겐… 자신을 죽일 힘이 남아 있을까? 있었다. 분명히. 하지만 귀면은 그럴 생각이 전혀 없어 보였다. 아니, 애초부터 그러했을지도 모른다는 생각이 들었다.

"난 널 죽이고 싶지 않았다. 그래, 죽이고 싶지 않았지."

마치 오래전부터 자신을 알고 있었던 말투였다.

끔찍한 몸의 상태에 비해 귀면은 담담하게 말을 이어갔다.

"비운성이 왜 자네에게 우리의 존재를 말하지 않았는지 아느냐? 그는 두려웠을 것이다. 네가 진실을 알게 될까 봐."

유월은 그 진실이 무엇인지 물어보고 싶었다. 하지만 한마디 말을 할 힘도 그에겐 없었다. 감기는 눈을 억지로 뜨며, 멀어져 가는 의식을 부여잡는 것조차 힘들었다.

귀면이 고개를 들어 달을 올려다보았다.

그가 친구라 부른 달은 말없이 그를 내려다보고 있었다.

"나도, 그도, 이 일에 관련된 모두가…… 옳지 않다."

알 수 없는 말들.

"복수는 포기하게. 오색혈수인… 그에게 난 오초지적도 되지 않는다네."

"……!"

생각지도 못한 오색혈수인이란 말에 유월은 큰 충격을 받았다. 복수를 포기하란 말은 자신의 과거에 대해 모든 것을 다 알고 있다는 뜻이 아닌가? 게다가 귀면 같은 고수가 오초지적?

자연 머릿속이 복잡해졌다.

귀면의 눈에는 죽음을 앞둔 이의 진실이 담겨져 있었다. 유월은 고함을 지르고 싶었다. 제발 속 시원하게 다 말해달라고. 하지만 귀면은 끝없이 의문만을 남기고 있었다.

귀면이 유월을 내려다보며 씩 웃었다.

"마지막으로 재밌는 것 보여줄까?"

그가 손바닥을 위로 향하게끔 오른손을 내밀었다.

구우우우—

그곳으로 그의 몸을 지탱하고 있던 마지막 내력이 모여들었다. 그의 손에서 하나의 기운이 만들어졌다.

그 기운은 너무나도 낯익은 것이었다.

유월의 눈빛이 무섭게 흔들렸다.

'구화마공!'

분명 그것은 자신의 내력과 같은 구화마공이었다.

"…재밌지?"

귀면의 신형이 파르르 떨리기 시작했다. 드디어 한계에 도달한 것이다.

유월의 손이 힘겹게 들렸다. 죽지 말라고 이야기하고 싶었다. 그래서 모든 것을 다 말해달라고. 도대체 어떤 일이 벌어진 것인지, 벌어지고 있는 것인지. 그리고 또, 벌어질 것인지.

그 모든 대답을 뒤로하고 귀면은 질문을 던졌다. 마치 모든 해답은 스스로 찾아야 한다는 뜻이 담긴 질문이었다.

"난 천마신교의 귀면이라네. 자넨, 누군가?"

그 말이 끝나는 순간.

퍽—

그의 몸이 산산조각이 나며 터져 버렸다.

그에게 내밀려던 유월의 손이 툭 떨어졌다. 충격도, 놀람도, 의문도, 밀려드는 수면 속으로 잠겨들었다.

스르륵 눈이 감겼고, 이내 유월은 잠이 들었다.

第十八章

지하비무

魔刀霸爭

진패는 박력으로 버티고 있었다.

"헉헉헉."

숨을 몰아쉬며 진패가 남은 내력을 모두 끌어올렸다.

그에 비해 대화검은 숨소리조차 거칠어지지 않았다.

대화검의 무공 경지는 사마의 경지가 무르익은 상태였다. 비록 한 단계 차이였지만 그 차이는 충분히 승패를 가르고도 남았다. 그나마 쌍벽을 이루며 지금까지 버틴 것도 앞서의 폭발에 대화검이 내상을 입었기 때문이다.

시간이 지날수록 점차 허점이 드러나고 있었다.

"흑풍조장의 실력이 겨우 이 정도인가?"

진패는 대화검의 조롱에 한마디 반박도 하지 않았다. 그 힘도 아껴 그를 상대해야 했다.

쉬이익.

대화검의 몸이 검과 함께 쇄도했다.

진패가 우측으로 보법을 밟아 검을 피하며 주먹을 질러 넣었다.

퍼엉!

격해진 곳은 빈 허공. 그 틈을 노리고 대화검의 검이 날아들었다.

쉭쉭쉭쉭!

순식간에 네 번을 찔러왔고, 네 번째 초식에 진패의 어깨가 갈라졌다.

팍!

피가 튀어 올랐지만 진패는 상처를 돌볼 틈이 없었다.

또다시 대화검의 검이 기이한 각도로 회전하며 날아든 것이다.

쉭익, 쉬이이익—

팍! 팍!

진패의 가슴과 허벅지에서 피가 뿜어져 나왔다.

비틀거리며 물러서던 진패가 균형을 잃고 뒤로 넘어졌다.

대화검이 천천히 자신에게 다가오는 것을 바라보며 진패가 눈을 질끈 감았다. 이길 수 없다란 절망만이 그의 마음을 채우고 있었다.

'젠장, 이대로 죽는 건가?'

대화검의 늘어뜨린 검에는 살기가 번뜩이고 있었다.

진패가 한숨을 쉬며 밤하늘을 올려다보았다.

보름달 위로 두 사람의 얼굴이 나란히 떠올랐다.

'진수야. 여보.'

두 사람은 자신을 보며 웃고 있었다.

어차피 마교에 투신한 이상 죽음 따윈 두렵지 않다고 생각했던 그였지만 막상 죽음을 눈앞에 두자 자식과 아내 생각에 너무나 아쉬웠다.

대화검이 달을 가리자 아내와 진수의 모습도 사라졌다.

자신을 내려다보고 있는 대화검 역시 많이 지친 모습이었다. 수하들을 잃었다는 분노가 없었다면 그는 지금까지 버티지 못했을 것이다.

"우리가 누군지 아느냐?"

대화검이 싸늘하게 묻자 진패가 고개를 내저었다.

"모르고 우릴 공격한 것이었나?"

"그렇게 배웠거든. 죽여야 할 자는 먼저 공격해서 죽이라고. 의심 가면 무조건 죽이라고. 일단 죽이고 보라고. 우린 마교잖나?"

진패는 웃고 있었다. 모든 것을 포기하자 오히려 마음이 홀가분해진 것이다.

"저승에서 알게 될 것이다. 네 죽음이 얼마나 정당하고 당연한 것이었는지."

알 수 없는 말과 함께 대화검이 검을 들었다.

진패가 미소를 지으며 말했다.

"…곧 만날 테니 그때 직접 말해줘."

그의 검이 허공을 가르던 그때였다.

후우우웅!

무거운 바람 소리를 내며 무엇인가 대화검을 향해 날아들었다.

따앙!

대화검이 검을 휘둘러 그것을 쳐냈지만 그 위력에 크게 휘청거렸다. 그가 쳐낸 것은 바로 백위의 강궁에서 날아온 패력시였다.

동시에 사방에서 무엇인가 날아들었다.

쉭쉭쉭쉭쉭쉭!

그 귀에 익은 바람 소리는 비격탄의 화살 소리였다.

진패가 바닥에 머리를 누이며 안도의 한숨을 내쉬었다.

"…왔구나!"

쉭쉭쉭쉭쉭쉭쉭!

바람 소리는 그칠 줄 모르고 이어졌다.

팅팅팅팅!

검과 화살이 부딪치는 소리가 이어지다가 이내 소리가 바뀌었다.

퍽퍽퍽퍽퍽!

이어지는 정적.

진패가 눈을 뜨자 수십 발의 화살을 몸에 박은 대화검이 뒤로 쓰러지고 있었다.

진패가 몸을 일으켜 앉아 멍하니 대화검의 시체를 바라보았다.

태백루의 지붕부터 건너편 건물 지붕, 인접한 담벼락과 지붕 위로 이십여 명의 그림자가 보였다. 명월루에서 대화검을 뒤쫓아 추격했던 오조원들이었다.

"형님, 괜찮소?"

비호와 백위가 걱정스런 얼굴로 훌쩍 담에서 뛰어내려 달려왔다. 사방을 경계하는 몇 명의 조원들을 제외한 모두가 진패 주위로 모여들었다.

"망할 놈들! 조금만 늦게 왔으면… 철기대로 가려고 했다."

말은 그러했지만 그의 목소리는 감격으로 떨리고 있었다.

"철기대보단 다른 곳에 먼저 가실 뻔했소."

"흥! 철기대라면 제때 왔겠지."

비호가 자신의 옷자락을 북북 찢어 진패의 상처에 감으며 말했다.

"우리 형님, 철기대가 없었으면 어쨌을꼬?"

"하하하. 그러게 말이다."

백위가 재밌다는 듯 껄껄댔다. 그들의 대화에 주위의 오조원들도 미소를 지었다.

진패가 비호가 내민 손을 잡고 힘차게 일어났다. 다행히 목숨이 위태로운 지경까지는 아니었다.

"아아아."

"애들 앞에서 엄살은."

"이놈아, 너도 나이 먹어봐라. 너 때야 한 칼 맞으면 그저 좀 긁혔나 보다 하면 되지만. 그래, 두고 보자. 나중에 네놈이 얼마나 엄살을 피우는지 지켜보마."

"악담하기 대장!"

"하하하."

모두들 소리 내어 웃었다.

"근데 운이하고 영이는?"

진패의 물음에 두 사람의 표정이 조금 굳어졌다.

"운이가 좀 다쳤습니다. 지금 영이가 삼조원들 데리고 송가장으로 후송했습니다."

백위의 보고에 진패의 표정이 굳어졌다.

"얼마나?"

"두고 봐야 알 것 같습니다."

"놈들은 다 해치웠나?"

"이놈 말고 한 놈이 빠져나갔습니다."

삼화검을 놓친 것이다.

"근데 형님은 여기 어쩐 일이십니까?"

"대주님 찾으러 왔었다."

"찾으셨습니까?"

"그래."

"어디 계십니까?"

진패의 얼굴에 조금 걱정이 떠올랐다.

자신이 위험에 빠졌음에도 유월은 함께 동석했던 사내의 뒤를 따라나섰다. 섭섭할 이유는 전혀 없었다. 그만큼 중요한 일이었을 것이다. 비설까지 두고 갔을 만큼.

진패가 설마하는 얼굴로 황급히 물었다.

"오던 길에 아가씨 만나서 모셔갔지?"

진패의 물음에 비호와 백위가 깜짝 놀랐다.

"네? 아가씨라뇨? 대주님과 함께 계신 것 아닌가요?"

진패가 황급히 소리쳤다.

"이런! 설명할 시간 없다. 우선 아가씨부터 찾아라."

진패가 절뚝거리며 비설이 뛰어갔던 길로 황급히 달렸다. 뒤이어 오조원들이 사방으로 흩어져 날았다.

한편 그 시각 비설과 진명, 무옥은 필사적으로 달리고 있었다.

"아아악!"

등 뒤에서 비명 소리가 들려왔다.

누군가 앞을 막아서는 행인을 사정없이 베어버리며 자신들을 추격하고 있었다. 분노에 이글거리는 눈빛으로 추격하는 그는 삼화검이었다.

삼화검은 완전히 이성을 잃고 있었다.

달려가던 진명이 돌아서며 세 자루의 유엽비도를 연달아 날렸다.

쉭쉭쉭!

홍분이 손발을 어지럽게 만들어 한 자루쯤은 상대의 몸에 박혔으면 좋겠지만 삼화검은 그 정도의 애송이가 아니었다.

팅팅팅!

유엽비도는 삼화검의 검에 튕겨져 날아갔다. 오히려 그의 화를 돋웠는지 삼화검의 속도가 더 빨라지고 있었다.

세 사람과 삼화검 사이의 거리가 점점 좁혀졌다. 힐끔 뒤를 쳐다본 무옥이 이를 악물었다.

'이대론 안 돼!'

무옥은 비설이 자신들만 아니라면 더 빨리 달릴 수 있다는 것을 알고 있었다. 비설은 농땡이 치는 와중에도 경신법만은 제대로 배웠다는 말을 난주로 오던 중에 농담처럼 했었던 것이다. 구화마공의 내력을 기본으로 하는 경신법이라면 삼화검의 추격 정도는 충분히 따돌릴 수 있을 것이다.

무옥과 진명의 눈이 마주쳤다.

진명 역시 같은 생각을 했는지 고개를 끄덕였다.

"우리가 막을 테니 먼저 가!"

두 사람이 멈춰 서려 하자, 비설이 재빨리 소리쳤다.

"안 돼! 멈추면 나도 선다."

"바보, 먼저 가! 이대로 가단 다 죽어!"

비설이 목소리를 낮췄다.

"다 같이 살 수 있어. 내 말 잘 들어. 저기 모퉁이를 돌면 내 옆에 붙어. 숨도 쉬면 안 돼. 절대로!"

뒤쫓는 삼화검의 눈에선 반드시 비설만큼은 죽이겠다는 필살의 의지가 담겨 있었다.

세 사람이 모퉁이를 돌아섰다. 뒷덜미를 잡듯 곧이어 삼화검이 그곳에 들어선 순간, 그가 흠칫 놀라 멈춰 섰다.

막다른 골목길.

방금 전 돌아 들어간 세 사람의 모습은 흔적도 없었다.

삼화검이 골목 끝 담 위로 날아올랐다.

어둠이 깔린 골목 어디에도 그들의 흔적은 없었다.

분명 담을 넘었을 시간은 없었다.

삼화검이 다시 골목길로 시선을 돌렸다.

'뭔가 이상해.'

삼화검이 담에서 뛰어내려 서서히 걸음을 옮겼다.

과연 세 사람은 그곳에 있었다.

골목을 돌자마자 그녀는 휴대용 진법제조기를 작동했던 것이다.

"진법이야. 절대 내 옆에서 떨어져선 안 돼. 숨을 크게 쉬거나 소리를 내도 들려. 단지 모습만 감춰줄 뿐이야."

그녀의 전음에 진명과 무옥은 경악하고 있었다.

진법을 이렇게 빨리 펼칠 수 있다니? 상대가 천마의 외동딸이 아니라면, 그녀의 말처럼 바로 옆에 서 있는 자신들을 보지 못하는 삼화검이 아니었다면 절대 믿지 못할 일이었다.

그들 근처로 삼화검이 걸어왔다. 그가 코앞까지 다가서자 세 사람은 서로의 손을 꽉 잡았다.

"이 개 같은 년, 어디로 숨은 것이냐!"

발악하듯 삼화검이 소리쳤다. 그의 입에서 차마 듣기 힘든 욕설이 연이어 쏟아져 나왔다.

다시 삼화검이 반대쪽으로 걸어갔다.

"귀신 놀음을 하자는 거지? 흥!"

삼화검이 발작하듯 마구잡이로 검을 휘둘렀다.

그때 골목 밖에서 아이의 목소리가 들려왔다.

"엄마, 나중에 크면 돈 많이 벌어서 맛있는 거 사줄게."

"우리 아들이 최고네. 효도하려면 글공부 열심히 해야 해."

아이의 손을 잡고 도란도란 이야기를 나누며 젊은 여인이 지나가고 있었다.

삼화검이 득달처럼 달려들어 아이를 낚아챘다.

"아아악! 현아, 현아! 사람 살려!"

깜짝 놀란 여인이 비명을 지르며 삼화검을 막으려 했지만 그건 애초에 불가능했다.

퍽!

여인이 삼화검의 발길질에 채여 넘어졌다.

"엄마! 이거 놔! 엄마!"

삼화검이 발버둥 치는 아이를 안아 들고 목에 검을 겨누었다.

"당장 나와!"

비설이 다급하게 진명과 무옥을 돌아보았다. 당황하기는 그들도 마찬가지였다.

무옥이 고개를 내저었다. 나가서는 안 된다는 뜻이었다. 그러자 비설이 고개를 내저었다.

무옥이 그녀의 팔을 잡았다.

"살려주세요. 제발 살려주세요!"

여인의 간절한 애원 소리에 무옥이 입술을 깨물었다.

비설을 잡은 무옥의 손에 힘이 빠졌지만 그녀는 끝내 손을 놓지 않았다. 그녀의 단호한 전음이 비설에게 전해졌다.

"저 아이, 내가 죽인 걸로 할게. 내가 죽인 거야."

"그럼 난 '와! 내 책임 아니네' 라고 기뻐해야 해? 바보!"

"우릴 죽일 작정이야? 너 때문에 죽기 싫어!"

잠시 비설이 그녀의 눈을 응시했다. 비설이 피식 웃었다.

"시도는 좋았어."

그랬다. 무옥은 자신들의 목숨을 빌미로 그녀를 말리려 했던 것이다. 그러나 지난 난주행에서 이미 서로의 성격을 충분히 파악한 그들이었다. 무옥에게는 자신의 목숨을 구하기 위해 아이를 희생할 정도의 독심은 없었다.

비설이 앞서 진에서 걸어나왔고, 침울한 얼굴로 무옥과 진명이 뒤따랐다.

갑자기 그들이 모습을 드러내자 삼화검이 흠칫 놀라다가 이내 조소를 피웠다.

"흐흐, 과연 귀신 놀음을 하고 있었군."

삼화검이 검을 아이의 목에 겨누며 명령조로 말했다.

"검을 버려."

그러자 비설이 비꼬는 투로 말했다.

"검을 버려야 우릴 죽일 수 있나 보지?"

삼화검의 눈빛이 대번 사나워졌다.

평소라면 그런 단순한 격장지계에 당할 리 없는 그였지만 지금의 상황은 달랐다. 이화검과 수하들이 모두 죽은 상황이었다. 게다가 대화검의 생사조차 장담할 수 없는 상황이 아닌가? 그의 심정은 그야말로 '이년만 죽이고 나도 죽겠다'란 생각뿐이었다.

삼화검이 아이를 한옆으로 내던졌다.

"으아앙!"

바닥을 나뒹군 아이가 울음을 터뜨렸다. 아이는 작은 찰과상만 입었을 뿐 다행히 생명에는 지장이 없었다.

여인이 아이를 안고 뒤도 돌아보지 않고 달아났다. 도움을 청하는 외침을 질러 삼화검을 자극하지 않은 것이 그나마 다행이라면 다행이었다.

"휴."

여인과 아이가 무사히 그곳을 벗어나자 비설이 안도의 한숨을 내쉬었다.

그 모습에 삼화검이 싸늘하게 비웃었다.

"흥! 마녀 주제에 동정심이 남았다 이거냐?"

비설은 내심 긴장했다. 상대는 분명 자신의 정체를 분명히 알고 있었다. 아마도 앞서 객잔에서 만난 화의 사내와 관련이 있으리라 확신했다.

"일단 내게 맡겨줘."

전음으로 무옥과 진명에게 당부한 후 비설이 미소 지으며
말했다.

"그래서 나온 게 아냐."

"……?"

"가만 생각해 보니 내가 숨을 이유가 없잖아. 내가 배운 무
공이 너보다 강한데."

"하하하."

삼화검이 가소롭다는 듯 크게 웃었다.

"그래, 비웃음받을 만해. 사실 이번 출도에서 많은 걸 느꼈
어. 아이나 인질로 삼는 너 같은 허섭스레기에게 쫓겨야 하다
니, 무공 연마를 게을리 한 것이 너무나 후회돼."

그건 그녀의 탓이 아니었다. 천마 비운성은 비설에게 최소
한의 무공만 전수했을 뿐 본격적인 무공을 전수하지 않았던
것이다. 물론 구화마공이 여인이 익히기에 적합하지 않았던
점이 컸지만, 그보다는 비설이 강호인으로 살지 않기를 바라
는 마음 때문이었다. 천마는 사람이란 무공을 익히면 반드시
사용하고 싶고, 목숨을 위협하는 위기는 그러한 자신감에서
온다는 것을 누구보다 잘 알고 있었다.

"그래도 너 같은 놈은 이길 수 있으리라 생각해."

비설의 격장지계에 삼화검이 짙은 살기를 뿜어냈다.

"어디 그 강한 무공 구경 좀 해보자."

다가서는 그에게 비설이 물었다.

"왜 날 죽이려는 거지?"

그러자 삼화검이 어이없다는 표정이 되었다.

"방금 왜냐고 물었나?"

"응."

"이런 미친년. 너 때문에 누가 죽은지 알고 그따위 헛소리냐?"

금방이라도 뒷목을 잡고 넘어갈 것 같은 그의 흥분에 비설이 담담히 대응했다.

"내가 죽인 게 아니잖아?"

"뭐?"

"맞잖아. 난 지금 누가 누굴 죽였는지도 몰라. 사내라면 복수의 대상을 분명히 해야지. 죽인 사람 찾아가서 칼부림을 해야지, 왜 날 죽이려고 해? 내가 만만해서? 그런 거야?"

"이익!"

삼화검의 표정이 흉하게 바뀌었다. 말로써는 비설을 당할 수 없었다. 더 이상 말이 필요없다고 느꼈는지 삼화검의 검이 허공을 가르며 날아들었다. 한 치의 망설임도 없는 살검이었지만 흥분한 상태였기에 평소의 위력에 미치지 못했다.

쉭쉭쉭!

연속으로 찔러 들어오는 검을 비설이 날렵하게 피했다.

비설이 배운 무공은 구화마공 중 여인이 익히기에 그나마 나은 두 가지 무공이었다. 그 하나가 지금 비설이 펼치고 있는 보법 마황칠십이보(魔皇七十二步)였고, 나머지 하나는 화사권(花蛇拳)이었다. 마황칠십이보가 정통 구화마공의 정식 무공이라면 화사권은 구화마권(九禍魔拳)의 부록과 같은 무공이었는데, 내력보단 초식의 정묘함을 내세운 여인들을 위한 권각술이었다.

마치 춤을 추듯 움직이던 비설의 오른손이 허공을 갈랐다.

펑—

장력으로 맞서던 삼화검의 신형이 크게 휘청거렸다.

실전 경험이나 내력을 생각하면 비설은 삼화검에 비해 몇 수 아래의 실력이었다. 하지만 그녀의 무공은 구화마공을 바탕으로 둔 무공이었고, 그 무공 자체의 수준 차이가 두 사람의 실력 차이를 메워주고 있었던 것이다.

삼화검이 방심하던 마음을 고쳐먹고 더욱 매섭게 달려들었다.

순식간에 십여 수가 지나갔다.

일수에 그녀의 심장을 가르리라 생각했던 삼화검의 마음이 다급해졌다.

쉭쉭쉭!

그의 검이 더욱 빨라졌다.

공방이 오갈수록 비설이 밀리기 시작했다. 경험의 문제였다.

그녀가 위태롭게 삼화검의 검을 피하는 모습에 보다 못한 무옥이 뛰어들며 소리쳤다.

"합공해!"

진명과 무옥이 검을 휘두르며 비설을 도왔다. 하지만 세 사람의 합공은 오히려 혼란만 가져왔다. 합격술이란 무릇 공격하는 이들 간의 호흡이 가장 중요했다. 서로의 검로(劍路)를 정확히 이해할 때만이 효과를 볼 수 있었는데 지금 그들이 가진 것은 다급한 마음뿐이었다.

순식간에 손발이 어지러워지며 세 사람이 당황했다.

파파팍!

진명을 찔러가던 삼화검이 몸을 비틀어 연이어 발길질을 내지르며 무옥에게 쇄도했다.

따당.

무옥의 검이 허공으로 날아올랐다.

쇄애액—

삼화검의 검이 그녀의 가슴을 향해 날아들었다.

"안 돼!"

진명이 소리치며 몸을 날렸다.

푹!

삼화검의 검이 진명의 오른 가슴을 관통했다.

울컥.

진명이 피를 쏟아내며 그의 검을 움켜쥐었다.

"지, 지금……."

퍼엉.

비설의 장력이 삼화검의 어깨에 적중했다.

삼화검이 비틀거리며 물러섰다. 검이 뽑히며 진명의 가슴에서 피분수가 일었다.

"명아!"

무옥이 달려들어 진명의 가슴을 손으로 틀어막으며 혈도를 두드려 출혈을 막았다.

파파파!

하지만 워낙 큰 상처였기에 피는 계속 쏟아져 나왔다. 순식간에 진명의 안색이 창백해지기 시작했다.

"죽어!"

비설이 미친 듯이 삼화검을 연이어 공격하며 몰아붙였다. 수비를 도외시한 무모한 공격이었기에 삼화검이 십여 걸음 뒤로 밀렸다.

부상을 당했다고는 하나 이성을 잃은 공격에 쉽게 당할 삼화검이 아니었다. 검을 휘둘러 비설과 거리를 벌린 그가 매섭게 그녀에게 쇄도했다.

쇄애애액!

피하기 어려운 공격이었다.

그때였다.

"멈춰라."

외침과 함께 누군가 그들의 싸움에 끼어들었다.

꽝! 꽝!

비설과 삼화검이 동시에 일장을 얻어맞고 반대쪽으로 튕겨나갔다.

"설아!"

진명을 보살피던 무옥이 비설을 향해 뛰어갔다.

"으으."

비설이 가슴을 부여 쥐고 고통스런 표정을 지었다.

다행히 앞서의 공격은 두 사람을 떼어놓기 위한 수였기에 큰 부상을 당하진 않았다.

삼화검 역시 벌떡 일어나 자신을 공격한 사내를 노려보았다.

오십 줄에 들어선 중년인이었다.

뱀의 그것처럼 나선형으로 꼬인 기형검을 허리에 찬 그는 바로 기린사패 중 삼패 우문수(優文洙)였다.

삼화검이 상대를 알아보았는지 두말하지 않고 달아나기 시작했다.

"잡아요!"

비설이 날카롭게 소리쳤지만 중년인은 뒷짐을 진 채 삼화검이 달아나는 것을 묵묵히 지켜볼 뿐이었다.

그에게는 또 다른 일행이 있었다. 바로 만수문의 민충식이었다.

사실 그들이 이곳에 도착한 것은 비설과 삼화검이 막 싸움을 시작했을 때였다.

그들이 곧바로 끼어들지 않은 것은 우문수의 고집 때문이었다.

처음 비설을 본 순간부터 지금까지 민충식의 심장은 쉬지 않고 요동을 치고 있었다. 바로 비설의 미모 때문이었다.

달빛에 비친 그녀의 모습은 그야말로 월하미녀와 같았다.

그에 비해 우문수의 눈빛은 오히려 날카로워졌다.

'요물!'

비설을 본 그의 첫 감상이었다.

그는 항상 제자들에게 말하는 것이 있었다. 강호에서 가장 조심해야 할 세 가지는 아이와 중과 미녀라고. 그 셋은 가장 손쉽게 사람의 마음을 방심하게 만드는 것들로, 언제나 경계해야 한다고 가르쳤다. 그의 입장에서 비설은 바로 그 세 번째에 해당하는 대상인 것이다. 도와주라고 민충식이 사정하지 않았으면 결코 나서지 않았을 것이었다.

"뭣 하는 것들이기에 셋이서 한 사람을 합공했더냐?"

오히려 비설 일행을 꾸짖는 우문수의 태도는 바로 그러한 것에서 유래했다.

원래 도와줘서 고맙다는 말을 하려던 그녀는 그의 경우없는 태도에 화가 났다. 하지만 상대의 무위가 범상치 않음을 깨달고 정중하게 말했다.

"저희는 유가상회의 사람들입니다."

간단히 자신을 소개한 비설이 진명 쪽으로 달려갔다.

무옥이 그의 상처를 동여매고 있었다. 두 사람은 완전히 피범벅이 되어 있었다.

"잠들지 마!"

무옥이 애타게 소리치며 진명을 깨우려고 했다.

자신을 구하고 당한 상처였다.

"멍청이! 바보!"

비설이 황급히 진명의 맥을 잡았다. 곧 끊어질 듯 미약하게 뛰는 맥박이 너무나 위태로웠다.

"당장 의원에게 옮겨야 해!"

무옥이 진명을 안아 들 때 민충식이 우문수에게 말했다.

"사부님, 다친 사람도 있으니 일단 데려가서 치료를 해주도록 하지요."

"흥!"

민충식의 뻔한 속셈을 모를 리 없는 우문수가 코웃음을 치며 고개를 홱 돌렸다. 본래 여자라면 사족을 못 쓰는 민충식이었다. 그 무언의 행동을 허락의 뜻으로 받아들인 민충식이 비설에게 말했다.

"저는 만수문의 민충식이라 하오. 우선 저와 함께 가시지요."

만수문이란 말에 고개를 돌리고 있던 비설의 얼굴에 살짝 짜증이 피어올랐다가 사라졌다. 유성회의 배후가 바로 만수문이 아니었던가?

비설을 바라보는 민충식의 눈에는 기이한 열망이 피어오르고 있었다. 천하제일미녀라 불릴 만한 외모로 이십 년을 살아온 비설이었다. 그 눈빛이 무엇을 뜻하는지 모를 리 없는 그녀였다.

이래저래 짜증이 더했지만 겉으론 표를 내지 않았다. 상황이 급했는지라, 그녀는 오직 진명을 한시 빨리 의원에게 데려가야 한다는 생각뿐이었다.

"감사합니다만 보시다시피 상황이 급한지라, 사양하겠습니다."

그녀가 단번에 거절하자 민충식의 마음이 급해졌다.

민충식이 사부에게 도움을 청하는 눈빛을 보냈다.

기련사패와 만수문의 관계는 공생 관계였지만 사실 만수문은 기련사패의 중원 진출을 위한 교두보였다. 새외 세력인 그들은 합법적으로 중원에 진출할 수가 없었다.

내키지 않았지만 민충식은 그들에게 중요한 인물이었다.

"너희의 정체를 정확히 밝힐 때까진 그냥 보내줄 수 없다."

그야말로 막무가내 행사였다.

비설과 무옥의 시선이 진명을 향했다. 어서 빨리 상처를 치료해야 했다.

"본 문에 상주하는 의원이 있습니다."

결국 비설이 할 수 없다는 듯 고개를 끄덕였다.

"그럼 잠시 도움을 받도록 하지요."

"자, 어서 가시지요."

뭐가 그리 좋은지 민충식의 얼굴에 웃음기가 떠나질 않았다.

비설이 따끔한 한마디를 잊지 않았다.

"하지만 후회하진 마세요."

"무슨 뜻이오?"

비설이 침울한 척 말했다.

"올해 저의 운수가 사나워 저와 인연을 맺으면 좋은 일보단 나쁜 일이 많이 생긴답니다. 좋은 뜻으로 드리는 말씀이었으니 너무 괘념치는 마세요."

뼈 있는 말이었지만 이미 그녀의 미모에 흠뻑 빠진 민충식의 귀에는 일단 한 번쯤 빼고 보는 여인의 새침으로 들렸다.

"하하, 그렇다면 오히려 다행이오. 올해 제 신수가 좋으니 서로 상쇄될 수 있으리라 생각하오만."

민충식이 진명을 안아 들려 하자, 무옥이 발걸음을 옮겨 앞서 걸으며 그의 도움을 거절했다.

조금 무안해진 표정으로 민충식이 비설을 돌아보았다.

이럴 때 빈말이라도 몇 마디 해주면 좋으련만 비설 역시 황급히 무옥의 뒤를 따르고 있었다.

"소저, 이쪽이오."

민충식이 앞서 길을 안내하기 시작했다.

'한심한 놈!'

우문수가 못마땅한 얼굴로 고개를 내저었다.

그는 비설이 왠지 싫었다. 제자들에게야 여인을 멀리하라 가르치지만 실제로 자신 스스로는 색을 멀리하는 사람이 아니었다.

그럼에도 비설을 보는 순간부터 기분이 나빠지고 있었다.

뭔가 좋지 못한 감이랄까. 우문수의 찝찝함이 달 그림자와 함께 길게 늘어졌다.

그들이 모습을 감추자 그곳이 훤히 내려다보이는 담 위에 이십여 명의 사내들이 모습을 드러냈다. 진패와 비호, 백위, 그리고 오조원들이었다. 거기에 추가되어야 할 한 사람, 아니, 한 구의 시체. 온몸에 화살이 박힌 채 죽어 있는 삼화검의 시체가 바로 그것이었다.

처음 비설을 발견한 오조원의 신호로 진패와 비호, 백위가 그곳에 도착했던 그때, 아쉽게도 이미 진명이 검에 찔린 후였 다.

진패는 우문수를 알아보았고, 그리하여 구출이 미뤄진 것이 다. 독살시나 폭살시를 사용해 기습한다면 우문수를 죽일 수 도 있겠지만 비설과 부상당한 진명을 생각한다면 사용할 수 없는 전술이었다.

일반 공격으론 그야말로 승부를 점치기 어려웠다. 진패가 부상까지 당한 상황이었고, 다행히 우문수를 죽인다 하더라도 이쪽의 피해가 상당할 것이라 판단한 것이다.

그들이 당장 비설 일행에 위해를 가할 것 같지 않았기에 그 들은 숨어서 그 모습을 지켜보고만 있었던 것이다. 달아나던 삼화검은 비호와 몇 명의 오조원들이 추적해 처치해 버렸다.

저 멀리 사라지는 비설 일행의 뒷모습을 보는 그들의 눈에 한기가 일고 있었다. 일의 사정이야 어찌 됐든 엄연히 난주에 자신들이 함께 있었음에도 비설이 끌려가고 후배가 칼까지 맞 은 것이다.

진패가 나지막이 명령을 내리기 시작했다.

"호야, 너 먼저 조원들 데리고 뒤따라라. 경거망동 말되, 아 가씨 안전이 최우선이다. 명령 내려질 때까진 대기하고. 혹시라도 그사이 사단이 벌어지면, 너희들 다 죽어도 아가씨에겐 생채기 하나 나선 안 된다."

"알겠습니다."

비호가 재빨리 손짓으로 몇 가지 지시했다. 비호를 선두로 조원들이 사방으로 흩어지며 비설 일행이 사라진 방향으로 몸을 날렸다.

이번에는 진패가 백위에게 명령했다.

"넌 가서 애들 다 끌고 와! 운이 지킬 삼조만 남겨두고."

"만수문 이 새끼들 치는 겁니까?"

평소라면 뭐라 핀잔을 줬을 진패였지만, 지금의 그는 평소와 달랐다.

"될 수 있음 조용히 해결해야겠지만, 여의치 않으면…… 만수문이고 기련사패고 다 밀어버린다."

백위가 회심의 미소를 지었다.

"난 일단 대주님을 찾으러 가보마."

두 사람이 서로 다른 방향으로 사라졌다.

부상으로 진패의 경신법이 매끄럽지 못한 탓에 기와가 깨지며 지붕에 진동이 생겼다.

널브러져 있던 삼화검의 시체가 지붕에서 주르륵 미끄러져 떨어졌다. 옷자락이 기와 끝에 걸리면서 대롱대롱 지붕 끝에 거꾸로 매달렸다.

어디선가 불어온 바람에 그의 시체가 위태롭게 흔들렸다.

평소 인적 드물기로 유명한 그곳에 또다시 누군가 모습을 드러냈다. 서늘한 밤바람에 옷자락을 휘날리며 하얀 무복의 여인이 사박사박 걸어 들어왔다.

그녀는 실로 아름다웠다. 그야말로 이제 막 천하제일미란 제목의 그림 속에서 막 세상으로 나온 듯한 그런 미녀였다.

비설의 미가 고귀함에서 시작되었다면, 이 여인은 관능미의 화신이라 할 수 있을 것 같았다. 비설에게 감히 마주 보기 어려운 도도함이 느껴진다면 이 여인에게선 마주 본 모든 이의 의지를 빨아 당길 수 있는 매력이 느껴졌다.

그녀가 마치 한겨울 처마 밑의 고드름을 보는 것같이 별다른 감흥이 없는 얼굴로 삼화검의 시체를 올려다보았다.

그녀가 무덤덤하게 읊조렸다.

"귀면 오라버니도 죽었겠군."

그녀가 삼화검의 치켜뜬 두 눈을 감겨주었다.

"불쌍한…… 눈도 감지 못하고 죽었구나. 이게 다 주인을 잘못 만난 박복한 운명 탓이지. 오라버니도 지금쯤이면 알았을 거야."

여인이 돌아서며 담담히 말했다.

"…이 강호엔 낭만 따윈 필요없다는 것을."

*   *   *

고가물상(高家物商)은 고 노인이 운영하는 골동품 상점으로 난주에서 제법 유명한 곳이었다. 그는 갖가지 신기한 물건들을 취급했는데, 신강이나 청해에서 들어온 귀한 물건들은 물론이고 멀리 흑룡강이나 길림에서 흘러들어 온 물건까지 모두 취급했다.

칼날이 암기처럼 날아가는 비수나 쇠사슬 양쪽 끝에 낫이 붙은 독특한 무기는 물론, 벌거벗은 미녀가 그려진 찻잔과 한옥으로 만들어진 방석, 운남에서만 볼 수 있는 독충들까지 고가물상에는 그야말로 진귀하고 신기한 물건들로 가득했다.

주 고객층은 떠돌이 장사꾼부터 난주의 유지들이나 부자들, 훔친 물건을 팔러 온 도둑들까지 다양했는데 아침나절 들이닥친 사내는 바로 얼치기 도둑이었다.

"다섯 냥? 이거 날로 먹겠다는 속셈이군."

눈가에 사마귀가 난 청년이 불량기 가득한 얼굴로 으름장을 놓았다.

그가 어디선가 애써 훔쳐 온 옥불상은 가짜였다.

"팔기 싫음 다른 곳 알아보게."

고 노인이 더 이상 상대하기 싫다는 투로 그를 외면했다.

사마귀 청년은 목숨 걸고 훔쳐 낸 옥불상이 가짜란 사실에 화가 치밀어 올랐고, 그 화풀이를 고 노인에게 하기 시작했다.

"이거 아주 악질 영감이구먼. 멀쩡한 물건을 가짜로 몰아붙이다니."

"그러니까 다른 데 가서 알아보라니깐."

"바쁜 사람 시간을 뺏었으니 그에 합당한 보상을 해야지."

누가 누구에게 할 소리인지 청년은 억지를 부렸다.

억지로 몇십 냥이라도 뜯어갈 요량이었는데, 상대가 노인이라 만만해 보였기 때문일 것이다.

"뭔 소린가?"

"백 냥 주고 사든가. 아님……."

"아니면?"

청년이 품 안에서 비수를 한 자루 꺼내 탁자 위에 거칠게 꽂았다.

탁!

"죽든지."

고 노인이 어이없다는 표정을 지었다.

이내 고 노인이 알겠다는 얼굴로 허리를 숙여 무엇인가를 꺼냈다.

돈 대신 그가 하나의 작은 죽통을 꺼내 청년을 겨눴다.

"뭐, 뭐야?"

"이게 뭔지 아나? 만천화우(滿天花雨)를 펼칠 수 있는 암기통이지. 이걸 누르면 수천 발의 독침이 날아간다네. 한 발만 맞아도 온몸의 혈맥이 가닥가닥 끊어지면서 엄청난 고통에 시달리다가 죽는다지? 한 십 년 전에 구입한 건데, 너무 오래 안 써서 발사나 되는지 모르겠구먼. 한번 시험해 볼까?"

"어이쿠!"

청년이 머리를 감싸 쥐고 밖으로 달아났다.

그 모습에 고 노인이 흐뭇하게 웃었다.

고 노인이 죽통을 조작하자 죽통 끝에서 조화로 만들어진 노란 개나리꽃이 한 다발 튀어나왔다. 어린아이들이 가지고 놀게끔 만들어진 서역에서 들어온 장난감이었던 것이다.

그때 다른 손님이 문을 열고 들어왔다.

고 노인의 표정이 조금 굳어졌다. 들어선 이는 바로 인간사냥꾼 고진붕이었다. 고 노인은 그의 악명을 익히 들어왔기에 불편한 마음이 들었다.

살 물건이 있는 듯 고진붕이 상점 안을 돌아보았다. 그가 구석에 장식된 태엽장치가 붙은 무인상을 집어 들었다. 태엽을 감자 인형이 검을 휘두르기 시작했다.

"오, 이거 신기하군."

"함부로 만지지 말게."

못마땅한 고 노인의 경고에 고진붕이 이번에는 한구석에 세워진 나무 인형의 혈도를 제압하는 시늉을 했다. 나무 인형에는 전신의 혈도가 그려져 있었는데, 그의 실력으론 움직이지 못하는 그것조차 제대로 제압하지 못하고 있었다. 사실 그의 무공 실력은 그 악독한 심성에 결코 미치지 못했다.

나무 인형에 금방 흥미를 잃었는지 그는 한쪽 벽에 붙은 그림에 시선을 주었다. 단아하게 생긴 여인이 의자에 앉아 있는 미인도였다. 여인의 눈매는 분명 고 노인과 닮아 있었는데 고진붕은 그러한 사실을 알아차리지 못했다.

"오, 저건 얼마요?"

"파는 물건이 아닐세."

"아깝군, 아까워. 하나 사서 집에다 걸어놓으려 했더니."

"살 것 없으면 이만 가시게."

"빡빡하게 굴긴. 내 온 이유는 물건을 사려는 것이 아니고……."

고진붕이 문밖을 살피더니 이내 문을 잠갔다.

"지금 뭐 하자는 겐가?"

고 노인이 긴장하며 의심스런 눈초리를 보내자 그가 등에 짊어지고 왔던 커다란 가죽 주머니를 탁자 위에 올려놓았다.

"이거 좀 감정해 주시오. 듣자니 인근에서 노인장이 귀한 물건을 보는 안목이 제일 높다던데."

"이게 뭔가?"

"모르니까 가져왔지."

가죽 주머니를 푸는 고 노인의 손길이 거칠었다.

"어어, 살살 다루시오. 망가지면 어쩌려고."

주머니에 든 물건은 모두 둘이었는데, 하나는 도였고 또 하나는 특이하게 생긴 석궁이었다.

'으음?'

도를 들고 이리저리 살피던 고 노인의 행동이 딱 멈췄다.

그의 손이 파르르 떨리기 시작했고 눈길은 '나락'이란 두 글자에서 떨어질 줄 몰랐다.

자고로 이런 장사를 하다 보면 보고 듣는 것이 남다르기 마련이었다. 그렇지 않다 하더라도 나락도가 마교 흑풍대주의 독문병기란 것은 알 만한 사람은 다 아는 사실이었다.

'설마…… 위조품이겠지?'

그러나 완벽히 균형 잡힌 도신에 정교하게 새겨진 문양과 글자, 거기에 도의 날에 흐르는 차가운 예기는 그의 마음을 점차 격동시키고 있었다.

"얼마쯤 하겠소? 등쳐 먹을 생각은 애초에 버리는 게 좋을 거요. 나 고진붕이야, 고진붕."

으름장을 부려봐야 지금 고 노인의 귀에는 들리지 않았다.

고 노인이 구석에서 한 자루의 검을 꺼내 뽑아 들었다.

"뭐 하려고? 어, 어. 무슨 짓이야!"

고진붕이 미처 말리기도 전에 고 노인이 검으로 도를 사정없이 내려쳤다.

쨍강!

내려친 검이 반 토막이 나며 부러졌다.

'진, 진짜 나락도다!'

그가 꺼내 시험을 한 검은 평범한 검이 아니었다. 보검이라 불릴 만한 검을 주저없이 사용한 것은 어차피 나락도가 가짜라면 보검에는 흠집 하나 없을 것이기 때문이었다.

반면 고진붕의 얼굴에 함박웃음이 피어올랐다.

'역시 대박이었어!'

검이 부러진 것으로 볼 때 자신이 주워온 도가 보통 도가 아니었던 것이다. 까막눈인 그는 자신이 주워온 도에 새겨진 글귀가 무엇인지 모르고 있었다. 하긴, 그렇지 않았다면 겁도 없이 이것을 주워서 팔 생각을 하거나 물건의 주인을 비무장에 팔아넘길 생각은 절대로 하지 못했을 것이다. 어쨌든 그는 인생에서 가장 중요한 순간을 맞이하고 있었다.

고 노인이 떨리는 손으로 이번에는 석궁을 살폈다.

비격탄.

매우 정교하게 만들어진 그것은 보통의 기술로 만들 수 있는 것이 아니었다. 탄창을 열어본 그가 깜짝 놀랐다.

'마흔여덟 발 연발 쇠뇌! 세상에, 이런 물건이 있다니.'

강호의 수많은 귀한 물건들을 다 견식해 본 그였지만, 비격탄과 같은 귀한 물건은 처음이었다. 더 이상 확인할 것도 없었다.

이 물건들은 흑풍대주의 것이 틀림없었다.

'이 미친놈이 도대체 흑풍대주의 물건을 어디서 구했단 말인가?'

고 노인이 골똘한 생각에 잠겼다.

고진붕의 눈에는 자신을 속이기 위해 수작을 부리려는 생각쯤으로 보였지만 고 노인의 마음은 격동하고 있었다.

고 노인이 벽에 걸려 있던 그림을 바라보았다. 그의 눈이 촉촉이 젖어들었다.

'희야, 드디어 기회가 왔구나.'

뭔가를 결심한 얼굴로 고 노인이 고개를 들었다.

"이 물건의 주인은 어디에 있나?"

물건의 가치가 자신이 생각한 것보다 훨씬 귀한 것이라 확신한 고진붕의 눈매가 사나워졌다.

"노인장은 그것까진 알 것 없고. 어서 값이나 매겨봐."

고 노인이 비격탄을 들고 그를 겨눴다.

"시팔, 이 영감이 돌았나? 지금 뭐 하자는 거야?"

쉭쉭쉭!

퍽퍽퍽!

고진붕의 귓가를 스치고 날아간 세 발의 화살이 뒤쪽에 서 있던 나무 인형의 머리통에 정확히 날아가 박혔고, 그 충격으로 인형이 뒤로 소리를 내며 쓰러졌다.

이번에는 정확히 고진붕의 얼굴에 비격탄이 겨눠졌다.

"물건 주인 지금 어디에 있나?"

                    *   *   *

꿈.

그것은 꿈이었다.

아주 오래전 어린 시절의 어느 날.

유월은 자신이 꿈을 꾸고 있다는 것을 자각하고 있었다. 깨어나기 직전, 스스로 꿈을 꾸고 있다는 것을 인지하는 그 순간이었다.

'여기는?'

아, 아버지의 서재! 책상에 앉아 골똘히 생각에 잠겨 있는 강직한 인상의 중년인이 바로 유월의 아버지였다.

'아버지.'

아! 얼마 만에 뵙는 아버지인가? 아버진 자신의 기억 속에 간직된 그 모습 그대로였다. 비록 꿈이었지만 울컥 가슴이 격동했다.

어린 자신은 아버지와 조금 떨어진 바닥의 앉은뱅이책상에 앉아 글을 쓰고 있었다. 조막만 한 손이 붓을 단단히 쥔 채 열심히 글을 써 내려가고 있었다. 잘 써서 아버지에게 칭찬을 받고 싶은 마음이 느껴졌다.

생각해 보니 이날은 평범한 날들 중 하루였다. 그 끔찍한 날이 있기 한 달쯤 전이었을 것이다.

'왜 하필 이날의 꿈을 꾸는 것일까?'

이렇게 평범한 꿈은 처음이었다. 그날 이후…… 유월의 모든 꿈은 두 번 다시 꾸기 싫은 악몽으로 변해 버렸으니까.

귀면과의 일전과 그의 죽음에 숨겨져 있던 잠재의식이 발동한 것일까?

어린 자신이 하품을 했다. 그 소리에 아버지가 상념에서 벗어나 고개를 들었다. 아버지가 뭐라 말씀했지만 말소리는 들리지 않았다. 지금 현실의 유월이 느끼는 꿈속은 무성극(無聲劇)의 무대였다.

'아, 그래. 생각난다. 이만하고 일찍 자라고 하셨지.'

그날의 일이 하나둘씩 생생히 떠올랐다.

어린 유월은 연신 하품을 하면서도 글을 마칠 때까지 자지 않겠다며 고집을 피웠다. 결국 어머니가 오셔서 자신을 데려갈 때까지 책상 앞에서 계속 졸았던 것이다.

꿈속의 어린 유월이 고개를 끄덕이며 졸고 있다.

유월은 문득 어른이 된 자신의 모든 삶이 혹시 이날의 어린 자신이 꾼 꿈이 아닐까란 생각이 들었다. 실로 엉뚱한 생각이었다.

현실의 유월이 '풋' 하고 웃었지만 꿈은 깨지 않고 계속 이어졌다.

졸고 있던 어린 자신이 잠깐 잠에서 깨어났다.

아버지가 시름 깊은 한숨을 쉬고 계셨다.

그때 유월은 퍼뜩 무엇인가를 깨달았다.

'아!'

강렬한 뭔가가 뒤통수를 강타하는 느낌.

'그래! 바로 저 책 때문이다!'

한숨을 내쉬는 아버지의 시선은 분명 책상 위에 놓인 그 책자에 가 있었다. 연이은 아버지의 한숨은 분명 저 책 때문이었다.

유월의 의지가 그것을 봐야 한다고 소리를 쳤다.

'일어나! 가서 책상 위를 봐! 무슨 책인지 봐!'

유월의 의지가 강해질수록 꿈에서 점점 깨고 있다는 것이 느껴졌다.

'안 돼!'

유월이 마음을 다스렸다. 아무 생각도 하지 않으려 노력했다. 지금 꿈이 깨면 아버지를 고민하게 했던 책이 무엇인지를 알 수 없다.

그때 꿈속의 어린 자신을 누군가 안아 들었다. 공교롭게도 현실의 자신 역시 누군가 안아 일으키고 있다는 느낌이 들었다. 그건 아무래도 상관없었다. 지금 필요한 것은 저 책자가 무엇인지를 알아내는 것이다.

하지만 안타깝게도 점차 꿈이 깨고 있었다.

'안 돼!'

졸고 있던 어린 유월이 부스스 눈을 뜨자 어머니가 자신을 향해 환하게 미소 짓고 있었다. 다행히 아직 깨지 않았다.

'아, 어머니!'

너무나도 그리운 얼굴.

어머니가 자신의 손을 꼭 잡은 채 아버지께 뭐라 하셨다. 역시 말소리는 들리지 않는다.

두 분의 오고 가는 표정에서 근심이 스쳤다.

'뭐라고 하셨더라?'

기억이 날 듯 말 듯했다. 생각해 내야 한다. 꿈에서 깨는 순간 이런 상념조차 모두 사라질 것이 분명했기에.

순간, 그날 부모님의 대화가 떠올랐다.

'아, 그래. 손님이 오신다고 했지.'

그날 밤, 분명 누군가 아버지를 찾아왔었다. 다음날, 아버지는 어디론가 외출을 하셨고 한 달 후 초췌한 모습으로 돌아왔다.

몰락은…… 그 다음날 일어났다.

유월은 확신할 수 있었다.

저 책자와 그날의 손님이 멸문의 시작이었다는 것을.

어머니가 자신의 손을 끌고 아버지의 방을 나섰다.

'안 돼! 그냥 나가면 안 돼!'

돌아가서 누군가 봐야 했다. 무슨 책을 보며 아버지가 그리 고민을 했는지, 그날 누가 찾아왔는지 확인을 해야만 했다.

유월의 의식이 미친 듯이 파동했다.

하지만 꿈속의 자신은 그저 졸린 눈을 비비며 어머니의 손을 잡고 걸어갈 뿐이었다.

"안 돼!"

유월이 비명 같은 외마디를 지르며 눈을 번쩍 떴다.

잠에서 깨자 놀랍게도 현실의 자신도 걷고 있었다.

퍽!

딱딱한 무언가가 자신의 어깨를 후려쳤다.

"시끄럿!"

이어지는 사내의 목소리는 어깨에 퍼져 나가는 고통만큼이나 살벌했다.

묵직한 고통이 밀려들자 유월은 오히려 안도했다.

고통을 느낀다는 것은 신경이 살아 있다는 뜻이었으니까.

유월이 재빨리 진기를 움직이자 단전에서 미약한 내력이 느껴졌다.

다시 유월이 안도했다. 다행히 진신진기까지 고갈되지는 않았던 모양이다.

진신진기가 고갈되면 내공을 회복하는 데 걸리는 시간이 몇 십 배로 더 걸렸다. 그것은 마치 처음부터 내력을 다시 쌓아야 하는 노력과 비견될 상황이었다. 다행히 원상태로 회복하려면 십여 일 정도 내력을 다스리면 될 상황이었다.

문제는 여기가 도대체 어딘가 하는 것이었다. 허전한 등과 왼쪽 옆구리. 나락도와 비격탄마저 사라져 버렸다.

귀면과의 싸움 이후, 누군가 자신을 이곳으로 데려온 모양이었다.

발걸음 소리로 짐작하건대 걷고 있는 자신과 함께 걷고 있는 이들은 모두 십여 명쯤 되었다.

어디론가 끌려가는 사내들.

쇠사슬로 손과 발이 줄줄이 이어진 채 십여 명의 사내들이 더럽고 습한 복도를 일렬로 걸어가고 있었다. 유월은 그 사내들 사이에 끼어 밀리듯 걸어가고 있었던 것이다.

상황을 파악하려 유월이 주위를 돌아보는 순간.

"정면 주시!"

퍽!

다시 한 번 경고와 함께 어둠 속에서 무엇인가 날아들었다.

이제 유월은 그것이 무엇인지 알 수 있었다. 자신들을 인솔하는 사내의 단봉이었다.

자신들을 인솔하는 사내는 모두 넷.

박도를 허리에 차고 단봉을 들고 있었는데 한눈에 봐도 무공 실력은 이류에서 삼류에 불과한 자들이었다.

얼핏 봐서는 죄인들이 어디론가 이송되는 분위기였는데, 끌고 가는 이들은 분명 관청의 무인들은 아니었다.

오십 보쯤 걷자 선두에 선 인솔 무인이 외쳤다.

"잠시 대기!"

저 멀리 인솔 무인 뒤쪽에 철문이 보였다.

유월은 느낄 수 있었다. 철문 너머에서 번잡한 기운이 뻗쳐 나오고 있다는 것을. 그것은 사람들의 기운이었고, 한두 사람이 아니었다.

'적어도 백 명 이상이다.'

유월이 살짝 긴장했다. 몸 상태가 엉망이라 그들의 기도를 정확히 알 수 없었던 것이다.

"휴식!"

인솔 무인의 외침에 모두들 복도 한옆에 쪼그리고 앉았다.

찍찍거리며 쥐가 밟히지 않는 것이 이상할 정도로 더러운 곳이었다.

유월이 진기를 다스리며 주위의 사내들을 살펴보았다.

바로 앞에 걸어가던 사내는 지금 이 무리가 범죄자들이 틀림없다는 것을 증명해 주는 인상을 지니고 있었다. 며칠째 깎지 않아 아무렇게나 자란 수염 위에 쭉 찢어진 눈은 독기로 가득했다.

"뭘 봐!"

유월의 시선에 사내가 거칠게 반응했다. 인상만으로 따지자면 그야말로 차갑고도 무서운 유월이 아닌가? 그럼에도 사내는 거침없이 유월을 노려보았다. 아마도 오랜 세월 뒷골목 생활을 해온 자인 듯 보였다.

유월이 슬그머니 고개를 돌리자 사내가 '흥' 하고 콧방귀를 꼈다.

반면 자신의 뒤쪽에 걸어오던 사내는 이십대 초반의 청년이었는데, 생김새나 분위기가 범죄자들과는 거리가 멀었다. 얼굴에는 두려움이 가득했고, 선하게 보이는 큰 두 눈에는 눈물이 글썽거리고 있었다.

주위를 살피면서도 유월은 조용히 내력을 다스리고 있었다.

이미 일주천을 마치고 이주천에 들어간 내공은 점차 불어나고 있었다. 몸이 안정되면서 온몸을 쑤셔대던 고통이 줄어들기 시작했다.

경지에 오른 유월의 구화마공은 엄청난 속도로 원상태를 찾아가고 있었다. 물론 기본적으로 지니고 있던 유월의 내공이 워낙 방대했기에 완전히 회복하는 데 시간이 오래 걸리겠지만, 이미 회복을 시작한 이상 최악의 상황은 피할 수 있을 것이다.

사실 자신들을 지키는 네 사내 정도는 내력없이도 해치울 수 있었지만 여기가 어디며, 또 누가 나설지 모르는 상황이었기에 함부로 움직이지 않았다.

"으흐흑."

결국 그 선하게 생긴 청년은 울음을 터뜨렸다.

그러자 앞서의 중년 사내가 버럭 소리를 질렀다.

"시팔, 재수없게. 조용히 안 해? 사내자식이 질질 짜긴."

중년인의 욕설에 주위에 있던 사내들이 자신이 처한 입장을 잊은 채 키득거렸다. 그들의 호응 아닌 호응에 신이 났는지 중년 사내가 목청을 높였다.

"시팔. 세상에 안 억울한 인생이 어디에 있어? 그렇잖아도 심란한데. 닥치라니깐."

그러자 저 멀리 있던 무인들 중 책임자로 보이는 중년 무인이 고개를 돌렸다. 그가 아이를 타이르듯 나지막이 말했다.

"조용히들 해라! 이 한심한 인생들아, 곧 뒤질 놈들이 잘하는 짓들이다. 너희에게 주어진 마지막 시간이야. 부처님께 좋은 곳 보내달라고 인사나 드려."

청년의 흐느낌이 더욱 애절해졌다.

"개새끼들!"

중년 사내가 이번에는 이를 갈며 무인들을 노려보았다. 인솔 무인들은 아예 상대할 가치도 없다는 듯 자신들만의 잡담에 빠져들었다.

청년의 나지막한 흐느낌을 들으며 유월은 잠시 귀면을 떠올렸다.

'그는 과연 누구였을까?'

귀면은 자신의 과거에 대해 알고 있었다. 하지만 아무리 기억을 떠올려 봐도 그에 대한 기억이 없었다. 아버지와 친분이 있던 은인일지도 모른다는 생각이 들었다. 어쩌면 자신의 가문을 멸문시킨 흉수일지도 모른다는 생각도 들었다.

'그래, 구화마공.'

분명 죽기 전 그가 보여준 무공은 자신이 익힌 구화마공이었다.

'정말 그가 본 교 출신이라면?'

생각과 동시에 그의 고개가 가로저어졌다. 아무리 생각해도 억측이었다. 지난 이십 년간의 마교 생활에서 귀면이란 이름조차 들은 적이 없다. 그렇다고 마교의 전대 고수라 하기에는 귀면은 너무나 젊었다. 반로환동의 고수도 분명 아니었다. 자신의 무공 수위라면 그 정도는 충분히 알아차릴 경지였으니까.

문득 유월은 교주님이 비밀리에 키워낸 고수가 귀면이 아닐까 하는 생각이 들었다. 자신에게 구화마도식을 전수한 이상 다른 사람에게도 전수하지 않았으리란 보장이 없었으니까.

하지만 그 추측 역시 신빙성이 없었다. 교주님이 관계되었다면 다른 일도 아니고 비설을 호위하러 내려온 자신을 공격할 리 없었으니까. 또한 그의 무공은 마공과 닮아 있었지만 분명 자신이 익힌 구화마공이 아니었다.

'그는 왜 구화마공을 알고 있음에도 사용하지 않은 것일까?'

자연스럽게 이어지는 또 다른 의문.

'왜 나를 죽이지 않았을까?'

분명 귀면의 무공은 자신보다 한 수 위였다. 구화마도식의 칠초연격술을 고스란히 받아내려 한 무모한 시도가 아니었다면 그 싸움에서 죽은 사람은 분명 자신이었을 것이다.

무엇 하나 명쾌한 해답이 나오지 않았음에도 또 다른 의문이 솟구쳤다.

'또 어떻게 오색혈수인의 무공을 지닌 자를 알고 있을까?'

더구나 그는 믿기지 않는 말을 했다. 오색혈수인의 무공을 지닌 자에게 오초지적도 되지 않는다는 충격적인 말을. 만약 그 말이 사실이라면? 그는 이미 마공의 아홉 단계 중 마지막 단계인 탈마(脫魔)의 경지란 말이었다. 인간으로선 결코 도달할 수 없다고 알려진 마선(魔仙)의 경지. 그런 엄청난 무공의 소유자가 왜 강호에 알려지지 않았을까?

유월이 자신도 모르게 긴 한숨을 내쉬었다. 생각하면 할수록 의문만 늘어났다. 하나의 해답을 찾으려면 두 개의 의문이 생겨나는 그런 상황이었다.

유월이 끝없이 떠오르는 잡념을 의식적으로 지웠다. 우선은 이곳을 벗어나 비설을 찾는 일에 집중해야 했으니까.

청년의 흐느낌이 잦아들자 유월이 조용히 물었다.

"이름이 뭔가?"

갑자기 자신의 이름을 물어오자 청년이 흠칫 놀라 고개를 들었다.

청년의 입장에서 유월의 인상이나 분위기는 대답을 하지 않고는 못 버틸 무서운 것이었다.

"…신범입니다."

유월이 다시 물었다.

"여긴 어딘가?"

그러자 앞서의 중년 사내가 끼어들었다.

"흐흐, 여기 한심한 인생 하나 추가해야겠군. 멍청한! 어딘지도 모르고 잡혀왔다니."

사내의 비꼼에 유월이 그를 힐끔 쳐다보았다.

"노려보면 어쩔 건데."

말없이 자신을 응시하는 유월의 눈빛에 결국 사내가 질려 고개를 돌려 외면했다.

그가 어깨를 으쓱하며 주위 사내들을 돌아보며 말했다.

"시팔, 그 새끼 인상 한번 더럽네."

그러자 사내들이 웃음을 터뜨렸다. 꽤나 주목받기 좋아하는 자였다.

다시 유월의 시선이 신범이라 밝힌 청년에게로 향했다.

"살고 싶나?"

나지막한 유월의 말에 신범의 눈빛이 흔들렸다.

"네."

유월에게서 어떤 희망을 느꼈는지 신범이 유월의 팔을 잡으며 매달렸다.

"살려주십시오. 제발 살려주십시오."

청년의 목소리는 물기를 머금고 있었다.

"그럼 내 말에 대답부터 해. 여긴 어딘가?"

신범이 한옆에 모여 잡담을 나누고 있는 무인들의 눈치를 살피며 조심스럽게 대답했다.

"여긴 지하비무장입니다."

"지하비무?"

유월이 되물은 것은 지하비무가 무엇인지 몰라서가 아니었다. 강호에 지하비무가 성행하는 것은 어제오늘의 일이 아니었다. 다만 자신이 끌려온 곳이 지하비무장이란 사실이 너무나 의외였기 때문이다.

그때 다시 앞서의 중년 사내가 끼어들었다.

"어이, 인상 더러운 놈, 지하비무 몰라? 이 형님이 가르쳐 주지. 지하비무란 게 거 뭐냐, 투계장(鬪鷄場) 가봤지? 시팔, 촌놈처럼 안 가봤어? 닭싸움시키고 돈 거는 곳 있잖아! 그것처럼 사람들 싸움 붙여놓고 돈 거는 곳이 지하비무장이야. 하여튼 촌놈 새끼들."

중년 사내는 주위의 시선을 의식해서인지 말을 거칠게 하고 있었지만 내심 유월을 신경 쓰고 있었다. 왠지 붙으면 왕창 깨질 것 같은 예감. 그가 대신 대답을 한 것도 사실은 유월에게 조금 잘 보이고 싶은 심정이 있었던 것이다.

유월은 내심 안도했다. 이곳이 지하비무장이라면 철문 너머의 그 기운은 구경꾼들, 즉 노름꾼들의 기운일 가능성이 많았기 때문이다.

다시 유월이 신범에게 물었다.

"자넨 왜 이곳에 끌려온 건가?"

애달픈 사연이 신범의 눈물에 섞여 뚝뚝 떨어졌다.

"저는 풍운전장의 회계원이었습니다. 한데……."

신범은 잠시 말을 잇지 못했다.

끼어들기 선수가 그 틈을 놓칠 리 없었다.

"새꺄, 너 돈 횡령해서 들어왔다면서? 어휴, 멍청한 새끼. 그돈 다 사기꾼 계집년 똥구멍에 처넣었다고 했지?"

그 말에 신범이 무섭게 중년 사내를 노려보았다.

그러자 중년 사내가 눈을 부릅떴다.

"뭐? 뭐 새끼야!"

당장 달려들어 쇠사슬로 목을 죄어올 것 같은 기세에 신범이 이내 고개를 돌렸다.

"왜 그랬나?"

내력을 삼주천하며 유월이 담담히 물었다.

말을 하면서 심법을 운용하는 것은 보통 강호인들은 절대 믿지 않을 일이었다. 구화마공이 강호제일의 무공이라 불릴 수 있는 것은 바로 이런 점에 있었다.

신범이 한숨을 내쉬며 신세를 밝혔다.

"좋아하는 여인이 있었습니다. 외지에서 이사를 와서 이곳에 정착을 한 그런데 그녀가 병에 걸렸습니다. 의원이 불치병이라고, 귀한 약재를 안 쓰면 죽게 된다고…… 그래서 그만……."

신범의 눈자위가 붉어졌다.

"여인이 사기꾼이란 말은 뭐지?"

유월의 물음에 그가 이를 악물었다.

"그런데…… 알고 보니 그 여인과 의원이 짜고 제게 사기 친 것이었습니다. 크흐흑. 둘이 돈을 가지고 달아나 버렸습니다."

신범이 원통하다는 듯 두 주먹을 불끈 쥐었다.

"멍청한 새끼. 지가 써보지도 못한 돈 때문에. 나가 뒤져!"

사내의 독설에 신범은 다시 한 번 자신이 눈물이 많다는 것을 증명했다.

유월의 질문은 계속되었다.

"그럼 여긴 왜 끌려오게 된 거지?"

"고진붕이란 자가 뇌옥으로 찾아왔었습니다. 이곳에서 한 경기만 이기면 그간의 빚을 모두 탕감해 주겠다는 조건을 내 걸더군요. 억울한 마음에 그만 계약서에 서명을 하고 말았습니다."

유월은 대충 알 것 같았다. 지하비무장과 관청의 부패 관인과 부정 거래가 있었으리라. 관의 부패는 어제오늘의 일이 아니었으니까.

유월이 고개를 끄덕였다.

"넌 살려주지."

신범의 두 눈이 번쩍 뜨였다. 눈물로 얼룩진 그의 얼굴에 일말의 희망이 피어나고 있었다. 어차피 자신은 개미새끼 한 마리 죽이지 못하는 약골이었다. 비무장에 나가면 제일 먼저 죽게 될 것이다.

반대쪽에 앉아 있던 중년 사내 역시 그 말을 들었다. 그가 황급히 유월 쪽을 바라보았다. 유월은 말로 설명할 수 없는 어떤 믿음을 주고 있었다. 뭐랄까? 그야말로 지푸라기라도 잡는 심정이지만, 왠지 그 지푸라기는 절대 물속에 가라앉지 않을 것 같은 느낌이랄까.

"그럼 난?"

그가 뻔뻔하게 말을 이었다.

"시팔, 나도 살려줘!"

"왜?"

유월의 외마디 물음에 잠시 중년 사내가 당황했다.

"…이렇게 만난 것도 인연이니까."

그 어울리지 않는 대답에 유월이 피식 웃었다.

내력이 사주천을 하자 유월의 눈빛이 눈에 띄게 맑아지고 있었다. 아직 전체 내력의 일 할도 안 되는 내공이었지만, 본디 내공을 회복할 때는 극초반과 극후반이 더뎠다.

유월의 맑은 눈빛이 사내의 눈빛을 묵묵히 응시했다.

거칠게 살아온 인생이었지만 본성만큼은 완전히 망가지지 않았다는 느낌이 들었다.

"이름은?"

"조막(曺莫)이외다."

말투가 조금 공손해진 조막이 자신의 신세에 대해 밝혔다.

그의 말에 따르면 그는 난주의 청풍표국(淸風鏢局)의 쟁자수 였다고 했다. 그런데 마누라가 바람이 나 달아난 후 도박에 빠 져들었고, 결국 도박 빚을 갚지 못해 강도질을 했고, 그 과정에 서 사람이 죽는 바람에 이 지경에 이르렀다고 했다.

조막이 유월에게 목숨을 구걸하자 주위 사내들이 제각기 자 신들의 신세를 밝히며 살려달라고 애원했다. 다들 거친 척, 강한 척했지만 누군가의 도움을 간절히 바라며 떨고 있었던 것이다.

죄지은 사람치고 사연없는 이가 누가 있으랴. 유월은 아무 말도 하지 않았다. 결국 자신은 그들을 구해주게 될 것이다. 딱히 구해주고 싶은 마음이 있어서가 아니었다. 자신이 이곳을 빠져나가게 되는 과정에서 자연스럽게 그렇게 되리라 생각했다.

인연. 결국 조막의 말마따나 이렇게 만난 것은 그저 줄을 잘 선 인연일 뿐이었다.

기대에 찬 모두의 시선을 받으며 유월이 담담하게 물었다.

"이곳은 어디서 운영하는가?"

유월의 물음에 신범이 공손하게 대답했다.

"만수문에서 운영하는 곳입니다요."

유월이 고개를 끄덕였다.

난주의 모든 더러운 사업에는 반드시 만수문이 개입되어 있다는 것을 다시 한 번 확인하는 순간이었다.

그때, 저 멀리서 잡담을 하던 인솔 무인이 소리쳤다.

"휴식 끝! 이제 갈 시간이다!"

자신들이 걸어왔던 복도 끝에서 무엇인가 등장했다.

드르릉.

바퀴가 달린 나무판을 무인 둘이 끌고 들어온 것이다.

나무판에는 검과 도, 창은 물론 쇠사슬이 달린 쇠추를 비롯해 단검에 이르기까지 갖가지 무기들이 다양하게 걸려 있었다. 물론 녹이 슬고 날이 갈리지 않은 고철덩이에 가까운 싸구려 무기들이었다.

무인들이 사내들 손과 발의 구속을 풀어주었다.

그러자 방금 전까지 유월에게 살려달라 애원하던 사내들이 혹여 좋은 무기를 놓칠까 우르르 달려들어 무기를 골랐다. 어쩔 수 없이 약하디약한 인간의 마음이리라.

유월은 구석에 걸려 있는 박도를 선택했다.

신범이 조심스럽게 물어왔다.

"무엇을 고르면 됩니까?"

살면서 과도(果刀) 한번 휘둘러 보지 않은 그였다.

"내키는 대로."

신범이 작은 단검을 하나 골라 들었다.

그에 비해 조막은 창을 골랐다. 아마도 긴 무기가 짧은 무기보다 유용하다는 것쯤은 아는 모양이었다. 정식으로 무공을 배우지 않은 이들이라면 분명 긴 무기가 유리하니까.

슬그머니 뒤로 빠진 유월이 바닥의 진흙을 손에 묻혀 얼굴에 두껍게 발랐다. 돌아서던 신범이 깜짝 놀라는 것을 보니 위장은 제대로 된 모양이었다.

"입장!"

철문이 삐거덕거리며 활짝 열렸다.

그들이 커다란 원형 비무장에 내밀리듯 입장하자 엄청난 함성 소리가 들려왔다.

"와아아아아아!"

사방을 가득 메운 노름꾼들이 목청이 터져라 고함을 지르고 있었다.

유월이 그들을 힐끔 돌아보았다. 군데군데 박도를 찬 무인들이 번을 서고 있었는데, 자신들을 데려온 인솔 무인들과 수준이 크게 다르지 않았다.

유월이 구경꾼들을 돌아보았다. 그의 시선이 한곳에 머물렀다.

'저자가 주최자군.'

과연 유월의 눈은 정확했다.

유월의 눈에 든 젊은 사내는 바로 민충식의 오른팔이자 지하비무장의 모든 실무를 담당하는 번충(繁沖)이었다. 그는 팔짱을 낀 채 비무장을 둘러보고 있었다.

'요마의 경지군.'

유월이 한눈에 그의 실력을 알아보았다. 마교 외전 귀영대 무인들의 경지였다.

이번에는 유월이 맞은편 철문을 바라보았다.

'살기!'

건너편 철문 너머에서 느껴지는 살기였다. 그리고 그것은 일반 살기가 아니었다. 야생의 살기!

'호랑이군.'

유월은 단번에 철문 너머의 존재를 파악했다.

순간 유월의 마음이 차갑게 가라앉았다. 호랑이를 쳐 죽이는 것은 내공을 회복하지 않아도 쉬운 일이었다.

그가 분노한 것은 지하비무 그 자체에 있지 않았다. 문제는 이 기형적인 행태의 구경거리였다. 무공을 익히지 못한 이들과 호랑이를 싸움 붙인다는 것은 결국 일방적인 학살로 자극적인 구경거리를 만들겠다는 의도였다.

번충이 훌쩍 공중제비를 돌며 비무장 가운데로 몸을 날렸다.

그 날렵한 경신술에 노름꾼들이 함성을 질렀다.

그가 손을 들어 그들의 함성을 누그러뜨린 후 목청을 높였다.

"여러분, 오늘은 지금까지의 비무와 다르오."

과연 그것을 증명이라도 하듯 박도를 찬 무인들이 관객석 앞쪽으로 쭉 늘어섰다. 마치 무서운 것으로부터 그들을 지켜주겠다는 태도였다.

노름꾼들이 잠시 긴장했다.

"언제나 저희 비무장을 찾아주신 여러분을 위해 마련한 특별한 순서, 인간의 한계를 바로 옆에서 지켜볼 수 있는 기회, 오직 저희 비무장에서만 볼 수 있는 특별 공연입니다."

그때 맞은편 철문이 서서히 열리기 시작했다.

크르릉!

거대한 몸집의 대호가 어슬렁거리며 비무장 안으로 들어섰다.

"인간 대 호랑이의 혈투. 십 대 일의 대결이 펼쳐집니다."

번충이 훌쩍 몸을 날려 원래 자리로 돌아갔다.

노름꾼들은 호랑이의 등장이 의외였는지 모두 숨을 죽였다.

호랑이 가까이서 구경하던 이들은 무인들이 자신들의 앞을 지키고 있음에도 마음을 졸였다. 호랑이가 단번에 담을 넘어 자신을 덮치지나 않을까 하는 두려움 때문이었다.

호랑이가 크게 울부짖었다.

크아아앙!

쩌렁쩌렁 울리는 그 소리에 끌려 나온 사내들은 공포에 질려 비명도 지르지 못한 채 뒷걸음질을 쳤다.

기겁을 한 신범이 유월의 등 뒤로 숨었다. 후들후들 떨던 그가 유월의 바지 자락을 쥔 채 그 자리에 주저앉았다.

제법 대찬 모습을 보였던 조막마저 겁에 질려 뒤로 물러섰다.

"시팔! 어떻게 좀 해봐!"

마음이 다급하니까 다시 조막의 입에서 욕설이 터져 나왔다.

사내들 몇이 신범, 조막과 마찬가지로 유월 뒤로 몰려들었고, 남은 몇은 공포에 질려 자신들이 나왔던 문을 두드려 댔다. 굳게 닫힌 철문은 열릴 줄 몰랐고 오히려 호랑이를 더욱 자극했다.

크아아아앙!

우렁차게 울려 퍼지는 호성(虎聲)에 신범은 연신 부처님을 외치며 두 눈마저 질끈 감아버렸다. 이미 바지는 오줌으로 흥건히 젖은 상태였다. 살면서 호랑이를 처음 본 것은 아니었다.

우리에 갇힌 호랑이를 본 적도 있었고, 호랑이 가죽을 벗기는 일을 직접 해본 적도 있었다. 하지만 이렇게 큰 호랑이를 본 적은 없었다. 더구나 자신을 잡아먹으려는 호랑이는 더욱더.

유월이 한 걸음 앞으로 나섰다.

사내들이 모두 유월에게 의지하자 지켜보던 번충이 흥미롭다는 표정을 지었다.

유월이 나서자 구경하던 누군가 고함을 질렀다.

"죽여라!"

호랑이에게 하는 말인지 유월을 향한 응원인지 알 수 없는 말이었다. 그것을 신호로 모두들 함성을 내질렀다.

"와아아아! 싸워라!"

"죽여라! 죽여!"

그때 호랑이가 다시 크게 울부짖었다. 마치 약속이나 한 듯 모두들 동시에 입을 다물었다. 일반인들에게 대호의 위용은 엄청난 중압감을 주고 있었다. 보는 사람들의 손에 절로 땀이 나고 다리가 후들거렸다.

그들의 반응에 번충이 희미한 미소를 지었다.

'그래, 이거야.'

요즘 '내 품삯 빼곤 다 오른다' 는 시전거리의 농담처럼 물가는 치솟고 경제는 불안했다. 불경기가 지하비무장이라고 피해가진 않았다. 그래서 생각해 낸 것이 바로 이 특별 공연이었다. 공연이라 하기엔 그 결과가 참혹하겠지만, 어쨌든 침체에 빠진 이 지하비무장의 새로운 활력이 될 것이라 그는 믿었다.

유월이 천천히 호랑이에게 다가갔다.

맹수는 강호인과 닮은 점이 있다. 그것은 상대를 죽이기 전, 기세로 상대의 기를 꺾는다는 점이다.

호랑이가 이빨을 드러내며 나직이 으르렁거렸다.

만약 기련산에서 잡혀온 이 집채만 한 호랑이가 말을 할 수 있다면 지금 이런 말을 할 것이다.

"어이, 나 호랑이야. 넌 인간이고. 정신 차려, 넌 인간이야!"

하지만 인간 같지도 않은 상대는 전혀 정신을 차리지 않았다.

호랑이에게 다가서는 유월의 발걸음이 빨라졌다.

크아앙!

호랑이가 훌쩍 뛰어 유월에게 달려들었다.

빠악!

사정없이 유월이 호랑이의 머리통을 주먹으로 후려쳤다.

쿠웅!

바닥을 몇 바퀴 뒹군 호랑이가 벌떡 일어났을 때, 유월이 그의 머리통 앞에 허리를 숙여 눈을 맞추고 있었다.

크르르릉.

점차 호랑이의 울부짖음이 잦아들었다. 호랑이는 두려워하고 있었다. 더 강한 적을 앞둔 야생의 본능이었다. 물론 호랑이란 놈은 태생적으로 더 강한 적이 나타났다고 고분고분해지는 놈이 아니다. 그러나 그 힘의 차이가 야수성이란 본성을 훌쩍 넘어서고 있었다.

"착하구나."

유월이 마치 개를 다루듯 호랑이의 머리통을 쓰다듬었다.

모두들 입을 쩍 벌린 채 그 모습을 바라보고 있었다. 사실이건 지금까지 자신들이 봤던 그 어떤 비무보다 충격적인 광경이었다.

그러나 많은 사람이 모이면 틀림없이 의심이 과한 이가 한둘쯤은 끼게 마련이고, 오늘 이 자리도 예외는 아니었다.

"사육된 호랑이다!"

누군가의 외침에 노름꾼들이 그제야 이 믿을 수 없는 장면을 나름대로 납득했다. 그들이 고함을 치며 야유를 보내기 시작했다.

"사기다! 사기!"

"우우우우!"

그 소리에 자극을 받은 호랑이가 다시 울부짖었고, 찔끔 놀란 노름꾼들이 입을 닫았다.

회심에 찬 기획이 생각지도 않게 무산되고 있음에도 번충은 그다지 화가 난 표정이 아니었다.

'혹시 남만에서 온 맹수 사육사인가?'

자신이 생각하고도 너무 억지 추측이었는지 번충이 피식 웃었다.

아마 선천적으로 기가 무척이나 센 자가 분명하리라.

살짝 짜증도 났지만 그보단 유월에 대한 호기심이 앞섰다.

'어쨌든 제법 쓸 만한 놈이군.'

그가 이런 여유를 부릴 수 있었던 것은 유월이 강호인이 아
니란 확신, 그것도 자신에게 위협이 되는 강호인은 절대 아니
란 확신 때문이었다. 상대가 그런 강한 자라면 이 자리에 있을
까닭이 없었으니까. 게다가 진흙이 잔뜩 묻어 얼굴조차 알아
보기 힘든 지저분한 몰골이 그의 방심에 큰 몫을 하고 있었다.

번충이 날렵하게 몸을 날려 비무장으로 내려섰다.

그 화려한 경신법에 몇몇 사람들이 다시 감탄하며 박수를
쳤다. 번충이 호랑이의 머리통에 일장을 내려치자 호랑이는
그대로 즉사해 버렸다. 그 놀라운 한 수에 큰 박수 소리가 터
져 나왔다.

힘껏 힘자랑을 한 그가 유월 앞으로 느긋한 표정으로 다가
왔다.

"자네 제법이군."

번충이 유월의 어깨와 가슴을 툭툭 두드려 보며 주위를 한
바퀴 돌았다.

"근육도 쓸 만하고. 자네, 내 밑에서 일해볼 생각 없나?"

구경꾼들의 시선이 그들에게 집중되었다. 호랑이와의 싸움
도 흥미로운 것이지만 이런 대화도 제법 흥미진진했던 것이
다.

유월이 주위를 돌아보며 사람들의 시선이 불편하다는 표정
을 지었다.

번충이 알았다는 듯 씩 웃더니 노름꾼들을 돌아보며 정중하
게 말했다.

"보시다시피 오늘 저희가 준비한 행사는 여기까집니다. 아쉽더라도 오늘은 문을 닫겠습니다."

곳곳에서 야유 섞인 불평이 터져 나왔다. 하지만 번충은 대수롭지 않은 얼굴이었다. 상대는 고객임과 동시에 노름꾼들이었다. 불평 아니라 다시는 이곳을 찾지 않겠다고 입을 모아 소리친다 해도 그건 다 거짓말이다. 노름꾼은 절대 노름을 끊지 못하기 때문이다. 그들이 노름을 끊는 방법은 딱 두 가지뿐이었다. 세상의 모든 도박장이 망하거나, 그들이 죽거나.

무인들이 손님들을 밖으로 안내했다. 투덜투덜 웅성거리며 그들이 비무장을 떠났다.

그들이 모두 빠져나가자 유월은 무인들의 숫자를 정확히 파악할 수 있었다. 자신들을 인솔한 네 명에 관람석 여기저기 흩어져 있는 무인들까지 모두 열아홉 명이었는데, 번충까지 정확히 스무 명이었다.

주위가 정리되자 유월이 대뜸 물었다.

"날 데려온 자가 누구지?"

번충이 의외란 얼굴이 되며 이내 감탄했다.

"한성격까지 한다 이거지? 이거 더 탐나는데. 하긴 오늘 장사를 망쳤는데 그 정도는 돼야지."

"대답해. 더 이상은 묻지 않는다."

"이 새끼 봐라? 대답하기 싫다면?"

"죽는다."

"어이쿠, 무서워라."

지하비무 313

번충이 마치 무대 위에 오른 배우처럼 주위 사람들을 돌아보며 이걸 어쩌나 하는 행동을 취했다.

곳곳에 서 있던 무인들이 웃음을 터뜨렸다.

"싫다. 자, 이제 어쩔 것이냐?"

번충이 돌아섰을 때, 유월의 모습은 보이지 않았다.

"어?"

전방의 관람석에 걸터앉아 있던 무인 하나가 벌떡 일어나며 자신 쪽으로 손가락을 가리켰다. 정확히는 어느새 번충의 뒤로 돌아간 유월을 향한 손가락이었다.

무엇인가 자신의 턱과 머리꼭지를 꽉 잡는다는 느낌이 드는 순간.

우두두두둑!

보일 리 없는 자신의 등 뒤 풍경이 잠시 스쳐 가더니 이내 번충의 눈앞이 캄캄해졌다.

얼굴이 뒤로 돌아간 번충의 시체가 바닥에 힘없이 쓰러졌다.

무인들도, 신범 등의 사내들도, 모두들 눈만 껌벅였다.

아무도 번충이 죽은 것을 실감하지 못하고 있었다. 사람이 저렇게 간단히 죽는 건가? 이런 느낌으로 모두들 멍해 있었다.

뒤늦은 신범의 비명을 시작으로 모두들 정신을 번쩍 차렸다.

"으아아악!"

고참 무인으로 보이는 콧수염 사내가 소리쳤다.

"죽여라!"

관람석에서 무인들이 우르르 쏟아지듯 뛰어 내려왔다.

유월이 신범 등의 사내들에게 경고했다.

"모두 한옆으로."

말이 떨어지기가 무섭게 신범과 조막, 나머지 사내들이 우르르 유월 뒤쪽으로 모여들었다.

그사이 박도를 뽑아 든 무인들이 유월 앞에 반원을 그리며 포위하고 있었다. 그들은 여전히 믿기 어렵다는 표정으로 번충의 시체를 내려다보았다. 번충은 만수문의 무인 중 제법 알아주는 무인이었다. '혹시 이건 우리를 위한 깜짝 공연?' 이란 생각을 하는 이도 있었다.

유월이 그들을 보며 다시 물었다.

"날 데려온 이가 누구냐?"

사내들이 서로를 마주 보며 눈치를 살폈다.

"죽여!"

콧수염 무인의 명이 떨어지자 사내 몇이 소리를 내지르며 달려들었다.

유월은 번충을 죽일 때와 마찬가지로 내력을 사용할 필요가 없었다.

쉬익— 쉬익—

난잡한 칼질이 유월을 향해 쏟아졌다.

유월의 눈에 그들의 칼질은 그야말로 세 살 꼬마가 휘두르는 나무 막대기와 같았다.

어지럽게 날아들던 박도를 슬쩍 피하며 한 사내의 팔목을 비틀었다.

두둑.

"으아악!"

사내가 팔목을 부여 쥐고 죽는 소릴 내는 그때, 이미 두 번째 사내의 팔목이 비틀리고 있었다.

비명이 연달아 이어졌다. 유월은 마치 산책을 하듯 가볍게 그들 사이를 누비기 시작했다.

두둑! 두둑! 두드득!

그가 스쳐 지나가는 곳에 어김없이 곡소리가 들렸다. 연이어 십여 명의 사내가 팔목을 부여 쥐고 비명을 질러댔다.

눈 깜박할 사이에 일어난 일이었다.

반 이상의 사내들이 죽는 소릴 내지르자 남은 무인들이 비무장 한옆으로 우르르 밀려 뒷걸음질을 쳤다.

"개새끼들, 다 죽여 버려!"

그제야 정신을 차린 조막이 소리쳤다. 그러자 주위에 있던 사내들이 병장기를 꼬나 쥐고 우르르 달려나가 유월 주위에 늘어섰다. 기세는 당장이라도 달려들 분위기였지만 그렇다고 먼저 뛰어나가는 이는 없었다.

유월이 그들을 돌아보며 담담히 말했다.

"그대들도 이만 가도록."

마음이 변할까 혹 이변이라도 생길까, 그들이 죽다 살아난 얼굴로 허겁지겁 밖으로 뛰어갔다. 그들이 달아나는 것을 보면서도 무인들은 꼼짝도 하지 못했다.

신범이 머뭇거리며 꾸벅 유월에게 인사를 했다. 가장 겁이 많은 그였기에 그것만으로도 큰 용기를 낸 것이다. 그 모습에 뛰어나가던 조막이 후다닥 달려와서 고개를 숙였다.

"고맙소. 내 이 은혜는 잊지 않겠소."

달려나가려던 조막이 힐끔 신범을 쳐다보았다.

뒷간 가서 똥 안 닦고 나온 얼굴로 신범은 여전히 머뭇거리고 있었다.

"얌생이, 안 가?"

유월을 바라보는 신범의 눈빛에는 뭔가 강한 열망이 서려 있었다.

약자의 열망이었다, 항상 속고 당하고 무시당하는.

또한 그것은 유월과 함께하고 싶다는 욕망이었다. 강한 유월과 함께한다면 자신도 강해지지 않을까 하는 바람.

쉬이잉—

그때 유월이 들고 있던 박도가 시원스런 소리를 내며 허공을 갈랐다.

신범과 대화를 하는 틈을 노리고 달아나려던 무인의 등을 꿰뚫고도 계속 날아가 한쪽 벽에 박혔다.

비명 소리조차 내지 못하고 즉사한 동료의 모습에 무인들은 모두 사색이 되었고 유월은 아무 일도 없었다는 듯 다시 신범에게 시선을 주었다.

"난주에서 눈을 크게 뜨고 있다 보면, 어쩌면 다시 만날 수도 있겠지."

신범의 얼굴이 금세 밝아졌다.

유월의 말은 곧 난주에서 기다리고 있으면 자신을 받아줄 일이 생길 수도 있다는 뜻이 아닌가? 그의 예상은 정확했다. 유월은 전장의 회계원으로 일한 신범이 비설의 사업에 도움이 될 것이라 생각했기에 그런 여운을 남긴 것이다.

"두 눈 크게 뜨고 기다리고 있겠습니다!"

신범이 정중히 허리를 숙인 후 밖으로 걸어나갔다.

왠지 모를 소외감에 발끈한 조막의 쭉 찢어진 눈이 더욱 작아졌다.

"시팔! 내 눈 작다고 무시하는 거야 뭐야? 나도 끼워줘!"

참으로 뻔뻔하고 대책없는 성격이었지만 그것이 아주 미워보이진 않았다. 유월이 피식 웃자 그제야 조막이 신범의 뒤를 따라가며 소리쳤다.

"얌생이! 야 인마, 같이 가!"

그렇게 두 사람마저 사라지자 비무장에는 유월과 비무장의 무인들만 남게 되었다.

유월이 구석에 몰린 무인들에게 다가갔다.

"이번에는 팔 하나로 끝나지 않는다. 날 데려온 자가 누구지?"

다급해진 무인들이 서로를 돌아보았다. 이곳 지하비무장의 무인 관리는 주로 번충이 담당했기에 그들은 알지 못했다.

그때 누군가 비무장 안으로 걸어 들어왔다.

"그건 내가 알고 있소."

그는 바로 고가물상의 고 노인이었다.

고 노인이 양손에 들고 있던 두 개의 주머니를 유월에게 내밀었다.

주머니를 받아 든 유월이 그중 작은 것을 열었다.

안에는 눈을 허옇게 치뜬 고진붕의 머리통이 들어 있었다.

또 다른 주머니에는 나락도와 비격탄이 들어 있었다.

유월이 고 노인에게는 일언반구 없이 무인들에게 돌아섰다.

무인들이 입을 모아 소리쳤다.

"살려주십시오!"

유월은 이미 그들을 살려주리라 마음먹고 있었다. 그렇지 않았다면 이미 이 자리에 서 있을 사람은 아무도 없었으니까.

"그래, 살려주마."

무인들의 표정이 일순 환해졌다.

"후환을 없애려면 너희 모두를 죽이는 것이 가장 간단하다. 그런데 왜 보내주는지 아느냐? 너희는 죽을 만큼의 죄를 짓지는 않았기 때문이다. 그저 명령에 따랐을 뿐이니까. 하지만 이 자리를 떠나 만수문으로 달려가 일을 복잡하게 만든다면 그때부턴 죄가 생긴다. 이곳을 나가는 즉시 난주를 떠나라. 너희에게도 가족이 있을 테니 넉넉잡고 일 년 후에는 이곳으로 돌아와도 좋다. 그땐 나도 만수문도 이곳에 없을 것이다. 알겠나?"

"알겠습니다."

무인들이 입을 모았다. 지금 그들은 목숨을 부지하는 것만 해도 감지덕지인 상황이었다.

"잊지 마라, 만수문 따윈 일각 안에 몰살시킬 수 있다는 것을."

무인들이 머리를 감싸 쥐고 밖으로 달려나갔다. 노름꾼들부터 시작된 그 행진은 그들까지 달려나가고서야 끝이 났다. 원래 있어야 할 모든 이들이 떠난 그 자리에 유월과 고 노인만이 서 있을 뿐이었다.

"그대는 누군가?"

"고가물상을 운영하는 늙은이요."

고 노인이 자신이 들고 왔던 두 주머니를 번갈아 바라보며 말을 이었다.

"저자가 그 물건들을 내게 팔러 왔더이다."

자신을 바라보는 고 노인의 눈에는 어떤 간절한 빛이 떠올라 있었다. 유월은 알 수 있었다. 그가 이런 수고를 한 것은 마교에 대한 존경도, 두려움도 아니란 것을. 그는 원하는 것이 있는 것이다. 목숨을 걸 만큼 중요한 어떤 것이.

"원하는 것은?"

유월이 담담히 묻자 고 노인이 머리를 조아리며 말했다.

전혀 예상치 못한 말이 그의 입에서 흘러나왔다.

"저를 수하로 삼아주십시오."

만약 유월이 하루 운세를 본다면 그야말로 '새로운 인연이 구름처럼 모여든다'는 괘를 얻을 날이었다.

第十九章

우문수

魔刀霸爭

고 노인은 나지막한 제방에 걸터앉아 시냇물에 세수를 하고 있는 유월의 모습을 조심스럽게 응시하고 있었다.

유월이 깨끗하게 얼굴을 씻고는 고 노인이 앉아 있던 제방으로 천천히 걸어 올라왔다.

'흑풍대주가 이렇게 젊을 줄은 생각도 못했구나.'

고 노인은 적어도 흑풍대주라면 적게 잡아도 사십대 이상은 될 것이라 예상했었다.

하지만 세수를 한 유월의 얼굴은 너무나 준수하고 젊었다. 다만 흠이라면 뺨의 검상이 그를 차가워 보이게 한다는 정도뿐.

유월이 성큼성큼 발걸음을 옮겼고 고 노인이 묵묵히 그 뒤를 따랐다.

난주 시내와 변두리의 경계까지 걸어오면서 두 사람은 한마디 말도 하지 않았다.

시내로 들어가는 입구의 한적한 길에서 유월이 한 발의 폭죽을 쏘아 올렸다.

퍼엉!

흑풍대를 소집하는 폭죽이었다. 자신이 실종된 이상, 그들은 난주 곳곳을 수색하고 있을 것이다.

"내가 누군지 알고 있소?"

유월의 물음에 고 노인이 정중하게 대답했다.

"짐작하고 있소이다."

"그럼 그대가 한 말이 얼마나 위험한 발언이라는 것도?"

"물론입니다."

이미 작정을 했는지 고 노인의 말투는 매우 정중했다.

유월이 고 노인의 얼굴을 차갑게 응시했다.

굵은 주름살 사이사이 녹아 있을 사연들은 그를 산전수전다 겪은 지혜로운 늙은이로 보이게 했다. 사실 유월은 고 노인에게 어떤 호감을 느끼고 있었다. 딱히 말로 설명하기 어려운 감정이었다. 그것은 자신의 물건을 찾아준 고마움 때문만은아니었다. 자신도 모르게 이끌리는 느낌.

"내 수하가 되고 싶다는 것은 곧 본 교에 입교하고 싶다는뜻. 이유를 물어봐도 되겠소?"

"평생을 무기력하게 살아왔소이다. 이제 죽을 때가 가까워

오니 인생을 바꿀 기회만 찾게 되었소."

유월이 차가운 표정으로 콧방귀를 꼈다.

"다시 거짓말을 하면 그대로 벤다."

고 노인이 조금 당황한 얼굴이 되었다가 이내 평온해졌다.

"…죄송하오."

"사과 따윈 필요없다. 솔직히 말하라."

"그대의 신임을 얻고 싶소."

"내 신임을?"

의외의 대답이었다.

"그래서 나중에 당신에게 부탁하고 싶은 것이 있소."

"그게 뭔가?"

"……."

그가 대답하지 않자 유월이 냉정하게 돌아섰다.

"물건 찾아줘서 고마웠소."

더 이상 볼일이 없다는 듯 유월이 성큼성큼 걸어갔다.

유월의 등에 고 노인이 소리쳤다.

"누군가를 죽이고 싶어서요!"

유월의 발걸음이 멈추자 고 노인이 달려가 무릎을 꿇었다.

"그대와 같은 고수만이 할 수 있는 일이오. 그자를 죽일 수 만 있다면 마교가 아니라 지옥불에 뛰어들래도 뛰어들 수 있 소."

그의 굵은 주름을 타고 눈물이 흘러내렸다.

유월이 말없이 그를 응시했다.

"돈을 모아 무인도 사봤고, 살수를 고용해 보기도 했소. 하지만… 다 실패했소. 그는, 그는… 보통 사람은 절대 죽일 수 없는 위치에 있는 사람이오."

울화가 치밀어 오르는지 고 노인은 목이 메었다.

유월은 그의 분노를 이해할 수 있었다. 저 끝없는 증오와 분노가 얼마나 사람을 독하게 만드는지, 또 얼마나 사람을 서글프게 만드는지. 그것은 자신 역시 느꼈던, 어쩌면 지금도 느끼고 있는 것이기에.

"그가 누구요?"

"그는 바로……."

고 노인이 깊은 한숨을 내쉬었다.

"무림맹주입니다."

휘이이잉―

어디선가 불어온 바람이 두 사람의 옷깃을 휘날렸다.

아마도 노인은 그를 죽이기 위해 별 방법을 다 써보았을 것이다. 그러나 아무리 정성껏 던진다 하더라도 계란으로 바위를 부술 수는 없는 법. 나락도를 봤을 때, 그는 그것이 운명처럼 자신을 찾아온 마지막 기회라 생각했을 것이다.

이유는 궁금하지 않았다. 사람은 다 저마다 사연이 있는 법이니까.

유월이 담담하게 말했다.

"약속을 지키지 못할 수도 있다."

순간 고 노인의 표정이 환하게 밝아졌다. 유월이 허락한 것이다.

"무공은 할 줄 아나?"

"소싯적에 잠깐 배운 적이 있습니다만, 거의 못한다고 봐야 겠지요. 하나 적어도 이 나이를 헛되게 먹지는 않았다고 자부 합니다. 분명 도움이 될 일이 있을 겁니다."

그때 길 끝에서 몇 사람이 달려왔다.

선두에 달려오는 이는 진패였다.

"대주님!"

반가움 가득한 그의 얼굴을 대하자 유월이 예의 그 특유의 미소를 지어 보였다.

"이번만큼은…… 조금 걱정했습니다."

진패의 솔직한 말에 유월은 면목이 없었다. 그가 위험에 빠 진 상황에서도 돕지 않고 그 자리를 떠난 자신이 아닌가? 그 일은 엄연히 자신의 개인사에 관계된 일. 입이 열 개라도 할 말이 없었다.

"다쳤군?"

유월이 한눈에 진패의 부상을 알아보았다.

"아, 별거 아닙니다."

이번에는 진패가 씩 웃었다.

진패의 일조가 하나둘씩 모여들기 시작했다.

고 노인이 알아서 한옆으로 물러섰다. 과연 눈치가 빠른 늙 은이였다.

유월이 비설의 안전을 물었다.

"설이는?"

유월은 담담하게 물었지만 마음은 떨리고 있었다.

"무사하십니다. 한데 지금 송가장에 계시지 않습니다."

"어떻게 된 일인가?"

진패가 재빨리 기련사패의 등장과 진명의 부상, 삼화검의 죽음에 대해 간략히 설명했다.

"지금 그자의 거처를 은밀히 감시하고 있고, 오조장이 그곳에 잠입해 있습니다. 반 시진 전까지 아무 일도 없다는 연락을 해왔습니다. 명이의 치료가 한창 진행 중이었기에 진입을 미루고 있었습니다."

유월이 고개를 끄덕였다. 좋은 판단이었다. 기련사패 중 삼패가 있다면 무리하게 진입을 하다간 희생이 클 수가 있었기 때문이다. 더구나 다섯 조장 중 눈치와 경공이 가장 빠른 비호라면 훌륭히 비설을 지켜주고 있을 것이다.

"근데, 그자는 누구였습니까?"

진패가 조심스럽게 귀면에 대해 물어왔다.

"귀면…… 이라더군."

그 모호한 대답에 진패가 살짝 고개를 갸웃했다.

진패의 눈에는 유월이 일부러 그의 정체를 감추려는 듯 보일진 몰라도 그 대답은 진심이었다.

"어쨌든 무사하셔서 다행입니다."

"고맙네. 혹시 약 남은 것 있나?"

"네."

진패가 품 안에서 작은 목곽을 꺼냈다.

조장들에게 지급되는 소마환단(小魔丸丹)이었다.

유월이 고뿔약을 먹듯 꿀떡 삼켰다. 내력 회복을 도와주는 마교 최고의 영약이 바로 마환단, 그 마환단 약효의 십분지 일의 효과를 가지는 약이 소마환단이었다. 과연 소마환단을 복용하자 유월의 내력이 더욱 속도를 더해 회복되기 시작했다.

진패가 고 노인을 힐끔 쳐다보며 물었다.

"근데 저 늙은이는 누굽니까?"

"잃어버린 나락도와 비격탄을 찾아준 자다."

진패는 묵묵히 고개를 끄덕였지만 내심 크게 놀라고 있었다.

무인이 병기를 잃어버린다는 것의 의미는 특별했다. 더구나 유월 같은 고수가 그랬다는 것은 거의 죽기 직전까지 갔다는 말. 귀면이란 자와의 일전이 그만큼 어려웠다는 뜻이리라.

"당분간 내 휘하에 둘까 한다."

"믿을 수 있는 자입니까?"

"글쎄, 좀 더 지켜봐야겠지. 자네가 신경 좀 쓰게."

"알겠습니다."

진패 입장에서는 꽤 중요한 결정이었음에도 그는 당연한 듯이 그 결정을 받아들이고 있었다. 그만큼 그는 유월을 믿고 있었다.

유월이 고 노인에게 명령했다.

"집으로 돌아가는 것은 위험할지 모르니 일단 송가장에 가서 기다리게."

"알겠습니다."

진패가 일조원 하나를 불러 그를 송가장으로 데려가게 했다.

그들이 사라지자 진패의 안내를 받으며 유월이 걸음을 옮겼다.

"어쩔 작정이십니까?"

"일단 들어가서 상황부터 보지."

비설이 무사했기에 유월은 여유를 찾고 있었다.

"이번 일, 생각보다 쉽지 않은 임무입니다."

진패의 말에 유월이 고개를 끄덕이며 솔직한 심정을 밝혔다.

"…어쩌면 진짜 위험은 아직 시작되지 않았을지도 모르지."

*   *   *

"멍청이!"

이제 겨우 눈을 뜬 진명은 살아났다는 기쁨을 느끼기도 전에 무옥의 따가운 한마디부터 들어야 했다.

"여, 여긴?"

진명이 몸을 일으키려 하다가 '끄응' 하고 외마디 비명을 질렀다.

"바보, 몸에 구멍이 났는데 일어나서 뭐 하려고? 또 영웅 흉

내 내려고?'

고맙다는 말부터 해야 했지만 무옥은 화부터 내고 있었다.

자신을 구하기 위해 부상을 당한 진명이었다. 그래서 더 화가 났다. 누군가를 구하기 위해 몸을 날리는 것은 자신이기를 바랐으니까.

진명이 피식 웃으며 무옥을 올려다보았다.

두 사람의 시선이 마주쳤고, 그 눈빛들이 대화를 나누었다.

'네가 괜찮으니까 다행이야.'

'이러지 마.'

'왜?'

'그런다고……'

'그런다고……?'

두 사람의 복잡한 시선은 '우정'과 '애정'이란 아주 가깝고도 영원히 만날 수 없는 두 개의 골짜기 사이를 헤매고 있었다.

그때 비설이 무옥 옆에 쏙 나타났다.

"아까 멋지던데?"

"…아가씨."

"또 아가씨라네. 아프긴 아픈가 보네."

"…설아."

"살았으니까 됐어. 아, 다행이다. 헤헤."

비설의 안도하는 모습에 진명은 긴장이 풀렸다.

눈꺼풀이 감기는 것을 억지로 뜨려 하자 비설이 그의 눈을 강제로 감겼다.

"독한 약을 많이 썼나 보더라. 걱정 말고 푹 쉬어."

진명이 쏟아지는 잠을 이기지 못하고 눈을 감았다.

그가 무사히 깨어나자 두 여인 역시 긴장이 풀렸다. 만 하루 동안 한잠도 못 잔 그들이었다.

멍하니 잠든 진명을 내려다보는 무옥의 손을 비설이 잡았다.

그제야 무옥의 눈에 눈물이 고였다.

"만약, 만약에 명이가 잘못되었다면 아마 난… 나를 용서하지 못했을 거야."

"삶에 만약이란 없다고 생각해. 명이는 무사해. 그걸로 충분하잖아."

조금은 어른스런 눈빛으로 비설이 말을 이었다.

"조금 여유를 가지는 게 좋지 않을까? 사람의 감정이란 그렇게 쉽게 바꿀 수 있는 것이 아니니까. 네가 유 대주님을 생각하는 것처럼."

"내가 여유가 없어 보여?"

"그럼 아니야?"

무옥은 말없이 비설을 응시했다.

'네가 대주님을 좋아하게 된다 해도 같은 말을 할 수 있을까?'

울컥 마음속에 떠오른 생각을 그녀는 말로 옮기진 않았다.

"유 대주님은 괜찮겠지?"

무옥의 걱정에 비설이 진명의 볼을 한번 만져 주며 말했다.

"에구, 우리 불쌍한 명이."

무옥이 피식 웃었다.

진심인지, 아니면 애써 걱정하지 않으려 하는지는 모르겠지만 비설은 천하태평이었다.

"괜찮아, 괜찮아. 곧 우릴 구하러 오실 거야. 그 무뚝뚝한 얼굴로 나타나서 그러겠지. '다들 괜찮으냐? 이만 가자' 하고. 헤헤, 틀림없어."

얼추 유월과 비슷한 흉내에 무옥이 공감한다는 듯 환하게 웃었다.

두 사람이 방 중앙에 마련된 탁자에 나란히 앉았다.

무옥이 비설 앞에 놓인 찻잔에 차를 따라주었다.

비설이 난(蘭)이 그려진 고급 잔을 들어 이리저리 돌려보았다.

"이거 예쁘다. 나중에 갈 때 슬쩍 가져갈까?"

그들이 이곳 민충식의 별채에 도착한 후 만 하루가 지났다. 그사이 의원이 세 번을 다녀가며 진명을 치료했고, 두 여인은 꼼짝도 않고 그 옆을 지켰다. 민충식도 두어 번 다녀갔지만 두 사람의 무관심에 뻘쭘하게 있다가 가버렸다.

"만수문이란 선입관 때문일까? 그 민충식이란 자, 왠지 재수없더라. 그 사부란 자도 그렇고."

"왜?"

비설은 전적으로 그 말에 공감하면서도 이유를 물었다.

"만약 네가 아니었다면 그는 절대 이런 호의를 베풀지 않았을 거야. 뭐랄까? 나쁜 속셈이 얼굴에 그대로 드러나는 유형이랄까?"

비설이 그 견해가 재미있다는 듯 깔깔거렸다.

"호호, 진짜 악당은 못 되는 유형이네. 진짜 무서운 악당은 절대 표가 나지 않는다니까."

"그러네."

두 사람이 기분 좋게 차를 마셨다.

찻잔을 내려놓는 비설의 표정이 조금 어두워졌다.

"휴— 그나저나 쉽게 보내줄 눈치가 아니던데. 지 집이 아닌 이런 으슥한 곳에 데려온 걸 보니."

그들이 도착한 이곳은 민충식이 원래 거처하는 곳이 아니라 외딴곳에 위치한 작은 장원이었다. 아마도 그는 이곳을 별장처럼 사용하고 있었던 것 같았다.

"아, 이러시면 안 돼요! 아— 아—!"

비설이 마치 봉변이라도 당하는 상황처럼 흉내를 내더니 이내 한숨을 내쉬었다.

"휴우. 이래서 미녀는 괴로워."

"걱정 마. 선배들이 곧 구하러 올 거야."

"난 우릴 걱정하는 게 아냐."

"그럼?"

"그 능글맞은 만수문주의 아들놈 걱정, 그 뱀 같은 늙은이 걱정."

"응? 무슨 뜻?"

"나 때문에 또 사람들이 죽게 될 것 같아서. 내려오기 전에 아버지가 하신 말씀이 이제 실감이 나네. 내가 움직이면 결국 강호가 움직일지도 모른다는 말씀. 아직 내 정체를 밝히지도 않았는데 이 정도면, 나중에 내 정체가 밝혀지면 어떻게 될까? 아주 대놓고 달려들겠지?"

무옥은 그녀의 마음을 이해할 수 있었다.

그때 밖에서 인기척이 났다. 결코 양반은 못 되는 민충식이 안으로 들어섰다.

"부상당한 형제는 어떻소?"

그의 걱정에 비설이 애써 미소를 지어 보였다.

"방금 깨어났다가 다시 잠들었어요. 모두 공자님 덕분이에요."

"하하하, 다행이오."

민충식이 탁자에 자리를 잡고 앉았다.

무옥이 그에게 차를 한 잔 따라주었다.

"뭐 하나 물어봐도 되겠소?"

민충식의 물음에 비설이 고개를 끄덕였다.

"난주에는 무슨 일로 오신 것이오?"

그러자 비설이 거침없이 대답했다.

"이곳에서 사업을 시작해 볼까 해요."

"오! 사업이라."

민충식의 눈빛이 빛났다. 그 말은 곧 이곳 난주에 오랫동안 있을 것이란 뜻이 아닌가?

"무슨 사업인지 여쭤봐도 되겠소?"

"곧 아시게 될 거예요."

비설이 살짝 미소 지으며 대답을 피했다.

민충식은 그녀의 웃는 얼굴에 얼이 빠져 계속 그녀를 응시했다.

"공자님, 유가상회에서 손님이 찾아왔습니다."

"유가상회에서?"

깜짝 놀란 민충식이 이내 자신이 너무 과하게 놀랐다는 생각이 들었는지 이미 웃음꽃이 활짝 핀 두 여인을 향해 어색한 웃음을 지어 보였다.

"허허, 어서 모셔라."

내심 민충식은 욕설을 내뱉고 있었다.

'젠장, 여길 찾아오다니. 어떻게 알아낸 거지?'

최대한 주위 이목을 피해 이곳까지 온 그였다. 최대한 그녀의 환심을 사는 데 실패하면…… 또 다른 수를 생각하고 있던 그였다.

물론 그 수는 사랑에 빠진 평범한 사내가 생각해 낼 만한 그런 구애법이 아니었다. 그는 비설의 음식에 미혼약을 타서 강제로 범할 생각을 하고 있었던 것이다. 일단 무슨 수를 쓰더라도 자빠뜨리고 본다라는 그의 삐뚤어진 애정관이 비설과 같은 미녀를 어떻게 피해갈 수가 있겠는가?

잠시 후, 사내가 두 사람을 안내해 왔다.

들어서는 이들은 바로 유월과 진패였다.

둘의 모습에 비설과 무옥의 얼굴이 환하게 밝아졌다.

반면 유월의 외모에 민충식은 완전히 압도당했다. 그가 자신도 모르게 한 발 뒤로 물러섰다.

비설이 유월에게 눈을 찡긋하며 진패에게 달려가 손을 맞잡았다.

"큰 오라버니."

"악적에게 공격을 받았다는 소식을 듣고 얼마나 놀랐는지 모른다. 무사해서 다행이구나."

진패의 말은 연기가 아니었다. 솔직한 그의 심정이기도 했다.

"작은 오라버니."

이번에는 비설이 유월의 손을 잡았다.

유월의 따스한 체온이 느껴지자 그녀는 비로소 안도했다. 길을 잃고 헤매던 여섯 살 꼬마가 부모를 찾았을 때의 그런 감정이었다. 무옥 앞에서 겉으로는 씩씩한 척 행동했지만 너무나 불안했던 그녀였다.

그녀의 손이 떨리는 것을 느끼자 유월은 너무나 미안한 마음이 들었다. 유월이 그녀의 손을 꽉 잡았다.

'이제 다신 그런 일이 없을 것이다.'

마음속 다짐은 눈빛의 든든함으로 비설에게 전해졌다.

'고마워요. 절 찾아주셔서.'

돌아서는 비설은 원래의 쾌활함을 완전히 되찾고 있었다.

"헤헤, 여기 이 민 공자님께 큰 은혜를 입었답니다."

그러자 진패가 민 공자에게 공손히 인사를 건넸다.

"이 은혜, 잊지 않겠소이다."

"하하, 별거 아닙니다."

비설이 공손히 민충식에게 부탁했다.

"공자님, 죄송하지만 잠시 자리를 비켜주시겠어요?"

"아, 제가 눈치없이 결례를 했습니다. 그럼 말씀들 나누십시오."

흔쾌히 자리를 뜨려던 민충식이 문 앞에서 잠시 멈춰 섰다.

"그런데 여긴 어떻게 알고 오셨소?"

그의 물음에 유월과 진패가 서로를 마주 보았다.

진패가 대수롭지 않게 대답했다.

"다행히 저희 상회 아랫것 하나가 공자와 동생이 이곳에 들어가는 것을 목격했소."

"아, 그렇군요."

돌아서는 민충식의 얼굴에는 짜증이 가득했다. 그의 눈이 번뜩였고, 나쁜 일에는 어김없이 제 속도 이상을 발휘하는 그의 머리통이 부지런히 돌아가기 시작했다.

그가 사라지자, 진패가 밖을 잠시 살폈다. 감시하는 기척은 어디에도 없었다.

비로소 유월이 천장을 올려다보며 말했다.

"그만 내려오너라."

사람 하나가 내려올 만한 네모난 구멍이 들리더니 누군가 훌쩍 뛰어내렸다. 내려선 사람은 비호였다.

"어휴. 이 먼지."

머리를 털며 방 안에 놓인 동경부터 찾는 그였다.

그가 아까 비설이 했던 말을 흉내 내었다.

"흑, 매무새 다 구겨졌네. 험한 일 궂은일 도맡는, 아, 역시 막내는 괴로워!"

설마 그가 천장에 숨어 있으리라곤 상상도 못했던 두 사람 이다.

"어, 비 오라버니, 거기 언제부터 계셨어요?"

"하하, 아가씨께서 도착하셨을 때부터 있었지요."

비호는 그동안 안팎을 부지런히 오가며 비설을 지키고 있었 던 것이다.

"아무도 없을 때 내려오시지."

"하하, 원래 누군가를 지켜줄 때는 당사자조차 모르게 지키 는 것이 가장 효과적이랍니다."

"그래도 그렇지. 고생하셨어요."

유월이 침상 쪽으로 걸어갔다.

진명은 새근새근 잠이 든 상태였다.

유월이 진명의 맥을 잡아보더니 흡족한 얼굴로 말했다.

"다행히 상처가 중요 혈맥은 피했다. 한 열흘 쉬면 곧 회복 할 것이다."

무옥은 다시 한 번 안도했다.

실력이 얼마나 좋은지 몰라도 생전 처음 본 의원의 말보다는 유월의 한마디가 훨씬 믿음직했던 것이다.

"저자의 스승이 기린 늙은이 중 몇 째인가?"

"삼패 우문수입니다. 마침 지금 외출 중입니다."

여전히 동경으로 이리저리 비춰보는 비호는 우문수의 존재가 그리 걱정되지 않는 모양이었다.

"놈이 순순히 아가씨를 보내줄까요?"

진패는 유월에게 물었지만 대답은 비호가 했다.

"어렵다고 봐야죠. 그놈 눈빛 보십시오. 아가씨 바라보는 눈이 시뻘겋습니다."

머리를 쓸어 넘기며 비호가 돌아섰다.

"해치워 버리시죠."

비호의 눈빛에는 진득한 살기가 묻어나고 있었다.

"아가씨에게 당장 혐의가 갈 텐데."

진패의 걱정에 비호가 회심의 미소를 지었다.

"제게 조용히 처리할 방안이 있습니다."

비호가 그렇게까지 나오자 진패가 유월을 돌아보았다. 다섯 조장들 중 가장 비폭력적이라 불릴 그였지만, 민충식에 대해서는 그도 그다지 관대하지 않았다.

"뒷조사를 해보니, 민충식이란 자는 죽어 마땅한 놈입니다. 그자에게 농락당한 여염집 여인이 한둘이 아닙니다. 그녀들 중 둘이나 자결했습니다. 만수문 측에서 한쪽은 돈으로 회유했고, 나머지 한쪽은……."

진패가 더 말을 잇지 않고 인상을 굳혔다.

말하지 않아도 알 수 있었다. 힘으로 해결한 것이리라.

"아가씨를 이런 외진 곳으로 모셔온 것 역시 같은 목적이라 봐야겠지요. 어차피 기련사패를 제거할 거면 지금 삼패 홀로 떨어져 있을 때가 적기입니다."

그에 비해 비설은 조금 침울한 얼굴이었다.

그러자 무옥이 그녀의 옆구리를 쿡 찔렀다.

"헷갈리지 마. 죽어 마땅한 자가 우리에게 걸린 거지, 너 때문이 아냐."

"헤헤, 그렇지?"

왠지 서글픔이 묻어나는 웃음에 무옥이 단호하게 말했다.

"자결한 여자애를 생각해. 네 마음 약해진다면 그건 오히려 이기적인 거야."

"그래! 맞다. 아, 옥이 언니, 언니는 어떻게 이렇게 똑똑해요?"

"아, 간지러워, 저리 가!"

비설이 무옥의 허리에 매달리며 장난을 치자 무옥이 깔깔거리며 그녀를 밀어냈다.

그 모습에 유월이 피식 웃었다.

새로 뽑은 막내들은 자신이 생각한 것보다 훨씬 더 제 역할을 잘해내고 있었다.

그때 밖에서 인기척 소리가 들렸다.

휘리릭!

비호가 번개처럼 천장으로 사라졌다. 문이 열리기 전, 천장이 다시 닫혔다.

문이 열리자 아까 유월과 진패를 안내해 온 사내가 정중하게 말했다.

"공자께서 정식으로 술 한잔 대접하시겠답니다. 함께 가시지요."

사내가 돌아서 나가자 천장이 다시 열리며 비호가 머리만 쏙 내밀며 말했다.

"뭔가…… 냄새가 납니다, 냄새가 나!"

진명을 지키려 무옥이 남았고 초대에 응한 것은 유월과 비설, 진패 세 사람이었다. 비호는 장원 주위에 잠복한 오조원들을 집합시키기 위해 어디론가 사라졌다.

술자리는 해가 져 더위가 가신 장원의 앞마당에 차려졌다.

어디 애꿎은 숙수를 닦달한 것인지, 그 짧은 시간에 제법 풍성한 음식이 마련되어 있었다.

"자, 앉으십시다."

민충식은 꽤나 기분이 좋아 보였다.

그도 그럴 것이 그의 품 안에 든 미혼약은 그야말로 전장의 전마(戰馬)도 쓰러뜨리는 최고 효과의 미혼약이었던 것이다. 이, 삼류무인의 내력으론 그 효능을 결코 이겨내지 못했다. 물론 자신의 무공이라면 유가상회의 두 녀석 정도는 깨끗이 해치워 버릴 수도 있겠지만 그는 만약에 대비했다. 유월의 무서운 얼굴을 보고 난 후엔 더욱 조심스러웠다.

그는 이런 극악한 일의 결과로 유가상회와 벌어질 상황에 대해서는 전혀 고려하지 않고 있었다. 오라비란 것들은 모두 죽여 버리고, 비설을 차지할 생각뿐이었다.

'아니지, 오라비 놈들을 가둬두면……'

비설을 완벽하게 자신의 여자로 만들 수도 있을 거란 생각이 들었다.

여성 편력이라면 강호 어디에 내놔도 떨어지지 않는 그였다. 비설 같은 미인은 살면서 한 번도 만나기 어렵다는 것을 그는 잘 알고 있었다. 일회용으로 쓰고 버리기엔 너무 아까운 여자였다.

그사이 세 사람이 나란히 자리를 잡고 앉았다.

"이런 자리까지 마련해 주시다니, 공자님께 감사드려요."

"하하. 옷깃만 스쳐도 인연이라는데 저희가 어디 보통 인연이오. 자, 한 잔씩 받으시오."

민충식이 손수 술을 따랐다. 아직 미혼약은 쓰지 않았다. 적당히 때가 무르익고 긴장이 풀릴 때 사용할 작정이었다.

"자, 그럼!"

민충식이 포권을 하듯 술잔을 내밀곤 술을 단숨에 마셨다.

세 사람도 그의 인사를 받으며 술을 마셨다.

비설이 모르는 척 물었다.

"공자님은 무슨 일을 하시나요?"

당황할 만한 질문이었음에도 민충식은 한두 번 겪는 일이 아니었는지 능숙하게 대답했다.

"아버님의 사업을 돕고 있소."

"역시 그러시군요. 만수문의 높은 명성을 수없이 들었답니다."

"하하하."

민충식이 기분 좋게 웃었다.

"듣자니 만수문은 백화방과 자웅을 겨룬다고……."

백화방 이야기가 나오자 민충식이 불쾌한 듯 술잔을 조금 세게 내려놓았다.

"자웅을 겨룬다는 말은 난주 사정을 잘 모르는 이들의 말일 뿐이오. 규모 면에서나 내실 면에서도 백화방은 저희 문에 견줄 바가 아니지요."

"아, 제가 실수를 했나 봅니다."

"하하, 아니오. 앞으로 이곳에서 사업을 하시려면 정확한 정세를 알고 계셔야 할 것 같아서 드린 말씀이었소."

말은 그러했지만 민충식의 검은 속은 그와 달랐다.

'흐흐, 귀여운 것. 곧 극락을 보여주마.'

그의 눈가에 음심이 스쳐 지나갔다.

음심도 곧 인간의 기운. 유월은 물론이고 진패까지 그 사악한 기운을 느끼고 있었다. 묵묵히 술잔을 기울이던 진패가 유월을 슬쩍 돌아봤다. 그냥 바로 죽여 버리는 게 어떠냐는 의사 표시였다.

유월이 살짝 고개를 가로저었다. 물론 비설이 아니라면 진패 이전에 유월이 작살내고 그대로 떠났을 것이다.

그러나 비설에게 결정적으로 위해를 가하지 않는 한 될 수 있음 그냥 봐주려는 것이 유월의 생각이었다. 그렇잖아도 자신 때문에 무고한 희생이 날까 걱정하는 그녀였다. 그것은 곧 그녀를 위한 유월의 작은 배려였다.

그런 배려에도 불구하고 민충식은 그새를 참지 못하고 일을 벌였다.

이런저런 이야기가 오고 가다 세 번째 술병이 왔을 때, 재빨리 미혼약을 술병에 풀었던 것이다. 어쩌나 숙달된 실력인지 유월이나 진패 정도의 고수가 아니라면 알아보기 힘들 정도였다.

'개새끼. 저 개수작으로 얼마나 많은 여인을 농락했을까.'

진패가 내심 이를 바득 갈았다.

유월이 비설에게 전음을 보냈다.

"설아, 술 마시는 척하면서 버려라. 미혼약이다."

"저도 이미 봤어요. 헤헤. 제 눈썰미를 무시하지 마세요."

비설의 전음에 유월이 못 말린다는 표정을 잠시 지었다 이내 무뚝뚝한 얼굴이 되었다.

그녀와 함께 있으면 자꾸 웃게 된다.

마음이 약해지는 것이리라.

난 웃어서도, 행복해져서도 안 된다.

누군간 그렇게 위로할 것이다. 네가 행복하게 사는 것이 오히려 먼저 떠난 이들을 위하는 길이라고. 그들은 그것을 바랄 것이라고.

…개소리다. 남은 자들의 변명에 불과한.

그렇게 유월의 마음은 비설에게서 한 발짝 뒤로 물러섰다.

"자, 다 같이 건배합시다."

민충식이 자리에서 일어난 채로 잔을 들었다.

모두들 술을 마시는 것을 보며 민충식이 사악하게 미소 지었다.

힘차게 술을 권했지만 정작 자신은 한 방울도 입에 대지 않은 채 그대로 탁자 위에 술잔을 내려놓았다.

한 잔 정도 마시지 않고 그대로 내려놓는다고 이상하게 생각할 까닭도 없거니와, 그렇다 하더라도 상관없었다. 이제 곧 모두들 픽픽 쓰러지게 될 것이니까.

"캬! 술 맛 좋다."

진패가 짐짓 감탄하며 안주를 집어 먹었다.

비설과 진패는 슬쩍 바닥에 술을 버린 후였고, 유월은 그냥 마셔 버렸다. 제아무리 강력한 미혼약이라도 구화마공의 내공에는 아무런 효과를 주지 못하기에 그냥 마셔 버린 것이다.

"아아, 왜 이리 어지럽지."

장난기가 발동했는지 비설이 이마에 손을 대며 고개를 숙였다.

"아, 나도 어지럽구나."

진패가 비설의 장난에 장단을 맞춰주었다.

"으흐흐."

참을 수 없는 웃음이 민충식의 입에서 흘러나오고 있었다.

"이런, 술에 수작을 부렸구나!"

자리에서 벌떡 일어나려던 진패가 쿵 하고 탁자에 머리를 박으며 쓰러졌다. 이미 비설은 고개를 숙인 채 잠들어 있었다.

"으흐흐흐흐."

점점 커지던 민충식의 웃음소리가 딱 멈췄다.

유월이 멀뚱히 자신을 바라보고 있었던 것이다.

"넌… 왜?"

유월이 다음 말을 기다리는 표정을 짓자, 민충식이 더 이상 아무 말도 하지 못했다.

묵묵히 그를 응시하는 유월의 눈빛은 어느새 차가워져 있었다.

그때 비설이 고개를 발딱 들며 입을 삐죽 내밀었다.

"피― 재미없는 유 오라버니."

그러자 짐짓 장단을 맞춰주며 잠이 드는 척하던 진패가 머쓱하게 눈을 떴다.

"원래 농담이나 장난이 잘 안 통하는 분입니다."

비호가 들었다면 배를 부여잡고 웃었을 것이다. 그 말은 항상 비호가 진패에게 하는 말이었으니까.

반면 민충식의 등줄기에 차가운 땀 한 방울이 척추를 타고 흘러내렸다. 떨리는 마음을 진정시키며 민충식이 시치미를 뗐다.

"자, 자, 한 잔 더 합시다."

마치 아무 일도 없었다는 뻔뻔한 태도였다.

그러자 비설이 그를 보며 차갑게 말했다.

"너, 너무 재수없어!"

한마디 독설과 함께 비설이 자리에서 일어났다.

"재미없는 자리 전 이만 물러갑니다. 전 옥이에게나 가볼게요."

일부러 자리를 피하는 비설이었다.

"미안하지만…… 내 책임 아냐."

민충식에게 알 수 없는 말을 남기곤 비설이 건물 안으로 들어섰다.

그녀가 들어가자마자 기다렸다는 듯 진패가 탁자를 뛰어넘으며 몸을 날렸다.

퍽—

진패의 발길질에 턱을 강타당한 민충식이 바닥을 뒹굴었다.

빡! 빠악!

인정사정없는 진패의 모진 매질이 이어졌다. 진패가 가장 싫어하는 유형이 바로 이런 부류였다. 더구나 가정을 가진 그였다. 아내와 자식을 생각하면 여인들에게 몹쓸 짓 하는 놈은 천 명의 강호인을 죽인 살인마보다 진패의 입장에선 더 나쁜 놈이었다.

퍽! 퍽!

어찌나 모진 매질이었는지 민충식은 자신이 기련사패의 무공을 이어받은 강호인이란 사실조차 잊고 있었다. 물론 그 사실을 인지해 저항이라도 하기 시작하면 더욱 사단이 났겠지만.

유월은 말리지 않은 채 묵묵히 술잔만 기울였다.

민충식이 그야말로 맞아 죽기 직전 누군가 우레 같은 호통을 내지르며 안으로 들어섰다.

"이놈들! 멈춰라!"

삼패 우문수가 외출에서 돌아온 것이다.

민충식이 허겁지겁 바닥을 기어 그에게 굴러갔다. 진패는 굳이 그가 우문수 쪽으로 달아나는 것을 막지 않았다.

인질로 삼을 수 있는 민충식을 자유롭게 풀어주자 우문수의 표정이 일순 굳어졌다.

자신을 몰라봐서였을까? 아니면 자신을 알면서도 그랬을까? 그의 머릿속에 순간적으로 떠오른 두 생각이었다. 전자라면 다행이지만, 만약 후자라면? 자신의 등장에도 술잔만 기울이는 낯선 등을 보자 후자일 가능성이 높다고 자신의 육감이 소리쳤다.

"어디서 오신 분들이시오?"

우문수는 상황에 비해 매우 정중한 태도를 보였다.

마치 고자질을 하듯 민충식이 인상을 쓰며 입을 열었다.

"저자들은 유가상……."

짝!

우문수가 사정없이 민충식의 **뺨**을 후려갈겼다.

처음으로 그에게 맞았기에 아픔보다는 놀람이 더 큰 민충식이었다.

"사부님?"

"닥치고 물러서라."

"…네, 사부님."

우문수가 다시 정중하게 진패에게 물었다.

"어디서 오신 분들이시오? 불민한 제자가 무슨 잘못을 저질렀기에 귀하께서 손수 손을 쓰신 것이오?"

반응을 보인 것은 유월이었다. 그가 여전히 등을 보인 채 나직이 말했다.

"나 흑풍대주요."

유월이 솔직하게 자신의 정체를 밝혔다.

우문수가 깜짝 놀라 두 눈을 부릅떴다.

'헉! 흑풍대주라면 칠초나락? 그가 왜 여기에? 설마?'

반신반의했지만 절로 다리가 후들거리기 시작한 우문수였다. 그가 침을 꿀꺽 삼키며 조심스럽게 유월을 훑어보며 그 내력을 알아보려 노력했다. 여유로운 등에서 느껴지는 왠지 모를 압박감이 우문수의 심장 박동수를 높이기 시작했다. 그때 우문수의 머릿속을 하얗게 비울 일이 일어났다.

스르륵.

나락도를 감고 있던 흰 천이 저절로 풀어지기 시작한 것이다.

우문수의 눈이 점점 더 커졌다. 보여준 한 수만으로도 충분했지만 마치 확인 사살이라도 하듯 선명히 보이는 두 글자. 나락.

'나락도! 젠장. 진짜 칠초나락이구나. 게다가 스스로 정체를 밝혀? 망할! 빌어먹을!'

우문수의 온몸이 파르르 떨리기 시작했다.

필사적으로 마음을 다스린 우문수가 불문곡직(不問曲直) 민충식을 다그쳤다.

"너 도대체 무슨 짓을 한 거냐?"

우문수의 목소리는 장담하건대 출도 이후 가장 떨리고 있었다.

"제자는 아무 짓도 하지 않았습니다."

"이익―"

일장에 민충식을 쳐 죽이려는 듯 손을 번쩍 쳐들자, 민충식이 후다닥 뒤로 물러났다.

"사부님!"

사소한 일로 흑풍대주가 직접 나섰을 리는 없었다. 잘잘못을 떠나 마교가 개입되었다면 누군가 피를 봐야 끝날 일.

순간, 우문수의 머릿속에 비설이 퍼뜩 떠올랐다. 그가 이를 바드득 갈았다. 틀림없이 그 여인 때문이라 확신했다. 처음 비설을 보았을 때 왠지 불길하던 마음은 위험을 피해가기 위한 생존본능의 간절한 외침이었으리라.

이런 개 같은 일에 끌어들인 민충식을 일장에 쳐 죽이지 않은 것은 사제 간의 정이라거나, 만수문주에 대한 예의, 그런 것은 결단코 아니었다. 만약 싸움을 피할 수 없다면 한가락 하게 보이는 진패를 상대하게 해 시간을 벌 요량이었다. 물론 그것조차 가능할 것 같진 않았지만.

우문수가 신경질적으로 고개를 돌려 유월을 응시했다. 비록 갑작스런 흑풍대주의 등장에 크게 놀라긴 했지만 그는 강호의 매운 생강 기련사패 중 셋째가 아니던가. 그가 차분히 내력을 운용하며 상황 파악을 시작했다.

'흑풍대주라……'

강호서열상으론 분명 자신들보다 낮은 상대였다. 하지만 그건 기련사패 넷이 모두 모였을 때의 경우.

'홀로 싸워 이길 수 있을까?'

사실 승산이 있고 없고의 문제가 아니었다. 만약 싸움이 붙어 요행히 이긴다 하더라도 자신은, 아니, 난데없는 불똥을 맞은 자신의 형제들까지 평생 마교의 추격을 피해 숨어 살아야 할 것이다.

'젠장!'

어쨌든 일단 살고 볼 일이었다. 죽으면 어차피 끝장이니까.

민충식의 입장에서는 날벼락 같은 말이 우문수의 입에서 흘러나왔다.

"무슨 일인지 모르겠지만 이 아이 목숨 하나로 마무리 지읍시다."

민충식이 소스라치게 놀라며 사색이 되었다.

"사부님!"

그는 섭섭함을 표할 틈조차 없었다.

유월이 돌아앉으며 등에서 나락도를 뽑아 든 것이다.

그 행동에 우문수가 길게 한숨을 내쉬었다.

그가 기형검을 뽑아 들며 나직이 말했다.

"지랄 같은 마교 놈들."

유월이 피식 웃으며 일어났다.

"우리가 융통성이 좀 없는 편이지."

느긋한 유월의 여유는 베어도 피 한 방울 나올 것 같지 않은 단단함으로 바뀌고 있었다. 동시에 딱 그만큼 우문수의 자신감은 불안으로 바뀌었다.

결과론적인 이야기지만 우문수는 유월과의 일전에 승부를 걸어야 했다. 유월의 몸 상태는 평소의 삼 할에도 미치지 못했으니까. 그나마 자신이 지닌 절기라도 펼쳐 내볼 수 있었을 테니까. 하지만 생각지도 못한 상황에 당황한 그는 죽음에 대한 공포와 마교라는 압박감을 이겨내지 못했다.

쉬이익, 쉭쉭!

몇 가닥의 검기를 연이어 날리며 그가 자신이 들어왔던 입구 쪽으로 벼락처럼 몸을 날렸다.

그 순간, 사방 담 위에서 흑풍 오조가 일제히 모습을 드러냈다.

쉭쉭쉭쉭쉭쉭!

잠복해 있던 오조원들의 비격탄이 일제히 발사되었다.

팅팅팅팅팅팅!

그가 매섭게 검을 휘둘러 화살을 튕겨냈다. 과연 기련사패라 불릴 만한 신위였다.

수십 발의 화살이 모두 사방으로 흩어져 날아갔고, 그중 몇 발은 다시 비격탄을 쏜 오조원에게 되돌아갔다.

쉭쉭쉭쉭쉭!

화살은 끝없이 날아들었고 견디다 못한 그가 결국 바닥으로 뛰어내렸다.

땅에 착지하며 검강을 날리려고 내력을 오른손에 모으던 그때였다. 그의 귓가로 끔찍한 소리가 들려왔다.

빠각!

세상의 모든 사람을 모아놓고 물어봤을 때 그들 모두가 절대 듣고 싶지 않다고 할 소리, 그것은 바로 자신의 척추가 부러지는 소리였다. 소리없이 날아든 유월의 주먹이 그의 등을 사정없이 강타한 것이다. 개인 연무장의 강철 벽에 구멍을 내는 그의 권이었다. 비록 내력이 부족하다고는 하나 인간의 뼈를 부수기에는 충분했다.

"끄으윽."

참혹한 비명을 흘리며 우문수의 신형이 비틀거렸다. 그의 고개가 서서히 뒤로 향했다. 그제야 유월의 숨결이 느껴졌다. 이렇게 바짝 접근할 때까지 기척을 느끼지 못한 놀람보다 허무하게 죽는다는 억울함이 앞섰다.

"비겁한……."

유월이 쓸쓸하게 웃으며 말했다.

"네 말처럼 우린 지랄 같은 마교지 않나?"

쉬이이잉—

나락도가 시원하게 허공을 갈랐고 우문수의 어깨 위가 가벼워졌다.

자신을 향해 굴러오는 우문수의 머리통을 보며 민충식이 비명을 내질렀다.

"으아아아아악!"

뒤로 달아나려던 그가 자신에게 겨눠진 스무 개의 비격탄에 놀라 뒷걸음질을 쳤다.

"살, 살려줘! 살려주세요!"

그가 엎드려 정신없이 빌기 시작했다.

유월이 나락도를 치켜들었다.

그때 비호가 담 위에서 훌쩍 뛰어내리며 유월을 말렸다.

"아, 안 돼요! 대주님, 잠깐만요."

잽싸게 달려온 비호가 민충식의 혈도를 제압하며 그의 목뒤 옷깃을 잡아당겨 일으켜 세웠다.

"이놈은 제가 맡겠습니다."

알아서 하라는 표정으로 유월이 고개를 끄덕였다.

"자, 색골청년, 자네는 나랑 잠시 면담 좀 하지."

비호가 그를 끌고 집 안으로 들어갔다.

눈에 띄는 빈 방으로 민충식을 밀어 넣은 후 비호가 탁자에 자리를 잡았다.

"앉아."

민충식이 멍이 든 얼굴로 비호의 눈치를 살피며 비호와 제일 떨어진 자리에 앉았다. 일단 죽을 고비를 넘겼다고 생각했는지, 그의 머릿속은 어떻게 하면 살 수 있을까로 바쁘게 움직이고 있었다.

비호가 구석에서 벼루와 종이 등을 챙겨왔다.

그리곤 일언반구 없이 먹을 갈기 시작했다.

먹을 대충 다 갈고 나서 대뜸 비호가 물었다.

"너, 살래, 죽을래?"

"살고 싶습니다."

민충식은 벌벌 떨고 있었다. 자고로 악인일수록 생명에 대한 애착은 더욱 강한 법이다.

비호가 한쪽에서 종이와 붓을 찾아와 내밀었다.

"부르는 대로 받아 적어. 그럼 살려준다."

"…네."

"아버님, 소자는 사부님과 함께 잠시 난주를 떠나 있겠습니다…… 어, 안 적어?"

민충식이 깜짝 놀라 붓을 떨어뜨리자, 비호가 망설이지 않고 검을 뽑아 들었다.

"그렇지? 귀찮게 뭘 적어. 그냥 죽자."

"아, 아닙니다."

민충식이 정신없이 글을 적기 시작했다.

"새로운 무공 연마를 위해 떠나니 서너 달 걸릴 듯합니다. 그간 평안하십시오…… 다 적었어?"

그가 내민 서찰을 비호가 살폈다. 이런 경우에는 간단히 적는 것이 좋았다. 혹시 제 아비에게 어떤 암시라도 남길 수 있기 때문이었다.

서찰을 품 안에 넣으며 비호가 친근하게 그를 불렀다.

"충식아."

"네."

"사실 내가 고아야."

난데없는 비호의 말에 민충식이 긴장했다.

"부모님이 왜 날 버리셨을까? 아직 살아 계실까? 내가 왜, 어떻게 버려졌는지 기억이 안 나. 어쩌면 나 잃어버리고 한숨을 쉬고 계실지도 모르지. 아니면 나 버리고 행복하게 살고 있을라나. 개구쟁이 남동생이 있을 수도, 귀여운 여동생이 있을 수도 있겠지."

뭔가 친근한 분위기가 만들어지자 민충식은 비위만 잘 맞추면 살 수 있겠다 싶어 내심 안도했고, 속으론 '쳐 죽일 마교 놈들'이라 욕했지만 표정만은 자신이 당한 일처럼 안타까워했다.

"아마 다음에 꼭 만나게 될 겁니다, 선배님."

"왜 내가 네놈 선배냐?"

"……."

"긴장 풀어, 인마. 농담이야. 하하. 사내새끼가 왜 이리 겁이 많아."

"아, 네."

"충식아."

"네."

"그러고 보니 네가 겁탈한 여자들 중에 내 여동생이 있었을 수도 있겠다. 그렇지?"

"아, 네. 넷?"

"앞으로 있을 수도 있고……."

어느새 비호의 눈빛에는 살기가 흐르고 있었다.

"…… 나 쓸데없는 걱정 하기 싫네."

비호의 말뜻을 짐작한 민충식이 울컥 화가 나 버럭 소리를 질렀다.

"이런 개 같은 놈! 살려주기로 약속하지 않았더냐!"

"너무 화내지 마라. 어차피 나중에 같은 곳에서 만날 테니까…… 사과는 그때 하마."

쉬이잉—

민충식의 심장이 퍽 하며 비호의 검에 꿰뚫렸다.

저주의 눈빛을 보내며 민충식이 그대로 쓰러졌다. 그의 몸 주위로 피 웅덩이가 만들어지기 시작했다.

시체를 내려다보는 비호의 눈빛이 깊어졌다.

"너나 나나… 참 인생 더럽게 산다."

비호가 그의 시체를 질질 끌고 나가며 중얼거렸다.

"그럴 리는 절대 없으리라 생각한다만, 만에 하나라도 하늘이 실수해서 우릴 다시 태어나게 한다면… 절대 이렇겐 살지 마. 나도 이렇겐 안 살 테니깐."

그렇게 난주의 사납기 그지없던 사제 간은 한날한시에 나란히 황천을 건넜다.

난주 세력 판도의 지각 변동은 그렇게 조금씩 진행되고 있었다.

第二十章

사업 개시

魔刀霸爭

칠 일 후. 유성회의 왕 노대의 실종 이후 연일 휘파람을 불어대던 태백루 주인장 맹달은 일 주야를 한숨과 함께했다.

일전에 벌어진 유월과 귀면의 싸움으로 한쪽 객잔 벽이 무너지는 바람에 장사에 막대한 손해를 입었기 때문이다.

'망할 강호인들!'

어디 가서 하소연할 수도 없었다. 설사 잡는다고 한들, 돌벽을 부수며 싸워대는 그 무식한 것들에게 돈을 물어내라고 떼를 쓸 수 있는 객잔 주인이 강호에 몇이나 되겠는가?

먹는장사란 것이 그렇듯 하루를 쉬면 열 명의 손님이 떨어지고 이틀을 쉬면 백 명의 손님이 떨어져 나간다고 하지 않던가? 하물며 며칠씩이나 객잔 문을 닫았으니.

그 재만 남은 주인의 속사정도 모르고 점소이 달식이 허겁지겁 신이 나서 달려왔다.

"주인 어른!"

"이놈아, 먼지난다."

떨떠름한 맹달의 반응에도 달식은 새로 물어온 소식에 마음이 들떠 있었다.

"이것 좀 보십시오."

달식이 한 장의 종이를 내밀었다.

시큰둥하게 그것을 바라보던 그에게 달식이 목청을 높였다.

"초대장입니다, 초대장."

"뭐, 초대장?"

그제야 관심을 보이는 맹달이었다.

"무슨 초대장?"

"난주에 유설표국이란 곳이 새로 생긴답니다."

"표국이?"

"네, 지금 쟁자수와 표사를 뽑는다는 방이 난주 시내 곳곳에 나붙었습니다."

"그래?"

맹달이 본격적으로 관심을 내비치기 시작했다. 이내 그가 의아하다는 듯 고개를 갸웃했다.

"청풍표국에서 그냥 두고만 볼까?"

청풍표국은 난주 제일의 표국이었다. 난주에는 모두 두 개의 표국이 있었는데, 가장 규모가 크고 신용도가 높은 곳이 청풍표국이었고 다른 하나는 감숙을 벗어나지 않고 영업을 하는 난주표국이 있었다. 난주표국은 거의 현상 유지만을 하는 작은 표국이었고, 대부분 표물을 독점하는 곳은 청풍표국이었다.

"그렇잖아도 청풍표국주의 화가 머리끝까지 났다고 합니다."

"역시. 그래서 한판 붙는데?"

평소처럼 큰 싸움 구경거리라도 생길까 하는 기대에 차오르던 맹달의 눈에 이제 막 수리가 끝난 객잔 벽이 들어왔다.

"헉, 내가 지금 무슨 생각을! 아냐, 싸움나면 안 돼. 절대 안 돼! 근데 초대장은 무슨 말이냐?"

"그게…… 유설표국에서 보낸 것입니다요."

달식이 서찰을 꺼내 들었다. 초대장의 내용은 매우 단순했다. 유설표국의 개국을 기념해서 난주 주민들을 모시고 연회를 연다는 것이었다.

"떡 파는 감씨며, 막일하는 최씨에게도 초대장이 갔답니다. 아마도 난주 시장상인들에게 모두 초대장을 보낸 모양입니다요."

"그래?"

맹달의 표정이 조금 시큰둥해졌다.

"그거 다 구색 맞추기야. 우리가 가봐라. 어디 마당 구석에 쪼그리고 앉아 싸구려 술이나 한잔 얻어먹고 오겠지."

"저희 상인들에게만 초대장을 보내고 지역 유지들한테는 안 보냈다는데요?"

"뭐? 그럴 리가 있나?"

맹달이 깜짝 놀랐다.

"진짭니다. 백화방에서 음식 만드는 춘배 놈 말이니 믿어도 돼요."

"그래? 백화방만 안 보낸 건 아니고?"

"그런가요?"

"그렇겠지. 본래 청풍표국은 백화방과 가까운 사이가 아니더냐? 그래서 거기만 뺀 거겠지."

달식이 고개를 끄덕여 수긍했다. 듣고 보니 그럴듯한 것이다.

"주인 어르신은 안 가세요?"

"가면 뭐 하냐? 표국엔 아무 볼일 없다!"

"어차피 손님도 없는데, 다녀오시죠?"

"일없네."

"그럼 그러세요."

"너, 왜 자꾸 날 내보내려고 해? 혹시 나 보내놓고 춘심이 년 불러서 공짜 요리 처먹일 작정 아냐?"

그 말에 달식이 펄쩍 뛰며 목청을 높였다.

"이러니 '내 장사 아닌데 땀 흘리는 놈은 병신' 이란 말이 나오죠. 너무해요. '일편단심 오직 태백루' 가 삶의 신조인 제 충심도 몰라주시고! 섭섭합니다. 섭섭해요."

달식이 섭섭한 얼굴로 돌아서자 맹달의 마음이 약해졌다.

"이놈아! 농담도 못하냐?"

달식은 못 들은 척 탁자에 걸레질을 시작했다.

"그럼 내 다녀올 테니 가게 잘 보고 있어. 알았지?"

"그러시든지요."

"사내자식이 삐치긴. 내 돌아올 때 너 좋아하는, 거 뭐냐. 요즘 유행하는 거…… 그래, 거 몸에 좋다는 녹차 갈아 넣은 전병 사 오마."

그 말에 달식의 표정이 풀어졌다. 밖으로 나가려던 맹달이 돌아서며 물었다.

"참, 거기 어디냐?"

"새로 개축하는 송가장 알죠? 거기서 얼마 안 멀대요. 거기 가면 사람들 북적댈 테니 금방 찾겠죠."

"다녀오마!"

맹달이 사라지자 달식의 신조가 순식간에 바뀌었다.

태백루 입구에 허기진 얼굴로 살짝 고개를 들이미는 여인은 달식의 '진짜' 일편단심 춘심이었다.

달식이 숙수의 어깨너머로 배운 요리 솜씨를 춘심을 위해 발휘하고 있을 그때, 송가장에서 불과 이백여 장 떨어진 유설 표국의 후원에서도 요리가 한창이었다.

"자, 빨리빨리 음식 내가요!"

땀을 뻘뻘 흘리며 여인네들을 지휘하는 여인은 바로 노씨 부인이었다.

노씨 일가가 송가장에 들어온 이후, 흑풍대원들은 끼니때만 기다렸다.

노씨 부인의 음식 솜씨는 가히 황궁 숙수가 울고 갈 정도였다.

본래 진짜 음식 솜씨를 알려면 많은 양의 음식을 한꺼번에 요리해 보게 하면 된다고 했다. 한 끼의 음식을 예쁘고 맛깔나게 만드는 것은 조금 연습하면 누구나 할 수 있는 일이지만 백인분이나 되는 요리의 간을 맞추고 맛을 내는 것은 타고난 재능이 있지 않고는 힘든 일이었다. 그런 면에서 노씨 부인은 진정한 숙수라 불릴 만했다.

거기에 딸 상희 역시 매우 야무져서 빨래든 설거지든 딱 부러지게 일을 했다.

노씨와 사위 정수는 설거지나 요리 재료를 다듬는 일, 음식 재료를 운반하는 일 등을 주로 했다.

그들은 절대 품삯을 받을 수 없다고 했지만, 진패는 억지로 그들에게 넉넉한 임금을 지불했다.

노씨 부부는 송가장에서 일하는 사람들이 평범한 인부들이 아니란 것을 눈치 챘지만 내색하진 않았다. 어차피 유월과 비설 등을 통해 어느 정도 짐작하고 있던 차였다.

처음에 그들은 왜 자신들에게 이 일을 맡기나 궁금했는데, 곰곰이 생각해 보니 결국 자신들을 보호하기 위해서란 것을 깨닫고는 더욱 열심히 일했다.

흑풍대원들 역시 그들에게는 매우 정중하게 대했고, 혹시 상희에게 치근대는 이들이 있을까 했던 걱정은 그저 기우로 끝났다.

바쁘게 여인들을 재촉해 요리를 만들던 노씨 부인이 비설을 보며 허둥지둥 달려갔다.

"아가씨, 나오셨어요?"

"그냥 설아라고 부르시라니깐요."

그러자 노씨 부인이 언제나처럼 손사래를 쳤다.

"안 되지요. 그건 절대 안 되지요."

그녀는 흑풍대원들이 비설에게 매우 깍듯하게 대하는 것을 보며 비설이 아주 귀한 신분일 것이라 막연하게 추측하고 있었다.

"제가 도울 일이 있을까 해서 왔어요."

"괜찮아요. 아가씨는 나가서서 손님 접대나 하세요."

노씨 부인이 그녀를 억지로 밀어냈다.

"혹시 일손이 필요하시면 말씀하세요."

"걱정 마시라니깐요!"

요리를 하던 여인네들이 비설의 아름다운 외모를 두고 소곤거렸다.

'헤헤. 큰 소리로 말해도 돼요.'

의기양양해진 비설이 앞마당 쪽으로 나왔다. 비단 그것 때문만이 아니어도 비설은 지금 충분히 기분이 좋은 상태였다. 오늘은 자신의 꿈을 향해 드디어 한발 내딛는 날이었다.

제법 북적대기 시작한 그곳에는 낯익은 얼굴들도 끼어 있었다. 혹시 모를 사건에 대비해 흑풍 일조가 일반 손님들로 위장해 건물 곳곳에 흩어져 있었던 것이다.

"아가씨 나오셨습니까?"

고 노인이 반갑게 인사를 건넸다.

"어르신, 수고가 많으세요."

비설의 인사에 고 노인의 굵은 주름살이 미소를 만들어냈다.

그녀가 이곳 저택을 사들인 것은 오 일 전이었다. 송가장에서 불과 이백 장 떨어진 이곳을 사들일 수 있었던 것은 모두 고 노인 덕분이었다.

고 노인은 의외로 발이 넓었고 사업의 추진력도 뛰어났다.

그는 이곳을 싸게 사들여 담을 헐고 두 배 크기로 개조했고, 시장 상인들을 초대해 연회를 열자는 것도 고 노인의 제안이었다. 그가 앞장서 나서자 한 달은 걸릴 일이 단 며칠 만에 일사불란하게 처리되었다.

비설의 등장에 노씨와 사위 정수가 뛰어와 정중하게 인사했다.

"아가씨, 나오셨습니까?"

손님들을 안내하는 일을 맡은 것은 고 노인과 노씨, 사위 정수였다. 그녀에게 인사를 하던 노씨가 입구로 들어선 사내를 알아보곤 황급히 뛰어가 그를 반겼다.

"곽 형! 어서 오시게."

"오, 노 형 아닌가? 미곡상이 문을 닫았다는 소식은 들었네만. 자네 여기서 일하나?"

"그렇게 되었다네. 자, 어서 안으로 들어가세. 참, 최가는 안 왔나?"

"하하, 그 친구 돈 안 되는 일에 엉덩이 떼는 적 있던가?"

"하하하, 나중에 만나면 안부나 전해주게."

오랜 세월 난주에서 미곡상을 해왔던 그였다. 웬만한 난주 상인들과는 친분이 있었다.

노씨와 성품 바르다고 소문난 그의 사위가 손님들을 맞이하자 긴가민가한 마음으로 찾아온 상인들은 비로소 긴장을 풀었다. 과연 소문대로 초대받은 사람들은 모두 자신들과 같은 일반 서민들이었던 것이다.

비설이 그 모습을 지켜보며 미소를 지었다. 고 노인은 물론이고 노씨 가족은 자신의 일에 큰 도움이 되고 있었다.

그녀가 천천히 걸음을 옮겨 마당 한옆에서 이야기를 나누고 있던 유월과 진패에게 다가갔다.

"축하드립니다, 아가씨."

진패가 건물에 걸린 현판을 올려다보며 축하했다.

"헤헤, 오라버니들 덕분입니다."

그녀가 지금 얼마나 설레 하는지는 그녀의 붉게 상기된 양 볼만 보더라도 알 수 있었다. 물론 면사를 뚫어 볼 수 있는 안광을 지닌 유월만이 알 수 있었지만.

진패가 손님 맞이에 바쁜 고 노인을 보며 말했다.

"꽤 쓸 만한 늙은입니다. 앞으로 표국 운영에 큰 도움이 될 것 같습니다."

그러자 비설이 동의한다는 듯 고개를 끄덕이며 넌지시 물었다.

"고 어르신을 표국의 총관으로 삼는 건 어떨까요?"

진패가 슬쩍 유월의 눈치를 살폈다. 고 노인을 얼마나 믿을 수 있는가는 전적으로 그를 받아들인 유월의 신뢰도에 있었다.

"지금까지 보여준 역량으로 볼 때 적격자라 생각한다."

긍정의 뜻을 밝힌 유월이 다시 덧붙였다.

"우리가 전면에 나설 수 없는 만큼, 인재가 많이 필요할 거다."

"네, 알겠어요."

그때, 네 사람이 그들에게 다가왔다.

각각 세영과 무옥의 부축을 받으며 걸어오는 이들은 검운과 진명이었다.

"아, 오라버니. 이제 움직여도 되나요?"

비설이 기쁜 얼굴로 묻자 검운이 씩 웃었다.

"덕분에 거의 다 나았습니다."

아직 얼마간 더 요양을 해야 하는 검운이었지만 좀이 쑤셔 더 이상 침상에 누워 있지 못했다. 더구나 비설이 사업을 시작했는데 아프다고 침상에만 누워 있을 수는 없는 일이었다.

비설이 이번에는 진명을 슬쩍 보더니 이내 마당 쪽으로 고개를 돌렸다. 섭섭한 마음에 진명이 시무룩해졌다.

"설아, 난 안 물어봐 줘?"

"뭘?"

비설이 뭔 소리냐는 얼굴을 하자 진명의 볼이 붉어졌다.

"몸은 괜찮냐는 안부 말이야."

"아, 괜찮아?"

"…응."

그때 무옥이 깔깔거리며 두 손바닥을 팔랑거리며 비설에게
내밀었다.

"호호호, 두 냥 주시고."

"뭐, 뭐야, 이거?"

돌아가는 분위기로 보아하니 자신을 두고 뭔가 내기를 한
모양이었다.

"별거 아냐. 네 안부를 안 물으면 네가 반드시 섭섭해한다에
두 냥 걸었지."

의기양양하게 무옥이 두 냥을 받아 챙기자 비설이 나지막이
으르렁거렸다.

"난 명이는 그런 사소한 곳에 신경 쓰지 않는다에 걸었고.
아, 난 명이가 그렇게 소심할 줄은 상상도 못했어. 우리 아버지
가 남자 보는 눈이 없으면 여잔 평생 고생한다고 했는데……
아, 이 일을 어쩌나."

진명은 거의 울상이 되었다. 차마 비설에게 뭐라 할 수는 없
었는지 머리를 북북 긁어댔다.

"더러워! 며칠째 머리도 안 감았으면서!"

무옥이 멀찌감치 물러섰다.

"아팠으니깐 그랬지!"

"누가 아프랬나?"

"컥. 내가 뭣 때문에 이렇게……."

"안 들려, 안 들려!"

무옥이 귀를 막고 혀를 날름 내밀었다.

"옥아, 우리 표사들과 쟁자수 뽑는 곳에 가보자."

"좋아!"

"같이 가!"

비설과 무옥이 앞장서 걸었고 진명이 절뚝거리며 그 뒤를 따랐다. 아무리 그녀들이 구박하고 놀려도, 무서운 유월이나 선배들하고 같이 있는 것과는 비교할 수 없었다.

진패가 진명과 무옥의 뒷모습을 보며 흐뭇하게 웃었다.

"저 아이들, 정말 잘 뽑으셨습니다."

"내가 뽑은 게 아니니 잘 뽑힌 거지."

"뭐, 그게 그거죠."

두 사람이 마주 보며 미소를 지었다. 비설의 기분만큼이나 두 사람도 기분이 좋았다. 비록 삼조원들 중 죽은 이와 다친 이들이 있었지만 상대를 생각하면 이 정도로 끝난 것은 정말 다행한 일이었다.

표사와 쟁자수를 뽑는 곳은 건물 후원의 여인들이 요리를 하는 곳의 반대편에 있었다.

말이 표사지, 유설표국의 표사는 화물을 보호하는 것이 아니라 사람들, 즉 마차 승객을 보호할 호위무사라 할 수 있었다. 그것에 대해 잘 설명해야 한다고 담당을 맡은 비호와 백위에게 몇 번이나 강조한 비설이었다.

후원에 도착한 세 사람이 동시에 탄식을 내뱉었다.

"아!"

후원은 텅 비어 있었고, 의자에 앉은 백위와 비호는 연신 하품만 하고 있었던 것이다.

그녀가 서둘러 그들에게 다가갔다.

"아무도 지원자가 없나요?"

백위가 미안한 표정으로 고개를 끄덕였다.

"오라버니들, 저희가 맡을 테니까 잠시 쉬세요."

그렇잖아도 지겨워 온몸이 비틀리던 두 사람이었다.

"으하하, 그럼 저흰 목 좀 축이고 오겠습니다."

백위와 비호가 기지개를 켜며 건물 안으로 들어갔다.

응모자들이 백위의 인상이 무서워 모두 피한 것이라면 다행이겠지만 사실은 그 때문이 아니었다.

어떤 사업이나 마찬가지겠지만 표국 사업도 좁은 동네의 일이었다. 무슨 말인가 하면 어디 아무개 표사가 일을 잘한다더라, 어디 아무개 표두는 물건을 횡령한 경력이 있다더라, 어디 녹림 누구는 돈보단 여자를 더 좋아한다더라 등 소문이 빠르고 돌아가는 사정이 뻔하다는 말이다.

그러니 난주 인근에 일자리를 구하려는 표두나 표사들이 청풍표국의 눈치를 보지 않는다면 도리어 이상한 일이었다. 한번 눈 밖에 나면 다른 표국에 들어가는 것조차 힘들어질 수 있었기 때문이다.

더구나 청풍표국주가 유설표국의 등장으로 크게 화났다는 소문이 돌고 있는 데다가 실제로 그쪽 표두와 표사들이 알음 알음 아는 표사들에게 압력까지 행사하는 중이었다.

따라서 감히 이곳에 지원할 표사나 쟁자수는 없었다. 이런 저런 사정도 모르는 초짜나 지원할 모양인데 그나마도 아직 방을 붙인 지 얼마 안 돼 소문이 나지 않은 듯했다.

"한 며칠 기다리면 사람들을 구할 수 있을 거야."

"그럼."

무옥과 진명이 침울해진 비설을 위로했다.

끼이익.

그때 후원 쪽 문이 열렸다.

"아, 첫 응모자다!"

무옥이 반갑게 소리쳤고, 비설이 활짝 웃으며 자리에서 벌떡 일어났다.

들어선 이는 백의무복을 단정히 입은 여인이었다.

놀랍게도 그녀는 앞서 골목길에서 삼화검의 눈을 감겨주던 바로 그녀였다.

"아아!"

진명의 입에서 자신도 모르게 감탄이 터져 나왔다. 그것은 비설을 처음 보았을 때의 그런 반응과 비슷했다.

그녀의 놀랄 만한 미모에 비설마저 놀라고 있었다.

그들 쪽으로 다가선 여인이 살짝 미소를 지으며 물었다. 앞서 골목길에서 보였던 분위기와는 완전히 다른 느낌이었다. 지금은 밝고 쾌활한 분위기였다.

"표사를 구하시는 거죠? 여자도 지원 가능한가요?"

그녀의 물음에 비설이 그제야 퍼뜩 정신을 차렸다.

"아, 물론이에요. 이쪽으로 오시죠."

비설이 다시 탁자에 앉아 붓을 들며 물었다.

"우선 이름부터."

"비검, 그냥 비검이라 부르면 돼요."

무심코 이름을 받아 적으려던 비설의 붓이 잠시 멈췄다.

'…진서열 오위 비검?'

이내 비설이 피식 웃었다. 서열록의 인물이라면 자신의 이름을 이렇게 당당히 밝힐 리가 없었다. 설령 이름이야 밝힌다 하더라도 이렇게 젊은 여인이 그 비검일 리는 절대 없을 것이다.

비검이라 밝힌 여인이 후원에 만들어진 작은 연못을 발견하곤 그쪽으로 다가갔다.

"아! 수련(睡蓮)이군요. 그거 아세요? 수련은 미시에 피어난다고 해서 미초(未草)라고도 부른답니다. 아, 너무 예뻐요."

그 여성스런 모습에 비설은 잠시나마 그녀를 서열록의 비검으로 생각했다는 사실이 말도 안 되는 착각이라 확신했다.

비설이 천천히 걸어가 그녀 옆에 나란히 섰다.

이번에는 비설이 미소를 지으며 말했다.

"한낮에 핀다고 해서 자오련(子午蓮)이라고 부르기도 하죠. 언제 봐도 예뻐요, 수련은."

"아, 잘 아시는군요."

비검이 그녀를 보며 살짝 미소 지었다.

같은 여자가 봐도 너무나 매력적인 여인이었다. 비설은 그녀가 한눈에 마음에 들었다. 뭐랄까? 이미 오래전부터 알고 지낸 친근함이 느껴졌다.

그렇게 두 여인이 마주 보며 미소 짓자 그야말로 두 명의 천하제일미 후보가 최종 선발을 앞두고 나란히 서 있는 듯 보였다.

비검이 포권을 하며 해맑게 웃었다.

"뽑아만 주시면 열심히 일하겠습니다!"

…그러나 비설은 알지 못했다.

그 순간 비검의 품속에 간직된 한 자루의 비도(飛刀)가 소리 없이 울고 있었다는 것을. 그 비도에 담긴 힘은 자신이 그토록 믿고 있는 유월의 호신강기도 일격에 꿰뚫어 버릴 만큼 강력하다는 것을.

난주 주민들의 발이 되겠다는 거창한 포부를 안고 유설표국이 문을 열던 첫날, 그렇게 비검이 찾아왔다.

『마도쟁패』 제2권 끝